DU MÊME AUTEUR

En langue française

LE NÈGRE ET L'AMIRAL, *roman*, Grasset, 1988 (Prix Antigone de la Ville de Montpellier).

ÉLOGE DE LA CRÉOLITÉ, *essai*, en collaboration avec Patrick Chamoiseau et Jean Bernabé, Gallimard, 1989.

EAU DE CAFÉ, *roman*, Grasset, 1991 (Prix Novembre-France).

LETTRES CRÉOLES : TRACÉES ANTILLAISES ET CONTINENTALES DE LA LITTÉRATURE, *essai*, en collaboration avec Patrick Chamoiseau, Hatier, 1991.

AIMÉ CÉSAIRE. UNE TRAVERSÉE PARADOXALE DU SIÈCLE, *essai*, Stock, 1993 ; Écriture 2004.

RAVINES DU DEVANT-JOUR, *récit*, Gallimard, 1993 (Prix Casa de las Americas, Cuba).

L'ALLÉE DES SOUPIRS, *roman*, Grasset, 1994 (Prix Carbet de la Caraïbe, Guadeloupe/ Prix Shibusawa-Claudel, Japon).

COMMANDEUR DU SUCRE, *récit*, Écriture, 1994.

BASSIN DES OURAGANS, *récit*, Mille et Une Nuits, 1994.

LES MAÎTRES DE LA PAROLE CRÉOLE, *contes*, Gallimard, 1995.

LA SAVANE DES PÉTRIFICATIONS, *récit*, Mille et Une Nuits, 1995.

CONTES CRÉOLES DES AMÉRIQUES, *contes*, Stock, 1995.

LA VIERGE DU GRAND RETOUR, *roman*, Grasset, 1996.

LA BAIGNOIRE DE JOSÉPHINE, *récit*, Mille et Une Nuits, 1997.

LE MEURTRE DU SAMEDI-GLORIA, *roman policier*, Mercure de France, 1997 (Prix RFO, France).

L'ARCHET DU COLONEL, *roman*, Mercure de France, 1998.

RÉGISSEUR DU RHUM, *récit*, Écriture, 1999.

LA DERNIÈRE JAVA DE MAMA JOSEPHA, *récit*, Mille et Une Nuits, 1999.

LE GALION : CANNE, DOULEUR SÉCULAIRE, Ô TENDRESSE, *album*, en collaboration avec D. Damoison (photos), Ibis Rouge, 2000 (Prix du Salon du Livre insulaire d'Ouessant, France).

LE CAHIER DE ROMANCES, *récit*, Gallimard, 2000.

Suite des œuvres de Raphaël Confiant en fin de volume.

MARIE-HÉLOÏSE, FILLE DU ROY

Raphaël Confiant

MARIE-HÉLOÏSE, FILLE DU ROY

ROMAN

MERCVRE DE FRANCE

À Marie-Reine de Jaham

PREMIER CERCLE

Adieu maquerelles et garces
Je vous prévois bien d'autres farces
Poètes sont vaticinateurs
Dans peu vous et vos protecteurs
Serez hors de France bannies
Pour aller planter colonies
En quelque Canada lointain.

SAINT-AMANT (1620)

CHAPITRE 1

La voix de ma nourrice est mon viatique.

Je ne l'ai point connue mais je l'entends.

Son visage n'est plus qu'une ombre qui m'emplit de son infinie bienveillance lorsque vient le soir et que sœur Élodie éteint l'unique lampe de notre chambrée. Son odeur me tient éveillée alors qu'autour de moi, les filles s'abandonnent au sommeil, après s'être longtemps houspillées pour des riens ou s'être gaussées de la bedondaine du père François qui prend plaisir à nous infliger des punitions. Parce que certaines, vraies têtes en l'air, se sont égarées dans la récitation du « Notre-Père ». Parce que celles chargées du récurage de notre salle d'eau ont travaillé comme des marie-souillons. Parce que d'autres rechignent à tenir la plume le matin quand les sœurs nous enseignent l'écriture. Il jacasse sans trêve.

— Je suis le directeur de cet orphelinat, jeunes filles, où grâce à la débonnaireté de Sa Majesté, notre bien-aimé roi Louis XIII, vous avez eu l'insigne chance d'avoir été recueillies et élevées dans l'amour de Dieu. Sans lui, vous seriez des filles de rue !

L'hôpital des Cent-Filles est notre maison.

Nous n'en sortons presque jamais. Hormis Julie, la fugueuse, qui bordille les dix-neuf ans et nous considère avec hautaineté. Surtout moi que l'on dit belle. Trop belle, maugrée sœur Élodie, pour n'avoir jamais été approchée par le Démon. Elle s'emploie à nous mettre en garde. Après l'église, cette demeure est celle sur laquelle Notre-Seigneur Dieu veille le plus, alors cessez de gigoter ! Sinon vous attirerez son ennemi qui lorgne vos seins et votre croupion. Elle emploie des mots autrement plus vulgaires que je n'ose prononcer. Julie la chansonne quand elle a tourné le dos, assurant que l'incube qui rôde à la nuit close dans les couloirs des Cent-Filles est un être moins inquiétant que frère Théophile, notre confesseur. Ce moine au visage enchifrené est, à dire vrai, une manière de monstre. Il éructe :

— Je n'ai pas abattu six lieues pour vous entendre me raconter des craques, jeunes filles ! Le sang vous dégouline déjà entre les cuisses et je sais fort bien que des idées licencieuses hantent votre esprit.

Je suis comme qui dirait son souffre-douleur. Quand il m'entend en confession et que je n'ai aucun péché à lui avouer, je sais que je risque d'encourir son déplaisir. À travers la cloison ajourée par laquelle il feint de ne point m'entrevisager, je le surprends à me jeter des regards furtifs.

— Tu es trop belle, Marie-Héloïse, pour ne pas être déshonnête. D'où te vient cette chevelure châtaine et ses yeux d'émeraude ? Quel âge as-tu vraiment ? Quinze ans, m'assure-t-on, mais ce n'est point vrai. Il suffit de voir ta taille de femme faite, ta membrature semblable, pour ton malheur, à celle de cette ribaude de Marie-Madeleine telle que la Bible la décrit... Tu n'as donc même pas un péché véniel à me livrer alors que tes congénères risquent, si elles continuent leurs mauvaisetés, à ne même pas espérer gagner le Purgatoire ? Tu me réciteras trente « Notre-Père » et vingt « Je vous salue, Marie ». Allez, va-t'en !

La voix de ma nourrice est mon viatique.

Ce mot savant, je l'ai appris par le plus grand des hasards. Un après-midi au cours duquel un personnage de haut parage se fit annoncer. Un envoyé de notre roi, avait murmuré sœur Élodie en nous recommandant de nous comporter devant lui comme des « personnes bien élevées ». Et surtout de ne jamais soutenir son regard au cas où il nous poserait quelque question. On nous avait ordonné d'enfiler notre robe de sortie et de nous ranger à la défilade dans le couloir du premier étage. Au mitan d'une des salles d'étude, Monsieur, tel que les sœurs le désignaient, accompagné d'un valet obséquieux qui lui redressait sa perruque plus souvent que de raison, nous avait reçues chacune à tour de rôle. Julie, qui, par nous ne savions quel moyen, savait toujours ce qui se tramait dans notre établissement, nous avait également mises en garde :

— Mesdemoiselles, si par malheur vos réponses lui déplaisent, vous savez où l'on vous expédiera ?... À l'hôpital des Enfants-Trouvés ! Là-bas, on est traité comme des moins-que-rien. Et vous savez pourquoi ? Parce qu'on y a rassemblé les bébés retrouvés sur le parvis des églises ! Des enfants jetés !... Nous, ici, nous connaissons au moins nos parents, enfin au moins celle qui nous a baillé la vie.

Mon père est mort quand j'avais cinq ans et ma mère est alors tombée indigente. Trop pauvre pour pouvoir m'élever ! Mais au moins, nous avons tous un nom, notre vrai prénom et notre vrai nom, je veux dire. Pas comme cette nigaude de Marie-Héloïse ! Ha-ha-ha !...

J'avais appris la vérité à mon sujet un jour au cours duquel je rêvassais pendant la leçon de catéchisme et que sœur Marguerite, qui était chargée de nous l'enseigner, m'avait vertement réprimandée. Je n'étais point une enfant abandonnée comme les autres, une enfant dûment remise par l'un de ses parents à l'hôpital des Cent-Filles, mais un déchet d'humanité. Mes hurlements avaient attiré des passants devant l'église Saint-Sulpice, un matin d'hiver, et une mendiante m'avait transportée ici à la hâte avant de prendre la discampette. L'établissement fut contraint de m'accueillir et l'on se dépêcha de me baptiser. Tu seras Marie-Héloïse ! Et ton nom sera Levasseur car celui qui avait été épinglé sur ton couffin était illisible. Puis, trop rachitique, on m'avait envoyée à une nourrice en Normandie, dans un lieu dont je n'ai jamais su le nom, et celle-ci m'avait couverte d'une infinie tendresse. Dès que je fis mes premiers pas, l'hôpital des Cent-Filles m'avait fait mander. Cependant, hormis cette harpie de Julie, aucune des autres pensionnaires ne s'était jamais intéressée à ma singulière provenance. C'est qu'habiter dans un orphelinat revenait à mener la plus morne des existences entre réveil aux mâtines, séance de prières, bain dans une salle d'eau glaciale, un croûton de pain sec, agrémenté d'un bout de fromage, leçons d'écriture et de lecture dans une pièce médiocrement chauffée, litanie de prières, travaux ménagers, repas du midi, retour à nos chambres jusqu'en début de soirée, moment où nous gagnions la chapelle afin de prier à nouveau avant le frugal repas du soir.

Nous n'avions guère le temps de nous chamailler. Chacune vivait dans sa chacunière.

Quand ce fut à mon tour d'être reçue par l'envoyé du roi, il parut avoir la berlue. Ses yeux brillèrent de concupiscence. Rien qui pût me décontenancer car les rares hommes qui travaillaient aux Cent-Filles ou les artisans qui venaient y livrer des provisions ou procéder à quelque réparation ne manquaient jamais de me susurrer des propositions déshonnêtes, voire me lancer des cochoncetés à voix feutrée. Chaque fois que la mère supérieure ou sœur Élodie prenaient ces rustauds sur le fait, je me voyais punie sur-le-champ. On me cloîtrait dans cette minuscule pièce sans fenêtre qui servait à ramener dans le droit chemin celles d'entre nous qui avaient commis une incartade. Cela des heures durant !

— Jeune fille, m'avait lancé l'envoyé du roi, sachez que vous bénéficiez d'une chance nonpareille ! Bientôt, cet orphelinat ne vous sera plus qu'un souvenir.

Et de discourir d'une voix enthousiaste au sujet de pays qui m'étaient inconnus : l'Amérique, la Neuve-France, l'Acadie, la Martinique et d'autres dont je n'ai pas retenu le nom.

Puis d'ajouter, employant ce terme énigmatique qui s'imprima dans mon esprit :

— Et, pour votre gouverne, sachez que notre bien-aimé

roi vous octroiera une dot de cinquante livres. Ce sera votre viatique !

[L'INCUBE DE L'ORPHELINAT DES CENT-FILLES.

Une créature maléfique hante ses couloirs à compter des douze coups de minuit. S'insinue dans les chambres où sommeillent sur des lits dépourvus de matelas des jeunes filles sans père ni mère. Ou plus véridiquement que ces derniers ont abandonnées. Parce que trop dénantis pour assurer leur subsistance. Parce que l'un des parents a brutalement défunté. Parce que l'enfant est trop souvent sujette à des maladies. Parce qu'ils en ont déjà enterré deux ou trois au cours d'hivers d'une rudesse inconnue jusque-là. Parce que... Parce que...

Chaque soir, après le souper, sœur Élodie et tout un concours de religieuses passent dans les chambres pour en asperger les murs d'eau bénite en hurlant comiquement : *Vade retro, Satanas !*, enjoignant aux orphelines de s'agenouiller au bord de leur lit afin d'implorer la miséricorde du Très-Haut. En vain ! Car au beau mitan de la nuit, certaines se mettent à trépigner, en proie à des cauchemars, bavant, dégobillant des phrases indéchiffrables avant de s'affaisser sur leur grabat comme passées de vie à trépas.

Le père François ne veut pas être dérangé. Pourtant, dans la chambre qu'il occupe au-dessus de l'entrée de notre établissement, une bougie luit jusqu'aux aurores. Julie sait qu'il noircit page après page car, assure-t-elle, les plumes, l'encre et le papier qui sont livrés chaque semaine à notre établissement ne servent pas seulement aux salles de classe. La mère supérieure, qui le seconde, ne doit pas non plus être informée de ces intrusions du Démon car elle prie l'entier de chaque nuit et on la dit sur le chemin de la sainteté. C'est ce qui explique qu'elle sache lire l'avenir. Il revient par conséquent aux simples sœurs de chasser l'incube. Et elles s'y emploient de toute leur âme même si l'ignoble créature possède le don d'invisibilité. Même s'il traverse portes ou fenêtres sans effraction, lâchant des ricanements sinistres. Pour le malheur des orphelines, le plus souvent, il parvient à satisfaire ses besoins vénériens sans provoquer le moindre branle-bas de combat. Au réveil, certaines sont épuisées, les membres couverts d'égraphignements, la chemise de nuit remontée jusqu'au menton, les jambes largement écartées et souillées par endroits. Aussitôt, sœur Élodie les fait conduire à la salle de punition car, aucun doute n'est permis : ce sont elles qui ont aguiché le Démon à force de nourrir des pensées lubriques. Avant de les y enfermer pour la journée, sans eau ni nourriture, on leur flanque une fessée à l'aide de cette petite cravache que les sœurs nomment « nerf de bœuf ». Les jeunes filles n'ont jamais vu cet animal que sur les images qui décorent les salles de classe. À l'orphelinat, il n'y a qu'une paire de molosses qui en garde l'entrée et des bandes de chats de gouttière qui sarabandent à longueur de nuit.

Parfois, l'incube parvient à ses fins.

Car comment expliquer que Mireille et Jeanne soient devenues grosses ? Qu'elles aient mis au monde des bébés qui leur ont été enlevés à la naissance ? De ce jour, elles sont expédiées à l'hôpital des Enfants-Trouvés où la discipline est si féroce que le Démon n'a jamais cherché à y donner carrière à ses fantaisies.]

L'Amérique et toutes les autres contrées mystérieuses qu'avait évoquées l'envoyé du roi (et du ministre Colbert, avait précisé le père François sur un ton révérencieux) étaient désormais l'objet de toutes nos conversations. Celles d'entre nous qui avaient été désignées pour s'y rendre tentaient sans succès de grappiller des indications à leur sujet, redoublant d'attention lorsque les sœurs conversaient entre elles. Je faisais, pour ma défortune, partie de la trentaine de jeunes filles qui bientôt quitteraient Paris, et donc l'hôpital des Cent-Filles, pour un voyage que nous imaginions sans retour. Julie, par contre, ne dissimulait pas son allégresse :

— À ce qu'il paraît, cette terre du Diable qu'est l'Amérique regorge de richesses. Or ! Argent ! Pierres précieuses ! C'en sera fini de cette vie miséreuse dans cet orphelinat dont j'ai grand hâte de sortir.

« Je suis plus vieille que vous autres, ajoutait-elle, mais n'étant que dans la dix-neuvième année de mon âge, je devrai attendre encore six ans avant d'être libérée. C'est long, beaucoup trop long ! Quant à vous, fillettes, hon !, je vous conseille de ne même pas y penser car l'amertume finira par vous ronger. Pour moi, l'Amérique ou l'Acadie seront des paradis terrestres.

Julie discourait comme une grande personne. Comme une femme faite. Le bruit commun assurait que sa mère avait menti sur son âge le jour où elle était venue la placer à l'hôpital des Cent-Filles. Je me tenais à bonne distance de sa personne qui m'effrayait tout en m'attirant inexplicablement. Elle était loin d'être ma meilleure amie. Irène qui l'était ne serait malheureusement point du voyage. Trop frêle, trop maigrelette et souffreteuse, avait décrété le père François quelques jours après la visite de l'envoyé du roi. L'un de ses parents l'avait déposée dans la tour d'abandon qui se trouvait à côté de l'une des portes de l'hôpital et avait agité la clochette qui y est fixée pour disparaître en un revire-main. Irène était presque mourante et sa résurrection, assura sœur Élodie, tint à la seule volonté du Tout-Puissant.

— Jeunes filles, vous ne serez que trente même s'il m'a été demandé de fournir le double... Là-bas, il fait si froid qu'en hiver, nul ne peut se baigner. L'eau y gèle pendant des mois, nous annonça le père François un matin, avant la messe.

Personne n'avait encore jugé bon de nous expliquer les raisons de notre voyage.

Sœur Élodie avait intimé l'ordre à Julie de fermer sa caquetoire quand cette dernière lui avait posé la question. Des semaines s'écoulèrent sans que personne y fît allusion. J'avais prié pour que cette affreuse idée soit abandonnée. Nous avions repris notre existence habituelle. Notre existence si monotone. Seulement entrecoupée de promenades certains dimanches après-midi dans un parc proche de l'hôpital des Cent-Filles. À la vue de notre uniforme rouge, des enfants de notre âge, accompagnés de leurs parents, se mettaient à brocarder notre petite troupe, nous affublant de sobriquets auxquels les sœurs nous avaient interdit de répondre. À notre retour, il arrivait que des dames de qualité ou des seigneurs viennent nous apporter de menus cadeaux. On nous enjoignait de nous montrer sous notre meilleur jour car, outre leur gentillesse à notre endroit, ces personnages contribuaient aux finances de notre orphelinat. La charité leur est comme une seconde nature, aimait à répéter le père François. C'est après l'une de nos escapades dominicales qu'un deuxième miracle illumina la vie de celle qui m'était la plus chère. Une dame de charité, marquise ou comtesse de son état, s'enticha de sa modeste personne et proposa de l'adopter.

— Elle fera une parfaite chambrière une fois qu'elle sera remplumée, déclara-t-elle à la cantonade, un large sourire sur les lèvres. Mais, je n'apprécie guère son prénom. Quand elle gagnera ma demeure, votre Irène deviendra ma Laetitia. C'est beaucoup plus joli, n'est-ce pas ?

Nul ne pipa mot. Seule la freluquette, comme la dénommaient les sœurs, fondit en larmes. Elle ne me verrait plus, moi, sa seule vraie amie. J'en conçus pour ma part un chagrin si fort que je mangeai à peine les jours suivants. Jusqu'à ce début de matinée qui vit revenir l'envoyé du roi, accompagné cette fois d'un médecin qui portait beau. Ce dernier exigea que le chirurgien attaché à notre établissement quittât la pièce où il devait nous examiner. Nous l'appréciions pourtant beaucoup, Maître Richard, malgré les douloureuses saignées qu'il infligeait à celles d'entre nous qui souffraient de maux difficiles à déterminer ou quand il insérait de fort apaisants clous de girofle dans nos dents abîmées. Il exerçait en même temps la profession de barbier et s'occupait des rouflaquettes du père François et même de la tonsure de notre confesseur, frère Théophile.

— Hors de ma vue, ce rebouteux ! tonna le médecin.

Et de nous demander de nous désaffubler de nos vêtements. De notre robe et du corselet qui entourait notre taille. Celles d'entre nous qui étaient en proie à leur catimini rougirent de vergogne. Elles enlevèrent le bout de tissu qui recueillait leurs menstrues, le tenant maladroitement ou le laissant choir en détournant le regard. Le médecin ne semblait éprouver aucune répugnance et nous palpa de la tête aux pieds, s'attardant sur nos épaules et nos hanches avant de vérifier notre nom auprès de sœur Élodie et de remplir un document. Quatre d'entre nous, parmi celles qu'avait choisies le père François, cette petite trentaine qui devait partir pour l'Amérique, furent jugées inaptes.

— Là-bas, ils ont certes grand besoin de filles à marier mais surtout de fortes femmes pour les seconder dans leurs fermes, se justifia le médecin. Et puis, comme je n'ai eu de cesse de vous le répéter, le climat de la Neuve-France est sans miséricorde pour les faibles.

Il nous fit signer chacune une sorte de lettre qu'il ne nous lut pas ni ne nous permit d'y jeter un œil avant de s'exclamer sur un ton patelin :

— Vous êtes encore pucelles mais à votre débarquée dans le Nouveau Monde, vous disposerez d'un mari. C'est ce qu'a décidé Sa Majesté qui veillera personnellement à ce que vous y soyez bien traitées. Vous peuplerez ces terres lointaines, jeunes filles, ce qui permettra au royaume de France de s'agrandir jusqu'en l'autre bord du monde.

Quand nous regagnâmes nos chambres, pour une fois dans le plus grand désordre, en dépit des admonestations des religieuses, la plupart d'entre nous étaient emberluquées. Nous venions d'apprendre la raison de notre prochain départ et cela nous plongea dans un effroi sans nom. On nous alliancerait à des hommes que nous verrions pour la première fois alors que cette engeance nous était presque inconnue. Les seuls auxquels nous avions eu affaire jusque-là portaient des robes et nous étaient familiers alors que nous n'avions aucune idée de ceux qui, portant le pantalon, tels que l'envoyé du roi et cet irascible médecin, ou ceux que nous apercevions, de loin, lors des promenades que l'on nous octroyait deux fois dans le mois, le dimanche après-midi. Pour ma part, entendre le son de leur voix me faisait tressauter. M'emplissait de terreur ou de dégoût.

Je fermais alors les yeux et la souvenance de celle de ma nourrice m'apaisait peu à peu. Elle me venait parfois en songe, au mitan de la nuit, me réveillant pour de longues heures. Curieusement, il me semblait entendre des criailleries comme si elle allaitait d'autres bébés que moi mais sa tendresse m'était réservée.

Il n'y eut guère que quelques-unes d'entre nous à ne point s'émouvoir du destin que l'on nous imposait. En particulier, deux filles d'une autre chambrée dont je ne connaissais pas les noms et notre Julie qui n'hésitaient pas, en été, à franchir les murs d'enceinte de notre hôpital, sans doute avec la complicité du gardien de nuit, pour s'en aller courir la prétentaine à travers Paris. C'était là l'expression qu'employait Julie qui, à cause de son teint mat et ses cheveux bouclés, noir de jais, était traitée de « Gitane » ou de « Sarrasine » par sœur Élodie quand il arrivait à cette dernière de lui flanquer une roustance. C'est que les sœurs effectuaient des rondes nocturnes à différents moments, jamais les mêmes, pour vérifier que nous ne commettions pas des actes que la morale chrétienne réprouve, ce qui, plus souvent que rarement, consistait à déserter son lit pour gagner celui de sa voisine et se lover contre elle jusqu'au petit jour. Cela mettait à certaines d'entre nous du baume au cœur.

J'appréciais fort la douce chaleur du corps pourtant chétif d'Irène.

[CAHIER DE MARIE-HÉLOÏSE.

Tu n'as de cesse d'entendre sa voix. Sa voix de matin clair. C'est elle qui te porte au cours de la pénible traversée de chaque jour. Parfois, remonte aussi dans l'entrelacs des souvenances, une odeur de lait ramené sans doute d'une étable. Une odeur de lait frais.

Quand on te surprend à griffonner, en fin d'après-midi, moment où l'orphelinat des Cent-Filles sombre dans la torpeur, tes sœurs de misère s'esclaffent. À qui écris-tu, Marie-Héloïse ? Le gaillard qui livre le pain de beau matin a de l'allure et toutes ses dents mais il ne sait pas lire. Ha-ha-ha ! J'écris à moi-même pour moi-même.

Quand c'est une religieuse qui découvre ton jardin secret, elle se signe en six-quatre-deux, un effroi dans les yeux, et les doigts tremblants, elle t'arrache ton cahier. S'empresse d'en déchiffrer les premières phrases. Les lit et relit. À mi-voix. Incrédule. Terrifiée parfois. Puis, te le lance au visage :

— Jeune fille, les pensées du Diable vous habitent. Suivez-moi !

Et de te conduire à la chapelle où, dans la demi-pénombre, elle entonne, égrenant son chapelet, une litanie de prières que tu as du mal à répéter. Bientôt, tu n'es plus là. Seul ton corps l'est mais ton âme s'est envolée loin, très loin, sans doute dans quelque paradis que tu as le plus grand mal à imaginer. Tu n'as jamais cru en la Sainte Trinité.

Ce sont juste des personnages sur ton livret de catéchisme. Certes, joliment coloriés mais évanescents.

Tu n'en dis rien à personne car ton incroyance t'effraie toi-même. Mécroire est le plus grand des péchés ! vous serinait-on.]

Le temps passa, longues semaines au cours desquelles nous n'eûmes plus de nouvelles de l'envoyé du roi.

C'est alors qu'un mal mystérieux, au nom affreux, entreprit de ravager Paris et la plus grande partie du royaume de France. Le père François décida de claquemurer l'hôpital des Cent-Filles qui dut subsister sur les réserves qu'il possédait en magasin. Plus personne ne devait ni entrer ni sortir de notre établissement. Cependant, à ce qu'il semblait, cette maladie voyageait dans les airs car en dépit du fait que nous nous étions barricadés, un beau jour, plusieurs filles se réveillèrent avec des accès de fièvre effrayants et leur peau se couvrit de bubons ainsi que de vilaines taches noirâtres. Certaines se mirent à se vider de leur sang sans discontinuer lequel n'avait pas sa couleur habituelle. La peste avait pénétré chez nous ! Notre chirurgien s'en trouva désemparé d'autant que sept d'entre nous moururent en quelques jours. Parmi elles, hélas, mon Irène qui ne bénéficia pas d'un deuxième miracle et ne deviendrait pas la chambrière d'une dame de la noblesse. Diverses médications nous furent administrées : confiture d'hyacinthe, eau impériale, thériaque et autres substances tout aussi mystérieuses. Final de compte, Maître Richard, le chirurgien de notre établissement, décida de nous infliger des séances de sudation en nous rassemblant dans les salles de classe dont les cheminées furent allumées alors que l'été approchait. Leurs portes et fenêtres en furent fermées, ce qui nous faisait suffoquer. Quand bien même les religieuses nous répétaient que les maladies viennent à cheval et s'en retournent à pied, notre calvaire dura bien trop longtemps, si longtemps que j'en vins presque à m'encolérer contre l'univers entier. Nous n'avions pas mérité cela, nous, enfants abandonnés ou parfois jetés comme c'était mon cas. Dieu, s'il existait vraiment, aurait dû nous avoir préservées de la peste !

Puis, ce que sœur Élodie qualifiait de « punition du Très-Haut » s'en alla comme c'était venu. Sans raison. Ou peut-être grâce à un remède, que notre chirurgien disait miracle, à base de quinquina. Il nous força à ingurgiter ce breuvage écœurant longtemps après que tout danger fut écarté et que la lourde porte d'entrée de l'hôpital des Cent-Filles s'ouvrit à nouveau aux livreurs de marchandises et aux artisans tandis que les rues adjacentes bruissaient du vacarme rassurant des calèches.

Nous en avions oublié ce mot étrange de « mariage » et ces tout aussi étranges contrées qui excitaient l'imagination de plusieurs d'entre nous : l'Amérique, la Neuve-France, la Louisiane, la Martinique. Quoique, s'agissant d'elles, nous finîmes par en apprendre quelques bribes de la bouche de notre confesseur, frère Théophile. Il ne semblait guère approuver la perspective de notre départ pour la raison que l'on attendait de nous que nous fondions chacune une famille alors même que nous n'en avions jamais eu. Il nous mettait en garde, baissant la voix :

— Là-bas, de l'autre côté de cet océan terrifiant qu'est l'Atlantique, se trouve la terre des païens. Ils n'ont aucune teinture de christianisme et vénèrent des divinités grotesques. Sans même parler du fait qu'ils combattent nos Français dès qu'ils le peuvent. Incendient leurs demeures, brûlent leurs récoltes, dénaturent leurs épouses... Sachez que ceux qui vous font miroiter les fastes de la Neuve-France vous mystifient tout simplement ! Tout ce que nous rapporte ce territoire, ce sont ces fourrures dont aiment à se parer les dames de la Cour. Et puis, ces Indiens sont une plaie pour l'humanité civilisée.

Peu d'entre nous prêtèrent attention aux avertissements de frère Théophile dont sœur Élodie et les autres sœurs prétendaient qu'il n'avait plus toute sa tête quoiqu'il fît preuve d'une rare piété. Ne ressassait-il pas qu'il n'y avait qu'heur et malheur en ce bas monde ? Ce mot, « Indiens », nous était d'ailleurs inconnu et quand l'une d'entre nous rassembla son courage pour en demander la signification à l'une des religieuses, cette dernière fit une moue méprisante et, désignant Julie du menton, asséna :

— C'est des créatures comme celle-là ! Des sortes de gitans avec des plumes dans les cheveux et qui baragouinent au lieu de parler comme des chrétiens. D'après, ce que j'en sais en tout cas...

CHAPITRE 2

Au sortir du port de La Rochelle, alors que ses toits gris et son sémaphore s'éloignaient, chose qui nous étreignit le cœur, le *Saint-Louis* fut brutalement happé par une houle que l'étale de la mer n'avait pas permis de pressentir. Les « filles du Roy » comme nous avait cérémonieusement désignées le capitaine à l'embarquement, sous le regard goguenard de ses marins, chutèrent sur le pont, poussant des cris d'orfraie. Je fus en proie à un tel bondissement d'estomac que je vomis d'un seul coup le quignon de pain agrémenté d'un morceau de fromage qui nous avait été servi en guise de petit déjeuner. Hortense, qui était devenue ma meilleure amie depuis qu'Irène s'en était allée, s'évanouit sans que quiconque se précipitât à son secours. Je la rassis non sans difficulté tandis que des larmes de désespoir et de colère me brouillaient la vue. Je n'avais pas demandé à faire partie de cette folle équipée ! Je n'avais aucune soif de découvrir ces terres nouvelles d'Amérique. Et surtout je n'avais pas envie de me retrouver mariée à un homme que je ne connaissais pas.

Je n'étais qu'une orpheline qui attendait sagement la venue de ses vingt-cinq ans pour échapper à l'hôpital des Cent-Filles afin de pouvoir découvrir le vaste monde et enfin vivre sa vie.

Le calme plat revint tout soudain et les passagers se remirent vite de leurs émotions, devisant à voix exagérément haute. En particulier ces hommes qui, élégamment vêtus, se présentaient comme négociants, fonctionnaires du roi, soldats, missionnaires ou émigrants volontaires. Un prénommé Augustin faisait partie de cette dernière catégorie et s'étant entiché de ma personne, à mon grand dam, entreprit de me bassiner les oreilles, avant même que le *Saint-Louis* eût levé l'ancre, cela dès que notre marraine eut le dos tourné. C'est que celle qui nous avait demandé de l'appeler « Madame de Sernin » ou « Marraine » devrait veiller sur un contingent de plus d'une centaine de filles arrachées à différents orphelinats. On nous avait logées tout à l'arrière du navire, dans un endroit que les marins appelaient, sur un ton de rigoladerie, la sainte-barbe. L'exiguïté des lieux m'avait fait frémir d'autant que le capitaine avait ordonné le rassemblement des passagers sur le pont principal peu avant l'appareillage et avait fait une péroraison qui se voulait menaçante :

— Mesdames et Messieurs, jeunes filles, sachez que vous avez embarqué pour un périple, hélas périlleux, et qui durera au bas mot deux mois, voire davantage... Tout dépendra des vents ! Si par bonheur ils nous sont favorables, nous atteindrons l'embouchure du fleuve Saint-Laurent à la mi-juin. Je m'emploierai à ce que la discipline règne à bord ! Mon équipage devra montrer le plus grand respect à votre égard et tout manquement de la part d'un matelot devra m'être signalé sur-le-champ.

Nous ne manquâmes pas de remarquer que certaines des jeunes filles qui nous avaient rejointes à La Rochelle avaient été séparées de nous autres, les orphelines. Il y eut un petit groupe d'élégantes à qui l'on fit courbette et à l'inverse, un autre qui fut regardé de haut. Les premières, apprîmes-nous, appartenaient à la petite noblesse et étaient réservées à des personnages importants de la Neuve-France tandis que les secondes étaient des catins qui avaient été ramassées, visiblement contre leur gré, sur les quais de Bordeaux, de Nantes ou de La Rochelle. De tempérament farcesque, à moitié ivres pour certaines ou feignant de l'être, la gorge à demi dénudée, elles braillaient des chansons paillardes, entrecoupées du même refrain équivoque, à la grande hilarité des matelots :

Mon père m'a donné pour mari,
Un faux vieillard tout raccourci
Tant j'étais innocente !

Elles furent conduites à fond de cale d'où nous les entendîmes furibonder tandis que les premières, les promises à un bel avenir, disposaient de trois cabines à l'avant du navire. À côté de celles des officiers.

— Si Dieu pouvait veiller sur nous..., murmura Hortense, m'étreignant les mains à l'instant où les côtes de France s'estompèrent dans le lointain.

Je ne répondis rien. J'étais tout entière attentive à la voix de ma nourrice. Mon viatique. Cette dernière m'était à nouveau apparue en rêve la veille au soir. Créature hélas sans visage mais si aimante. Je l'entendais répéter : *Mouju et tè touè !*, inlassablement mais toujours à mi-voix.

Les voiles du *Saint-Louis* claquaient désormais sous un vent puissant et au-devant de nous, il n'y avait que la vastitude de la mer. Je ne l'avais vue jusque-là que dans ces livrets grâce auxquels les religieuses de l'hôpital des Cent-Filles nous enseignaient des rudiments de géographie. Mers, montagnes, fleuves, déserts nous étaient des choses mystérieuses, nous qui connaissions déjà si peu de Paris. Le monde extérieur nous effrayait. C'est pourquoi chaque année, certaines d'entre nous qui avaient atteint l'âge de le rejoindre acceptaient d'entrer au couvent. Ou, plus tristement, choisissaient de se pendre à l'aide d'une couverture nouée en corde. C'est le sort que choisit la pourtant fiéraude Antoinette à quelques jours de notre départ. Elle n'avait pas supporté de ne point faire partie du voyage pour l'Amérique et ronchonnait :

— Partout en ce monde vaut mieux que cet orphelinat !

Il commença soudain à faire froid au bout d'une dizaine de jours, si froid que Marraine nous donnait l'ordre de rentrer très vite le matin, ne nous permettant que de humer l'air de l'après-midi. La sainte-barbe était fort étroite et nous étions entassées les unes contre les autres, ne disposant que d'un semblant de lit accroché à un cadre ainsi qu'un pot de chambre entre lesquels il nous fallut ranger notre bien le plus précieux : cette cassette contenant bas, bonnets, gants, fil à coudre, aiguilles, ciseaux et le pécule offert par Sa Majesté. C'était la première fois que nous disposions d'argent. N'en ayant jamais utilisé, ce que je considérais comme mon bien le plus précieux était ce lot de plumes ainsi qu'un encrier et un affile-crayon que j'avais subtilisés dans notre salle d'études la veille du jour où nous avions quitté Paris pour La Rochelle.

Quand la nuit tombait, un matelot nous apportait des biscuits et de l'eau (« Vous n'aurez de vrai repas, chères mamzelles, que lorsque vous aurez vaincu le mal de mer! »), trébuchant, faute de lampe, sur celles qui se trouvaient à l'entrée. C'est que cette partie du navire, la sainte-barbe, était celle où étaient rangées les munitions, barils de poudre en particulier, et la moindre étincelle, nous avait averties un quartier-maître, nous ferait passer dans l'autre monde.

Nous en éprouvions un effroi sans nom.

[*CAHIER DE MARIE-HÉLOÏSE.*

Irma grelotte depuis des jours et des jours, une sueur mauvaise lui dégoulinant sur le visage, les yeux exorbités, s'agrippant à mon bras quand elle doit s'extirper de sa couche pour se débarbouiller. Quoiqu'elle fît commerce de son devant dans une maison close de La Rochelle, chose dont elle ne se cache pas, on ne l'a pas parquée à fond de cale comme ses congénères parce que l'endroit ne peut plus contenir personne. On lui a alors attribué une place dans la sainte-barbe, parmi les orphelines. Avant de tomber malade, elle prenait plaisir à jouer du plat de la langue de la sorte :

— Hé, les pucelles, vous savez pas ce qu'est un mandrin ? Ben, oui, quoi ! Ce que la race des hommes – que le Diable les emporte ! – possède entre les jambes. Une sorte de saucisson blanchâtre qui devient tout rose quand il est en émoi. Ha-ha-ha ! Et là, pas de quartiers, ventrebleu ! Ces chiens vous l'enfoncent dans le giron en vous tirant les cheveux en arrière et en jurant. Jusqu'à ce que ça saigne et même si vous hurlez et vous débattez, ils continuent leur sale besogne, se mettent à beugler de satisfaction en vous repoussant brutalement. C'est ça, les hommes ! Ha-ha-ha !

Les propos de la catin terrifient. Je me demande comment Irma et ses semblables ont réussi à se trouver à bord du Saint-Louis *puisque à l'embarquement, elles auraient dû présenter un certificat de bonnes mœurs délivré par l'Église dont leur accompagnatrice, celle qu'il faut appeler « Marraine », s'était portée garante.*

— J'ai pourtant attrapé toutes les cochonneries ! bravache Irma. Les morpions, la petite et la grande vérette, la syphilis et tout ça. Pourtant, vous me voyez là devant vous, bien debout, et partant à l'aventure le cœur vaillant. Dans la Nouvelle-France, je deviendrai une grande dame. Sachez-le !

C'est là sa manière de se payer d'agréables mensonges.

Quand même des matelots en arrivent à tomber malades, le chirurgien de bord accuse l'eau douce contenue dans des barriques, non loin du pont avant. Elle a assez vite pris une couleur indécise et y tremper ses lèvres provoque immanquablement un haut-le-cœur. Quant à l'odeur écœurante qui s'en dégage, elle oblige à se pincer le nez avant de porter sa timbale à ses lèvres. À la suite d'Irma, plusieurs d'entre les filles du Roy se révèlent être souffrantes. L'équipage nous fournit force citrons qu'il nous persuade de mâcher. Bientôt, le nom d'une maladie mortelle se répand : le scorbut. Le chirurgien de bord ne sait plus où donner de la tête. Il fait également office d'aumônier quand le Saint-Louis *se voit contraint de balancer les trépassés par-dessus bord.*

Irma, l'orpheline qui n'avait pas eu la chance d'être recueillie par une institution et qui faisait commerce de ses charmes dans les bas-fonds de La Rochelle, cesse un beau matin d'être prise de tremblade. Son regard devient fixe. Son teint livide. Elle me serre les doigts au moment où son âme s'envole balbutiant quelque chose que je n'entends pas. Après une brève cérémonie, son corps, enveloppé dans un simple drap, est livré à la fureur de l'Atlantique.

Hortense, celle qui était devenue ma meilleure amie, subit le même sort quelques jours plus tard.]

Bientôt le ciel se fit constamment grisailleux. Nous étions pourtant à la fin du mois d'avril, du moins si j'avais bien compté les jours. Notre navire filait droit vers l'inconnu depuis trois semaines déjà. Augustin, mon soupirant, m'apprit que là-bas, dans ce qu'il appelait le Nouveau Monde, le printemps durait peu et l'été, quoiqu'il fût d'une beauté à couper le souffle avec ses arbres dont les feuillages se drapaient de rouge, de jaune et d'orangé, était encore plus bref.

— Plus nous avancerons, plus le temps deviendra maussade, m'alerta-t-il les rares fois où il parvenait à tromper la vigilance de notre marraine. Mais, Marie-Héloïse, ne désespère pas car une fois arrivés à bon port, je demanderai ta main au lieutenant général. C'est lui qui gouverne la Nouvelle-France au nom de notre roi.

J'avais du mal à le croire. Comme mes compagnonnes d'infortune, je ne supportais plus cette odeur fétide qui avait envahi le navire et que même les vents violents ne parvenaient à dissiper. Aux approchants de la sainte-barbe, tout à côté en fait, se trouvait un parc à animaux : poules, lapins, chèvres et cochons. Chaque matin, le maître coq, bonhomme rougeaud, arborant un tablier couvert de taches, muni de couteaux terriblement affûtés qu'il entrechoquait par plaisir en chantonnant, tout cela accompagné des clins d'œil pleins de goguenardise, surgissait d'entre les matelots et se mettait à brailler :

— Qui veut goûter à du civet de lapin, Mesdames ? J'ai charrié les meilleures bestioles du Dauphiné. Ha-ha-ha ! Vous en serez revigorées car je trouve que certaines d'entre vous sont devenues fichtrement chétives. Les coureurs des bois et les trappeurs qui ont hâte de vous chavirer sur le dos ont besoin de solides bougresses. Gardez-vous de l'oublier !

L'apprenti cuisinier, qui le secondait, avait une tête d'écervelé car il tenait des propos souvent sans queue ni tête, cela dans un idiome abracadabrant qui suscitait l'hilarité des marins. Il jaillissait de la cambuse en sautillant alors qu'il ne souffrait apparemment d'aucune infirmité. « Tiens, voici notre marmiteux de la Vendée, qui va égorger ces pauvres bestioles qui n'ont rien demandé à personne ! — Ben non, il est plutôt de quelque patelin de Normandie. Regardez-moi ces orteils écartés ! Ce bougre-là n'a jamais porté de sabots dans son enfance ! — T'es qu'un gargouillot, mon gars, et il y a gros à parier que tu vas nous empoisonner vu que tu ne dois même pas savoir distinguer l'huile du vinaigre. Au fait, qui est le benêt qui a décidé d'emporter des lapins à bord ? C'est toi, hein ? Tu ne sais donc pas que ça porte malheur et qu'en plus ça ronge la coque des navires ? » Or, ces taquineries empreintes de déshonorance ne troublaient point l'apprenti cuisinier qui ouvrait l'un des clapiers, saisissait le premier lapin à sa portée et lui tranchait la gorge d'un coup sec avant d'en gloutonner le sang, embarbouillant son visage et ses vêtements.

Un jour que le marmiteux se livrait à ses pitreries habituelles, la vigie, du haut du mât principal du *Saint-Louis*, sonna l'alerte :

— Goélette sans pavillon à bâbord!

Le temps était par grains et pluvieux, ce qui fit que Marraine écourta notre séjour à l'air libre et nous ordonna de regagner sans délai la sainte-barbe à notre grand déplaisir. Je haïssais cet endroit toujours plongé dans une demi-pénombre qu'atténuaient à peine deux lucarnes qui claquaient sous l'effet des bourrasques et me faisaient sursauter la nuit, moi qui avais toujours eu le sommeil difficile. Dès que nous nous retrouvâmes calfeutrées, nous entendîmes des canonnades suivies de coups de mousquet ainsi que des exclamations dans des langages inconnus provenant du pont avant. Notre navire se mit à tanguer après un énorme craquement provoqué sans aucun doute par l'entrechoc de sa coque avec celle de la goélette des flibustiers. Le quartier-maître, une fois en haute mer après notre départ de La Rochelle, nous avait plusieurs fois mises en garde : l'océan était sillonné par des bateaux n'affichant le pavillon d'aucune nation. À leur bord, des êtres sans foi ni loi, sans Dieu ni maître, s'attaquaient à toute voile passant à leur portée, n'hésitant pas à massacrer les équipages, à s'emparer des femmes ou à les souiller avant de dérober la cargaison. Même la peu effarouchable Julie, notre chère

Gitane, en frissonnait, elle qui avait pour habitude de se gausser du quartier-maître qu'elle jugeait malgracieux. Quand il arrivait à ce dernier de prononcer les noms des plus redoutables d'entre ces bandits des mers – Monbars l'Exterminateur, Harri Morgan ou Francis Drake –, nous la surprenions à verser des larmes qu'elle s'efforçait vainement d'effacer du revers de la main. Mais sa méchanceté naturelle reprenait vite le dessus :

— Hé, les pucelles ! Vous savez qui d'entre nous autres sera la première à tomber entre les griffes de ces malandrins ?... Notre si belle et prestancieuse Marie-Héloïse, pardi ! Ses yeux verts les attireront comme des mouches et ils se gourmeront pour être les premiers à lui palper son postérieur de jument. Ha-ha-ha !

Le jour où le *Saint-Louis* subit l'abordage du navire de pirates, Julie cessa tout net ses gausseries. Autour de la sainte-barbe, ce n'était plus que hurlements, jurons, coups de feu et cavalcades. Puis, au bout d'un temps indéterminé, un calme feinteur s'instaura. Notre navire ne chambranlait plus guère. Il était simplement ballotté par le mouvement de la mer. Personne ne jugea bon de nous expliquer ce qui s'était passé mais quand on nous autorisa à sortir à l'air libre et que nous aperçûmes les filles de bonne famille remonter de la cale, l'air dégoûté, nous comprîmes que nous avions subi ce que tout le monde à bord redoutait le plus : une attaque de pirates. L'une des greluches s'était glissée à l'insu de l'équipage parmi les demoiselles et une fois sur le pont, s'était mise à volter de-ci de-là, complètement hilare :

— Hé, bonnes gens, vos poupons ont perdu leur pucelage. Ha-ha-ha ! Nous leur avons enfoncé un doigt là où il faut pas.

Elle fut aussitôt happée par les cheveux et conduite dans un cagibi qui servait de prison. Un mousse, qui avait désobéi au quartier-maître, y avait été enfermé durant des jours et il avait passé son temps à se lamenter dans la plus totale indifférence de l'équipage. À bord du *Saint-Louis* régnait la défiance qui n'était supplantée par la fraternité qu'aux moments où quelque danger se présentait. Selon Julie, la plupart des matelots étaient, en effet, que gens de bas aloi, repris de justice, fripouilles, marauds et autres faquins. Toujours est-il qu'ils avaient vaillamment repoussé les tentatives d'abordage des flibustiers, ce qui leur valut les félicitations publiques du capitaine. Exceptionnellement, un petit tonneau de vin pourtant destiné à un riche commerçant de la Nouvelle-France leur fut distribué et ils bambochèrent jusqu'à plus soif. Notre marraine nous fit prestement regagner la sainte-barbe. À notre grand déplaisir parce qu'au-dehors, pour une fois, il faisait grand soleil, les vents s'étaient calmés et nous voguions sur une mer d'huile. Emmanché avec la vigie (elle s'adonnait avec lui, au cœur de la nuit, à des vilaineries), Julie nous rapporta que nos défenseurs avaient même été autorisés, en guise de récompense, à descendre à fond de cale afin de s'esbaudir avec les filles de joie.

Le *Saint-Louis* en vint à subir deux autres attaques de flibustiers qui, grâce à Dieu, serina Marraine en se signant, furent repoussées.

Un bon mois s'écoula sans la moindre alerte. Jusqu'au jour où notre navire s'immobilisa. Cela ne s'était jamais produit depuis notre départ de La Rochelle. Nous n'entendions plus le flux et le reflux de la mer, le fracas continu des vagues contre sa coque. Un silence s'instaura. Silence si implacable qu'il semblait emprisonner nos voix et même nos gestes. Le cuistot lui-même et son hurluberlu d'apprenti cessèrent de s'adonner à leur pour le moins grotesque spectacle matinal. À nous, les filles du Roy, notre marraine n'accorda que de brèves sorties sur le pont arrière et nous demeurâmes enfermées dans la sainte-barbe durant des jours et des jours. L'endroit, outre la chaleur qui y régnait de jour et la freidure de nuit, commença à puer à cause de nos pots de chambre qu'il ne nous était plus possible de dévider dans l'océan. Julie, pour une fois, ne savait pas de quoi il retournait, n'ayant plus de contact avec la vigie sur laquelle notre Gitane avait jeté son dévolu (à moins que ce ne fût l'inverse). Ses habituelles piques à notre endroit, ses moqueries quant à notre pucelage qui prendrait bientôt fin, aux bébés que nous mettrions au monde sans discontinuer, à l'existence de campagnarde que nous mènerions alors qu'elle deviendrait une dame de la haute société, avaient cessé. D'ailleurs, grâce à son amant, elle semblait en savoir beaucoup plus sur le sort qui nous attendait et nous jetait des regards empreints de commisération.

— Belle comme tu es, me lançait-elle à la moindre occasion, tu aurais mérité qu'une personne de haut parage t'adopte au lieu d'être envoyée comme une marchandise à des butors.

Marraine fut bien obligée de nous révéler la vérité : le *Saint-Louis* se trouvait emprisonné au mitan de l'océan. Dans un entrelacement d'algues qui en recouvrait totalement la surface, lui baillant l'air d'une prairie faussement avenante. Elle organisa alors des séances de prières sans l'aumônier, tombé malade quelques jours après l'appareillage du navire, et dit même une fois la messe après nous avoir intimé l'ordre de nous agenouiller au bord de notre grabat. Je crus que notre fin était arrivée. Nous avions surmonté tempêtes et attaques de flibustiers mais le calme absolu de l'océan, ce calme feinteur qui avait pour effet de suspendre le cours du temps – d'autant qu'emprisonnées dans la sainte-barbe, nous ne parvenions plus à distinguer le jour de la nuit – signait cette fin. Une invraisemblable colère s'empara de moi. Sans crier gare. Qu'avais-je fait, qu'avions-nous fait pour mériter cela, nous qui n'avions eu ni père ni mère ? Surtout moi, l'enfant jeté et non remis à l'hôpital des Cent-Filles comme mes congénères. Alors mes lèvres feignaient de prononcer le « Notre-Père » mais aucun son ne sortait de ma bouche.

Le ressentiment me tint éveillée un interminable de temps.

Puis, de façon tout aussi incongrue, la désespérante immobilité du navire se mua en un lent balancement, suivi de brusques mouvements d'avant et d'arrière. Des exclamations fusèrent sur le pont avant. Cris d'allégresse qui nous tétanisèrent jusqu'au moment où un matelot vint nous délivrer :

— Dehors, les pisseuses ! Venez respirer le grand air,

foutre ! Non mais ça empeste la femelle là-dedans, vous n'avez pas honte ? Pouah !

Mon charpentier énamouré, Augustin, profitant de la bousculade qui, pour une fois, mêla équipage, filles de bonnes familles, orphelines et catins, me prit les mains qu'il baisa avec une telle délicatesse que j'en frissonnai.

— Marie-Héloïse, si nous avons vaincu pirates et sargasses, c'est que Dieu a envisagé le plus bel avenir pour nous ! Tu deviendras mon épouse en Neuve-France. Je t'en fais le serment...

CHAPITRE 3

La remontée de ce fleuve dont j'avais sur le moment oublié le nom, quoique Augustin me l'eût répété, fut presque aussi angoissante que la traversée de la mer Atlantique. Quoiqu'il fût bordé d'épaisses forêts d'assez bel effet et que, par endroits, nous distinguions au loin quelques cabanes et parfois d'étranges animaux munis de cornes torsadées, nous n'en étions point rassurées du tout. Ses eaux se creusaient tout soudain, formant des trous gigantesques dans lesquels le *Saint-Louis* s'enfonçait à une vitesse vertigineuse avant de remonter de la même façon, en proie à des craquements sinistres, provoquant l'affolement de ses mâts. D'autres fois, notre navire se trouva pris dans des tourbillons qui faisaient valser des pans de glace qui venaient se fracasser contre sa coque au grand émoi des passagers. La surveillance de notre marraine, Mme de Sernin, se relâchait bien qu'elle se vantât d'avoir déjà accompli quatre voyages entre le royaume de France et la Neuve-France. Augustin, l'artisan qui m'avait prise en bonne passion et qui, contrairement aux autres passagers, ne lorgnait point ma poitrine ni ne me susurrait des propositions salaces, s'efforçait de me rassurer :

— Marie-Héloïse, la fin de notre calvaire approche. Le Bon Dieu a veillé sur nous. Qu'il en soit mille fois remercié ! Ce pays a grand besoin de charpentiers et dans peu de temps, je trouverai à m'établir et pourrai demander ta main. D'abord, je devrai travailler pour celui qui m'a engagé mais la solde est plutôt bonne : trente sols par jour. En plus, je serai pensionné les dimanches, les jours de fête et par mauvais temps. Patience donc, ma belle !

Quoique ses paroles câlines fissent palpiter mon cœur, je ne l'écoutais que d'une oreille car la voix de ma nourrice, cette voix protectrice qui m'avait accompagnée tout au long de mon séjour de quinze années à l'hôpital des Cent-Filles, résonnait en moi. Pas seulement dans ma tête. Dans mon corps tout entier et comme chaque fois que cela se produisait, je farfouillais dans ma mémoire pour tenter de lui forger un visage. En vain. Je ressentais l'affection de ses mains, la tendresse du sein avec lequel elle m'allaitait et par-dessus tout son odeur envoûtante, mais rien d'autre. À mon désespoir.

Quand le fleuve Saint-Laurent cessa enfin de mouvementer le *Saint-Louis*, il y eut une vive agitation. Des goélands se mirent à tournoyer au-dessus des mâts. Le capitaine fit monter les catins de la cale, rassembla les orphelines et les quelques privilégiées qui avaient bénéficié d'une cabine sur le pont avant. Des matelots déballèrent précipitamment des malles contenant tout un lot de vêtements qu'on nous ordonna d'enfiler sans plus tarder : de gros manteaux en peau de bête, des gants, des couvre-chefs un peu ridicules car arborant des queues de ce qu'il me sembla être de renard. C'est qu'alors même que les quais d'un port se dessinaient dans le brouillard, une freidure extraordinaire nous étreignit. Nous claquions des dents, notre peau se mit à bleuir, nos membres à s'engourdir et nos yeux à verser des larmes vite chassées par un vent violent.

— Cette ville là-bas s'appelle Québec, eut le temps de me glisser Augustin.

Ce fut la dernière parole que je devais entendre de lui. Il ne tarda pas à gagner la cabine qu'il partageait avec des matelots. L'équipage s'affairait sous les ordres gutturaux du quartier-maître et des voiles furent prestement repliées.

Quand nous nous apprêtâmes à descendre l'échelle de coupée, grande fut notre stupéfaction. Marthe, qui m'était devenue la plus proche après le décès d'Hortense, poussa un cri d'effroi et refusa de gagner la terre ferme. Elle était en proie à une sorte de convulsion, se débattit lorsque deux marins s'emparèrent de sa personne sans ménagement et tentèrent de la forcer à avancer. Son affolement gagna la plupart des filles du Roy qui lâchèrent toute une dévalaison de cris, de supplications, rebroussant chemin et bousculant les matelots pour la plupart goguenards car sans doute accoutumés à ce spectacle. Le capitaine du *Saint-Louis*, pour sa part, demeurait placide.

Notre marraine, quant à elle, était dans ses fureurs :

— Cessez de faire vos mijaurées ! Oubliez-vous que vous n'avez ni père ni mère ? Ceux qui sont venus à votre rencontre ne vous veulent aucun mal. Ils sont vos futurs époux et vous leur devez du respect.

Tout un concours d'hommes hirsutes et mésavenants, pour certains probablement éméchés, s'étaient massés sur les quais, certains debout sur les parapets, nous adressant de grands gestes tout en nous lançant des paroles dont nous n'entendions que des bribes peu rassurantes. « La grande brune là-haut avec des cheveux calamistrés, elle est pour moi, sacrebleu! – Hé, ma blonde, merci d'être venue à moi. Cela fait des lustres que je t'espère, ma belle! – J'ai besoin d'une forte femme et toi là-bas, t'as les épaules et les hanches qu'il me faut! » Nous en étions presque toutes terrorisées. Seule la petite vingtaine de jeunes filles de bonne famille qui avait voyagé sous la protection personnelle du capitaine garda son calme. Après que les matelots nous eurent fait reculer pour leur ouvrir le passage, elles descendirent d'un pas uni, sans un coup d'œil pour nous, les orphelines et les catins, et rendues sur le quai, des calèches les prirent en charge, protégées par des soldats. Je n'éprouvai aucune jalousie à l'endroit de ces privilégiées car elles non plus n'avaient pas la moindre idée des hommes avec lesquels on les unirait pour la vie.

Ceux qui nous espéraient avec tant d'avidité durent être repoussés loin des quais par des sortes de gardes à cheval, vêtus d'uniforme rouge du plus bel effet qui contrastait avec les hardes en peau de bête de nos futurs époux. Dans cette contrée, il fait si froid, m'avait prévenu Augustin, que la simple toile est incapable de protéger le corps humain, hormis au mois d'août. Alors, on doit dépecer des loutres, des renards, des ours ou plus simplement des lièvres afin de fabriquer des toques ou des manteaux avec leur fourrure. Des mocassins aussi. Les gens de la Nouvelle-France ont appris cela des naturels de ce pays, les Iroquois, avec lesquels ils commercent quand ces brutes ne leur font pas la guerre.

— Fais attention à ta personne, Marie-Héloïse, car si jamais l'un de ces démons emplumés en venait à te capturer, personne n'aurait plus aucun moyen de savoir ce que tu seras devenue! Tu deviendras une Blanche désarroyée, voilà! Ils te tatoueront des dessins horribles sur tout le corps, t'échangeront entre chefs pour une nuit, te forceront à adopter leurs coutumes pleines de rustauderie et fatalement, tu mettras au monde un petit métis. Dès lors, tu n'auras plus aucun espoir de regagner la civilisation. Aucun homme blanc ne voudra de toi!

J'avais conservé à l'esprit tous les causements que j'avais eus avec mon charpentier si talentueux qu'après une tempête qui faillit plonger le *Saint-Louis* dans les abysses, le capitaine avait voulu l'embaucher. C'est qu'Augustin s'était montré plus habile que les quatre matelots qui avaient la charge de réparer le navire. Il lui avait proposé une somme mirobolante pour le convaincre d'accepter mais mon amoureux (avais-je le droit d'employer ce terme?) tenait à voir du pays, ce pays qu'il décrivait comme étant magnifique sans toutefois parvenir à m'en dépersuader. La Neuve-France lui avait tourneboulé la raison avant même qu'il y posât le pied!

Avec la voix de plus en plus ténue de ma nourrice, la

sienne continuerait longtemps à m'habiter mais fort heureusement, au contraire de celle-ci, ses traits demeureraient gravés dans ma mémoire pour toujours. Du moins en étais-je convaincue.

Marraine de Sernin prit congé de nous. Sa mission était achevée. Elle nous avait couvées durant notre éprouvante traversée de la mer Atlantique, tarabustées certaines fois et avait empêché que des marins avides de chair fraîche nous dérespectent. Cela n'avait pas été tâche facile car à son insu, deux d'entre nous s'étaient, pour leur plus grand malheur, laissé sucrer les oreilles et avaient polissonné avec eux. Elles n'étaient donc plus vierges et leurs futurs maris les répudieraient au lendemain de leur nuit de noces. Cette terrible prédiction provenait de Julie qui, n'ayant plus l'occasion de fuguer à sa guise comme elle en avait pris la vilaine habitude à l'hôpital des Cent-Filles, s'extirpait nuitamment de la sainte-barbe pour rejoindre la vigie qui, je dois l'avouer, était fort bel homme.

— Moi, aucun gredin ne me chassera de chez lui après notre mariage, vantardisait notre Gitane, car j'ai de quoi l'amblouser ! Au matin, il découvrira nos draps couverts de sang comme si c'était la première fois que je frottais mon corps à celui d'un homme et il en sera fou de joie. Ha-ha-ha !

À notre grand soulagement, nous les orphelines, on nous conduisit dans un vaste bâtiment situé près d'un couvent, au cœur de cette ville qui ne ressemblait pas vraiment, avec ses demeures presque identiques, au peu que nous avions pu découvrir de Paris au cours des sorties dominicales qui nous étaient octroyées. Quant aux vive-la-joie, ces catins qui avaient voyagé à fond de cale, nous les perdîmes de vue car elles furent transportées à bord de canots en amont de l'immense fleuve qui continuait à m'effrayer quoiqu'il se fût quelque peu calmé. Or, mis à part le fait que nous disposions désormais de plus d'espace, d'un vrai lit et d'une salle de bains convenable, notre nouvelle existence ressemblait en tout point à celle que nous menions deux mois plus tôt à l'hôpital des Cent-Filles. Même discipline de fer du matin au soir mais désormais avec des temps de prière plus longs.

— Dans ce pays, avait ricané Julie, toujours portée à l'exagération, faut prier davantage que chez nous car sans la protection de Dieu, on peut mourir de froid à tout moment.

Nous avions gardé à l'esprit les gesticulations et les mots obscènes des faquins qui nous espéraient sur les quais à notre arrivée et en étions encore terrorisées. Les plus bavardes d'entre nous étaient devenues des taiseuses et les plus poltronnes se mettaient à sangloter pour un rien. Les religieuses qui veillaient sur nous feignaient de ne pas s'en apercevoir ou s'en indifféraient. De temps à autre, celle qui avait succédé à notre marraine et que l'on nous avait demandé d'appeler Dame Jolignac venait nous rendre visite. Elle nous pressait de nous déshabiller et nous examinait les parties du corps à la façon des chirurgiens mais sans la délicatesse de ces derniers, nous avertissant :

— Icitte, on n'aime pas les maigrelettes, mesdemoiselles, donc je vous laisse un mois pour vous refaire une santé. Vos futurs maris s'impatientent et surtout la Nouvelle-France compte sur vous pour lui faire de beaux bébés. De vrais bébés et pas ces rejetons mi-blancs mi-indiens que nos trappeurs et coureurs des bois sèment à tout vent à force de s'acoquiner avec les Sauvagesses ! Il y en a déjà beaucoup trop et à cause de leur moitié de sang iroquois ou algonquin, on ne saurait leur faire confiance.

La Nouvelle-France n'était donc pas le paradis terrestre qu'on nous avait fait miroiter. Frère Théophile, notre confesseur, avait eu raison.

À peine trois semaines après notre installation dans cette grande bâtisse, des sœurs du couvent des Ursulines, qui lui faisait face, vinrent à notre rencontre. Celle qui s'entretint avec moi avait un air souffreteux mais une réelle bonté se dégageait de sa personne. Elle me fit asseoir tout près d'elle, me prit les mains entre les siennes et esquissa un petit sourire.

— Marie-Héloïse Levasseur, Notre-Seigneur t'a fait un cadeau inestimable. Tu es d'une beauté tout simplement renversante... Je suppose qu'on a déjà dû te le dire, n'est-ce pas ?

J'étais tout à la fois stupéfaite et intriguée. Ce n'était pas la première fois que l'on me faisait pareil compliment mais, à l'hôpital des Cent-Filles, elle provenait de congénères que la jalouseté démangeait ou de sœur Élodie qui y voyait rien de moins que la main du Diable. À la vérité, les miroirs étaient interdits dans notre orphelinat et lors de la traversée de l'Atlantique, je ne m'étais aperçue qu'une fois, une seule, dans celui, minuscule, que mon soupirant,

Augustin, cet artisan dont je ne savais pas ce qu'il était devenu, m'avait mis furtivement sous le nez. Ma prétendue beauté ne m'avait alors pas impressionnée. Pour moi, ce qualificatif convenait tout particulièrement à notre dévergondée de Julie avec son teint mat et ses cheveux couleur de nuit qu'agitait un perpétuel friselis.

— Je veux te rassurer, continua la sœur, qui prit soudain un air gêné... Vous autres, les filles du Roy, serez libres de choisir votre futur époux. Personne ne vous imposera tel ou tel... À partir de demain, il en viendra de partout. D'ici même, Québec, mais aussi de Montréal et de Trois-Rivières. Et même de plus loin car certains croupissent au fin fond des bois ou du côté des Grands Lacs et ne s'aventurent à la ville qu'à la fin du printemps.

Puis, de changer brusquement de ton et de me poser des questions si intimes qu'elles m'enflammèrent les joues : est-ce que mon catimini arrivait à intervalles réguliers ? Est-ce que je perdais beaucoup de sang ? Combien de fois par jour je lavais mon giron ? Me caressais-je durant la nuit ? Je balbutiai des réponses, affreusement embarrassée. Puis, la religieuse ferma les yeux et se mit à égrener son chapelet. Cela pendant un temps qui me parut si long que je crus l'entretien terminé et m'apprêtais à me lever de ma chaise.

— Pas si vite, jeune fille ! me gourmanda-t-elle. Il faut que tu saches qu'icitte, on a grand besoin de bras, d'hommes robustes et donc tes trois premiers enfants devront être des garçons. Ensuite, tu pourras faire autant de filles que tu voudras ! En Nouvelle-France, en mettre au monde six, sept ou huit est monnaie courante. Nos légitimes sont de solides créatures.

Et de m'expliquer par le menu comment parvenir à enfanter un garçon la première fois : dans les savants traités de médecine, il est recommandé d'attacher le génitoire gauche de son homme afin qu'aucune semence ne puisse en sortir. Ce qui fait que seule celle qui provient de la droite ensemencera la femme.

— Mais puisque tu ne connais pas encore les parties du corps masculin, je te recommande une pratique plus simple. Quand ton mari aura expulsé sa semence en toi, reste allongée sur le flanc droit afin qu'elle ne s'écoule que du côté droit de ta matrice !... Sinon, si au bout d'une année ton ventre ne s'arrondit pas, si l'année suivante, il en va de même, eh bien, peut-être es-tu bréhaigne. La pire des calamités en Nouvelle-France ! Mais il existe un remède pour ça qu'il ne faut jamais révéler aux hommes : se rendre dans une église, dès l'ouverture, et frotter son nombril contre les parties visibles de la statue d'un saint renommé.

Chacune d'entre nous avait eu droit au même entretien et le soir, une fois seules dans notre dortoir, nous en pleurions. Notre Gitane, comme à son habitude, fanfaronnait. À l'entendre, non seulement elle choisirait un riche chercheur d'or, disposerait d'une maison avec plusieurs pièces mais surtout mettrait au monde toute une trâlée d'enfants.

— J'en aurai douze ! Comme les apôtres et j'ai déjà choisi leurs prénoms : Michel, François, Paul, Victor et ainsi de suite.

La folle insouciance de Julie m'avait toujours stupéfiée. À l'hôpital des Cent-Filles, elle n'hésitait pas à fuguer de nuit les beaux jours venus. À bord du *Saint-Louis*, à l'extinction des feux, elle désertait effrontément la sainte-barbe pour rejoindre la vigie ou quelque matelot avec qui elle avait échangé des clins d'œil. Et la Nouvelle-France semblait ne pas l'effrayer le moins du monde.

Je devinais qu'elle couvait d'incommensurables souffrances.

Vint le jour, ce fameux jour que nous redoutions tant. Celui des entretiens avec ces inconnus qui souhaitaient convoler avec nous.

Comme à l'hôpital des Cent-Filles le jour où l'envoyé du roi vint choisir celles d'entre nous qui partiraient peupler la Nouvelle-France, alors cruellement en manque de femmes, mis à part les Sauvagesses, on nous fit revêtir nos plus beaux atours. Tôt le matin de ce jour d'automne, qui parait les frondaisons des grands arbres de couleurs chatoyantes, un important concours d'hommes s'était massé à l'entrée de notre établissement, ce qui n'avait rien d'inhabituel car nous n'avions pas manqué de remarquer que la population de ce pays était disproportionnellement masculine. Nous les guettions par les fenêtres de nos chambrées et à notre grand soulagement, ils n'entretenaient aucune ressemblance avec les bélîtres qui avaient assiégé les quais du port de Québec le jour de notre arrivée un mois et demi plus tôt. Ce qui nous rassura un brin.

Plusieurs pièces avaient été réservées pour les rencontres et l'on y pénétrait deux par deux : la fille du Roy et celui qui avait jeté son dévolu sur elle. Au préalable, tout ce monde avait été rassemblé dans le réfectoire débarrassé de ses tables et chaises et nos prétendants désignaient du doigt à Dame Jolignac celles qu'ils trouvaient à leur goût. Un homme râblé, à l'âge incertain, se planta devant moi et sans mot dire, examina ma poitrine, palpa mes hanches et mes jambes, n'hésitant pas à me contourner afin de poursuivre ses vérifications.

— J'ai presque terminé mon temps d'engagement, me lança-t-il lorsque l'on nous conduisit dans l'une des pièces où se déroulaient les tête-à-tête. Trois ans, c'est diablement long, ma belle, mais je suis un costaud, moué, tu verras ! Je compte m'établir comme cultivateur... Au fait, moi, c'est Benoît. Et toi, c'est comment ?

Autour de nous, ça bourdonnait de conversations feutrées, parfois entrecoupées de petits rires féminins ou d'exclamations masculines sous le regard sourcilleux de Dame Jolignac et de sœurs à cornette immaculée. À vue d'œil, ces chercheurs d'épouses étaient plus âgés que nous. À moins que la rudesse du climat ne leur eût abîmé les traits. J'essayais de deviner l'âge de ce Benoît qui jacotait presque à hauteur de mon visage à présent au point de postillonner, sa main droite, faussement affectueuse, s'attardant sur l'en-haut de mon arrière-train. Il devait avoir dans les trente ou trente-cinq ans alors que j'en avais moitié moins, chose que ma forte membrature ne permettait pas de remarquer d'emblée.

— Bon, j'imagine qu'on t'a affranchie sur ce que nous autres, on attend de vous, hein ? continua-t-il d'une voix bourrue. Réveil de beau matin à cinq heures pour s'occuper de la basse-cour et de la bergerie quand il ne fait pas trop frette. En janvier et février, faut attendre l'heure de midi. Ensuite, préparation du repas du matin qu'on va emporter car des fois, le mari s'en va pour la journée trafiquer des peaux avec les Sauvages. Et le soir, je te laisse deviner, ma belle... Ha-ha-ha!...

Comme je demeurais muette, tétanisée pour tout dire, il continua sa plaidoirie.

— Enfin, tu t'en rendras compte, belle pouliche ! Et puis, tu ne risques pas de te morfondre. Avec le corps que t'as, tu me pondras vite une ribambelle de marmots. Alors, tu dis quoi ? T'es d'accord ou pas ? On fait tope là si ça te va... Moi, j'aime pas trop lanterner à Québec. L'atmosphère de la ville, ça me va guère. Je préfère l'air pur de la forêt et puis chasser l'orignal, c'est ma grande passion, tu t'en rendras compte.

Dame Jolignac ne tenait pas à ce que les échanges s'éternisent. Elle allait et venait entre les couples, jetant un œil peu discret à celui-ci, écoutant la conversation de tel autre avant d'un claquement de mains d'interrompre cette dernière :

— Elle dit quoi, la jeune demoiselle ? C'est oui ou c'est non ? Ton prétendant est courtaud mais sache que dans les petites boîtes on met de bons onguents.

Quand la réponse était positive, le futur couple devait se rendre dans une autre pièce afin de signer des papiers qui permettraient leur mariage la semaine d'après. Quand elle était négative, on voyait l'homme rougir de mécontentement, tordre sa toque en fourrure, trépigner parfois, avant de sacrer, ce qui dans le langage de la Nouvelle-France signifie lâcher un juron. J'observais d'un œil ce sordide spectacle, faisant mine de prêter une oreille attentive à l'engagé qui multipliait les rodomontades afin de m'aguicher. Ce Benoît aurait, à l'entendre, fait fuir une troupe d'Indiens à lui tout seul. Remorqué un baleineau qui s'était égaré dans un bras de rivière non loin d'une île appelée Orléans. Aidé une femme à accoucher parce que la matrone de son village se trouvait au chevet d'une autre parturiente. Démasqué des métis indiens qui espionnaient au service des Anglais. Tant de balourdise finit par m'exaspérer et quand Dame Jolignac s'arrêta à notre hauteur, je fis un signe de refus de la tête. Le Benoît tomba en fureur :

— Mon hostie, tu perds rien pour attendre!

[COUREUR DES BOIS.

Chimène n'a pas bénéficié de la même chance que Marie-Héloïse. La jugeant pas suffisamment attirante, la cheftaine du nouvel établissement des filles du Roy ne la présente qu'au cours du tout dernier bal où se pressent ces hommes sans foi ni loi appelés coureurs des bois. Elle en a chassé sans ménagement certains qui se sont présentés avant cela, secondée par une escouade de soldats qui en menottent plusieurs d'entre eux. Beaucoup sont, en effet, recherchés par la justice pour avoir commis des vols ou fait du commerce de peaux illégal avec les ennemis de la colonie, ces redoutables Indiens. Ils en sont d'ailleurs venus à ressembler à ces derniers car ils exhibent fièrement leurs tatouages et s'expriment parfois dans leur parlure si rauque qu'elle écorche les oreilles. Quand, faute de scies et de haches en provenance de France, ils ne se servent pas des haches de pierre que fabrique cette engeance !

Une fois que les prétendants convenables ont trouvé chaussure à leur pied, il ne reste plus qu'une poignée de rustauds, certains à la mine patibulaire car les joues couvertes de cicatrices, d'autres qui ont perdu la moitié de leurs cheveux ou dont les dents sont bigrement noirâtres à cause de l'abus de tabac à chiquer que dans le langage d'ici on nomme pétun. Naturellement, ils se pressent à l'ultime présentation des filles du Roy, celle du bal de la dernière chance car lorsque aucun homme ne veut s'embarrasser de vous, on vous impose d'entrer au couvent. Chimène redoute d'avoir à endurer une vie de recluse pour le restant de ses jours et, de guerre lasse, accepte le bonhomme estropié qui s'était mis à lui conter des galantises dans le jargon difficile à interpréter du pays.

Final de compte et après moult hésitations, acceptations, refus, pleurs, grincements de dents, chacune finit par trouver son chacun.

Les filles du Roy se séparent sans avoir eu la possibilité d'échanger le moindre vœu de bonheur. Elles savent qu'elles ne se reverront plus jamais ayant appris que la Nouvelle-France est un pays considérablement plus vaste que le royaume de France. Qu'en hiver, qui y dure plus que de raison, les déplacements sont presque impossibles car les fleuves sont gelés. Que de toute façon, très vite occupées par une ribambelle d'enfants, elles n'auront plus la tête à songer à leurs sœurs de défortune. Qu'elles devront faire preuve de piété envers Dieu, de respect absolu envers ceux qui leur avaient enfilé une bague d'engagement. Que ces derniers peuvent s'absenter durant des semaines sans expliquer pourquoi. Que dans ce nouveau pays, il ne saurait être question d'envisager le démariage car l'Église l'interdit d'une manière encore plus absolue que dans l'ancien qu'ici on se plaît à nommer le Vieux-Pays. Et cela même si leur homme se comporte comme un sans-cœur. La Nouvelle-France est une terre de mission. On y convertit assidûment les Sauvages et il ne faudrait pas leur laisser croire que les Blancs peuvent se permettre des libertés avec les Dix Commandements.

Ainsi, avec le coureur des bois, que Chimène n'a pas choisi, elle se voit transbordée au pays des Hurons, ces Sauvages avec lesquels il s'est acoquiné. Tout comme eux, il ne vit pas dans une cabane mais sous une tente qu'il emporte à chacun de ses incessants déplacements.

— Je ne suis pas un cultivateur, moué! aboie-t-il quand la jeune femme ose s'en insurger. Je vais par monts et par vaux, de forêts en rivières, je chasse la loutre, le castor, l'ours aussi. Je suis heureux comme ça!

Chimène finit par s'escamper avec sa marmaille moins de trois années plus tard, ce qui fit grand bruit aux quatre coins du pays.

Elle porte plainte devant le tribunal de la juridiction de Montréal, réputé plus favorable aux natives de France que celle de Québec, mais n'obtient pas gain de cause, son mari l'ayant accusée de l'encornailler effrontément et de ne pas être le vrai père de leurs jumeaux. On la condamne en plus à lui verser deux cents livres de dommages et intérêts. Au lendemain de l'audience, Chimène a disparu. On la cherche dans la forêt proche de leur cabane, explore moult rivières. En vain! Son gueux en conclut que celle qu'il qualifie de « folle femme » s'est livrée sans retenue aux Sauvages. Sans doute à ces Algonquins avec lesquels il commerce et qui, feignants de s'être convertis à la religion catholique, ne sont que des massacreurs d'honnêtes gens.]

Le jour du dernier bal, qui fit suite aux premiers entretiens, parfois infructueux, entre gens du pays et filles du Roy, Dame Jolignac avait personnellement veillé à notre toilette alors que jusque-là, elle n'avait eu de cesse de décrier ce passe-temps, y voyant une façon habile de mettre un voile à l'impudicité de la plupart des femmes et à exciter la soif de fornication des hommes. L'avant-veille une coiffeuse s'était occupée de nos cheveux avec force mixtures qui sentaient bon la lavande, pestant contre la chevelure invraisemblablement frisée de Julie laquelle s'était débattue :

— Ces manants ne viennent pas chercher des coquettes que je sache ! Ce dont ils rêvent, c'est ce que nous avons entre les cuisses, ce trésor qui les rend comme des fols à vingt-quatre carats.

Et de joindre le geste à la parole en saisissant son giron à deux mains de manière obscène face à l'indignation muette des religieuses qui nous aidaient à nous préparer. Ce n'était pas chose facile car si on nous avait apporté des robes richement décorées, toutes ne convenaient pas à nos tailles respectives. Persuadées d'avoir affaire cette fois à des prétendants de renom ou à tout le moins respectueux, certaines d'entre nous se disputaient les vêtements les moins stricts afin de mettre leurs attributs en valeur. Comme il s'agissait d'un bal, Dame Jolignac en avait tout de même prévu qui ne nous feraient pas ressembler à des godiches. Nous ne porterions pas de blouse grise ou noire par-dessus notre jupe. Pour ma part, je n'avais nul besoin de ces bourrelets de mauvaise toile qui donnent l'illusion d'avoir des hanches. Quoique n'ayant que quinze ans, j'étais presque une femme faite, chose que sœur Élodie avait mise sur le compte de la bonne nourriture et surtout les soins que m'avait prodigués ma nourrice en Normandie. Je n'ai jamais su pourquoi j'avais été confiée à cette inconnue qui habitait si loin de Paris. En effet, celles qui avaient allaité mes congénères exerçaient dans les approchants de l'orphelinat des Cent-Filles. Hormis qu'une fois, sœur Élodie, qui s'était tenue à mon chevet plusieurs jours durant à cause d'une méchante grippe, avait laissé échapper quelques confidences, persuadée sans doute que je n'en réchapperais pas. À l'en croire, ma nourrice aurait fait le voyage depuis le Perche, en Normandie, cela à pied, à califourchon derrière un cavalier et enfin en diligence pour offrir ses services à notre orphelinat. Allaiter les nouveau-nés était mieux payé à Paris que dans les provinces.

— Tu es belle comme le jour naissant ! s'était pâmée Dame Jolignac. Avoir des yeux si verts est quelque chose de rare par chez nous. Bonne chance, ma fille ! J'espère que tu trouveras cette fois chaussure à ton pied. À trop faire la réfractaire, tu risques de devoir porter une cornette pour le restant de ta vie, Marie-Héloïse...

La salle de bal avait été décorée de rubans et de bouquets de fleurs d'une blancheur magnifique qui portaient un nom peu attirant : l'iris des marais. J'apprendrais plus tard, de la bouche de celui qui deviendrait mon mari, qu'elle était désignée de plus jolie façon. Le lys de Neuve-France ! Un petit orchestre composé d'un violoniste et de deux flûtistes jouait une musique douce mais entraînante, sous l'œil veillatif d'une escouade de gens d'Église au visage fermé. Nous découvrîmes alors – celles qui avaient fait les difficiles les fois précédentes – une assemblée d'hommes rangés comme une armée tout au fond d'une salle plus grande que l'habituelle, qui nous lorgnaient sans vergogne, nous les filles du Roy. Ils semblaient engoncés dans des affublements qu'ils n'avaient sans doute pas l'habitude de porter. Dame Jolignac tapa des mains et ils s'approchèrent de nous, ayant déjà choisi, comme qui dirait au premier coup d'œil, celle qui leur plaisait. Nous étions embarrassées car aucune d'entre nous, hormis Julie, n'avait non seulement jamais esquissé le moindre pas de danse mais aussi tenu une créature masculine entre ses bras.

J'en étais pétrifiée. Mes doigts furent pris d'un brusque tressaillement.

L'homme qui avait jeté son dévolu sur ma personne ne s'était aperçu de rien. Il n'était ni attirant ni repoussant. Son visage quelconque ne me disait rien qui vaille mais quand il se mit à me galantiser je fus tout de suite rassurée. Il n'avait pas collé son corps contre le mien comme les autres chercheurs de femmes à marier et n'entreprit pas de m'emporter dans une valse échevelée. J'entendais les petits cris d'effroi et de ravissement de mes congénères à qui notre chaperonne intimait l'ordre de se comporter plus chrétiennement.

— Moué, ma belle, c'est Pierre-Émile ! me murmura d'abord mon prétendant avant de devoir répéter son prénom à voix plus haute, à demi couverte qu'elle était par le violon et les flûtes. Et toi ?

Se rapprochant de moi, il m'empoigna par la taille et commença à m'entraîner sur la piste où mes sœurs, les filles du Roy, s'étourdissaient de ravissement, moyen d'oublier l'affreuse traversée de cet océan qu'autrefois on dénommait la mer des Ténèbres.

— Mon métier, c'est bûcheux, et s'il ne permet pas de s'enrichir, on en vit bien. J'aime éclaircir les forêts même si les sapins et les pins argentés sont mes plus fidèles compagnons... C'est un dur labeur, oh oui ! Comme le printemps approche, je n'en couperai pas. Il me faudra tailler des bûches que je vendrai à mes voisins de Trois-Rivières et...

Pierre-Émile m'abreuvait d'un flot de paroles que le son aigu des flûtes couvrait par moments sans se rendre compte que cela ne signifiait absolument rien pour moi qui avais vécu jusque-là cloîtrée entre les murs d'un orphelinat. Son odeur d'homme, cette odeur inconnue de moi et plutôt attirante, m'affolait. J'étais en proie à un sentiment contradictoire : m'arracher à son emprise ou me lover contre lui. Inconscient de mon trouble, il continuait à vanter son métier, à me l'expliquer en détail, précisant que l'abattage des arbres devait se faire au mitan de l'hiver, moment où leur sève se figeait, chose qui rendait la tâche plus aisée. Surpris de mon mutisme, il cessa de me tourner-virer et me fixa droit dans les yeux :

— Je ne sais pas encore comment tu t'appelles mais tu me plais, ma belle. Alors, est-ce qu'on fait affaire ou pas ?

Autour de nous, des couples s'étaient mystérieusement appariés. Dame Jolignac, radieuse, les conduisait à une petite table où on leur faisait signer des documents quand un esclandre éclata. Un homme d'une taille impressionnante, le visage balafré et barré d'une moustache poivre et sel, se mit à vitupérer :

— Mais sacredieu, c'est qui qu'a voulu m'emberlificoter, hein ? On nous avait promis des jolies demoiselles au teint de rose et voilà que j'ai affaire à une demi-Indienne !

Julie, car il s'agissait d'elle, continuait à enlacer son cavalier vaille que vaille, complètement hilare. Indifférente aux vociférations de celui qui pourtant l'avait choisie. Dame Jolignac tout comme les prêtres et bonnes sœurs qui observaient ce qu'ils considéraient comme une cérémonie d'avant-épousailles mais qui, à mes yeux, n'était qu'un sordide marchandage, étaient comme sidérés. La scène était du plus haut comique ! Le violoniste et les flûtistes posèrent leurs instruments, gênés eux aussi. Les soldats, qui étaient postés à l'entrée de la salle de bal, s'y ruèrent, braquant déjà leurs fusils sur l'irascible personnage quand l'extraordinaire se produisit.

— Bon-bon, j'ai pas peur de ces créatures diaboliques, moué ! Ha-ha-ha !... Je suis coureur des bois, Messieurs-dames, et sachez que j'en fornique quand l'envie m'en prend. Les plus cochonnes sont les Montagnaises avec leur petit air de sainte-nitouche. Celles des Micmacs ne sont pas mal non plus. Quand j'en croise au bord d'une rivière en train de propreter leurs hardes, eh ben, je les attrape par la peau du cou comme de vulgaires castors et je les braquemarde, ces Sauvagesses, à la mahométane. Oui, d'abord par le trou du cul ! Ha-ha-ha !

Et de tirer Julie sans ménagement jusqu'à la petite table, exigeant qu'elle appose séance tenante sa signature sur le papier indiquant que notre chère Gitane acceptait de se lier à lui pour la vie.

DEUXIÈME CERCLE

Où il sera question de la solitude et de la neige, sœurs comme qui dirait jumelles, sur une terre emprisonnée entre rivières ou fleuves traîtreux et des forêts qui s'étendent jusqu'à l'horizon ; de païens au visage tatoué, au regard noir, qui jargouinent à voix feutrée, un calumet toujours entre les dents, feignant la débonnaireté mais toujours prêts à lancer leurs flèches que l'on dit empoisonnées, à piller les jardins, à incendier les villages ; d'une fuite éperdue à bord d'un navire sans en connaître la destination.

CHAPITRE 4

Quoique je me sentisse plus heureuse dans ma nouvelle existence, en dépit de l'interminable hiver de la Nouvelle-France, et que mon époux, Pierre-Émile, ne fût pas le rustaud que j'avais imaginé, j'étais en proie à un étrange pressentiment. Au début, j'avais cru que notre seul ennemi était ces Indiens qui rôdaillaient à n'importe quelle heure du jour et de la nuit aux abords de notre village, mais ils s'avérèrent plus effrayants d'aspect que réellement scélérats. Certes, il arrivait que l'alerte fût donnée dans ce quartier de Trois-Rivières où s'étaient établis des cultivateurs et des bûcherons. Tantôt il s'agissait d'Iroquois, tantôt d'Algonquins ou d'Abénaquis, mais les premiers, quoique passablement plus nombreux que leurs autres congénères, avaient signé la paix avec les Français. Une paix certes fragile puisqu'ils ne manquaient jamais de la rompre à la première occasion et souvent pour des motifs jugés futiles ou fallacieux. J'avais lu dans une gazette que vendait l'un des colporteurs qui approvisionnait notre village un avertissement solennel contre eux :

Il faut remarquer que la nation Iroquoise est celle de tous les sauvages la plus belliqueuse et si les François ne s'etoient point étably dans ce Païs il ne faut pas douter qu'ils ne se fussent rendus les maîtres de toutes les autres nations.

Par temps de guerre avec eux, Pierre-Émile rangeait ses haches et restait à la maison, s'employant à graisser son fusil avec une détermination qui me rassurait.

— Ces mécréants attendent toujours les premières pluies du printemps pour nous fondre dessus, grommelait-il, mais je suis paré pour eux!

Davantage que l'hiver ou le bref été, celui du seul mois d'août et des premiers jours idylliques de septembre, cette saison était la plus traîtresse. La glace n'avait pas encore fondu partout et la traversée des rivières pouvait se révéler périlleuse. Quant aux chemins, ils devenaient soudainement impraticables parce que recouverts d'un margouillis de neige, de boue et de restants de branchages ou de troncs d'arbre. Les chiens de traîneaux peinaient tant et tellement que Pierre-Émile devait les fouetter pour qu'ils avancent, même ce bel animal au pelage gris argenté qui était son favori et qu'il avait surnommé Dauvergne, nom de la région de sa mère défunte. Cette dernière était passée de vie à trépas au lendemain du jour où il lui avait annoncé qu'il s'engagerait pour l'Amérique. Pierre-Émile se refusait à vivre l'entier de sa vie en tant que serf comme cela avait été le cas de générations de Guillemot et quand il avait appris que notre bien-aimé roi proposait aux jeunes hommes un contrat pour aller défricher cette terre inconnue, il n'avait pas hésité. D'autant qu'au bout de trois ans, il serait libre de choisir de s'installer définitivement dans le pays ou au contraire de regagner le royaume de France. Certes, il avait éprouvé une vive appréhension le jour de son embarquement au port de Dieppe mais la douleur d'avoir perdu celle qu'il chérissait le plus au monde l'avait comme dissipée. Après douze années en Nouvelle-France, il avait fini par oublier le Vieux-Pays et n'y faisait allusion que forcé et contraint. Quand il m'arrivait de l'évoquer, il sourcillait, ne débâillonnait pas les dents ou poussait un grognement avant de me tourner le dos. Et quand il avait les nerfs à vif, il me jetait au visage :

— Je suis un habitant, moué ! Pas une personne venue de nulle part... Que les François cessent de s'impatroniser dans notre pays ! D'ailleurs, faudra que t'apprennes vite à cuisiner notre plat favori, Marie-Héloïse. Le rognon de castor !

Dans nos plutôt rares disputailleries, il me rappelait ma condition d'orpheline. Celle d'enfant jetée, retrouvée sans doute sur le parvis d'une église, alors que lui, même s'il n'avait pas totalement oublié les montagnes d'Auvergne, était désormais un vrai Canadien. Je n'avais jamais réussi à m'habituer à ce mot bizarre de « Canada » qui, peu à peu, remplaçait celui de Nouvelle-France dans la bouche des gens fortunés tel ce seigneur qui nous avait loué les quelques arpents de terre sur lesquels nous nous efforcions de subsister. Pierre-Émile clamait d'ailleurs que « seigneur » n'avait plus le même sens qu'au royaume de France, ne serait-ce que parce qu'« icitte, nul ne vous contraint à la corvée ». Il devait juste verser au sien une certaine somme, dont il ne me révéla pas le montant, à la fin de chaque année.

Notre cérémonie de mariage avait été brève car Pierre-Émile assurait ne pouvoir s'attarder dans la ville de Québec, qu'il semblait d'ailleurs peu apprécier, parce que l'abattage des peupliers noirs avait commencé là-bas, du côté de Trois-Rivières. Il avait quitté cet endroit depuis une bonne dizaine de jours dans l'objectif de trouver « une compagne pour la vie » parce qu'il souhaitait non seulement que le nom de Guillemot fît définitivement souche dans le pays, mais aussi et surtout qu'il s'était lassé de recourir aux services de cette coureuse de garçons d'Amitola, métisse mi-algonquine mi-française qui écumait la région, quelle que fût la saison, avec son verbe haut, ses sacres et ses menaces quand un bûcheron ou un trappeur tentait de la gruger. Celle dont le nom, me révéla-t-elle, signifie arc-en-ciel, deviendrait au fil des années ma confidente, à l'insu de mon mari, du jour où, ignorant que Pierre-Émile avait trouvé femme, elle avait toqué à la porte de notre logis tout en sifflotant à la façon des gens de sa race. Quand, interdite et effrayée à la fois, j'avais ouvert, celle qui était accoutumée à jouer de la croupière à tout-venant et dont la malignité publique assurait qu'elle n'avait peur de personne, même pas du Diable, faillit tomber à la renverse. Elle se perdit alors en paroles confuses.

— Je me suis convertie à votre dieu, jeune dame, et je ne remercierai jamais assez la Compagnie de Jésus. Ces

Jésuites sont les hommes les plus affectionnés que j'ai rencontrés de toute ma vie. N'ayez crainte ! Je ne vous veux aucun mal.

Amitola avait cependant un double visage qu'elle me révéla en toute innocence quand nous devînmes quasiment des amies : lorsque celui avec lequel elle habitait, encore que ce terme fût improbable puisque sa tribu était nomade, bonhomme qui d'évidence s'accommodait de ses incartades, tuait un ours, elle entonnait une chanson païenne à l'animal afin de le remercier de leur avoir fourni de la nourriture en prévision des longs mois d'hiver. Mais elle ne manquait jamais non plus la messe du dimanche matin et y priait le dieu des chrétiens, psalmodiant des prières en latin avec une ferveur qui faisait l'admiration des Blancs.

Au lendemain donc de notre union en la ville de Québec, Pierre-Émile était venu me chercher à bord d'une machine étonnante : un traîneau auquel étaient attelés quatre chiens qui, au contraire de leurs alter ego européens, ne jappaient pas, mais semblaient pousser des hurlements. Comme qui dirait des loups ! De plus, leur pelage était une épaisse fourrure, laquelle atténuait leur aspect insolite. Une tremblade incontrôlable s'empara de moi et j'avais reculé de deux pas mais Dame Jolignac qui veillait à la remise des filles du Roy m'avait saisi fermement les bras et tirée sans ménagement vers l'homme dont je partagerais dorénavant la vie :

— Traitez-la bien, Monsieur Guillemot ! Il s'agit d'un cadeau de notre bien-aimé roi de France, pas l'une de ces filles de moyenne vertu, qui ont débarqué ici nul ne sait comment, et que l'on choisit comme les bouchers le font dans un troupeau de moutons.

Notre traîneau fila jusqu'à Trois-Rivières que nous n'atteignîmes que le lendemain, ayant passé la nuit dans l'un de ces abris de fortune qui ponctuèrent notre interminable trajet.

La cabane de celui dont je devais admettre qu'il était mon mari me sembla si humble que je crus revivre le cauchemar de la sainte-barbe. Une tremblade nerveuse m'agita mais Pierre-Émile me prit si affectueusement entre ses bras que mes préventions s'effacèrent d'un seul coup. Personne de toute ma vie, hormis brièvement ma nourrice de Normandie, ne m'avait prodigué autant de chaleur humaine. L'intérieur était aussi modeste que l'extérieur mais au moins était-il bien rangé et assez propre. Il ne comportait que deux vraies pièces, dont l'une servant de chambre à coucher, et d'un coin pour la cuisine.

— Quand on revient chez soi, me murmura Pierre-Émile, voici la première chose qu'il faut faire, Marie-Héloïse !

Et de s'emparer de bûches empilées dans ce qu'il nomma « notre salon » qu'il enfourna dans un âtre que je n'avais pas remarqué. Après les avoir allumées, une fort agréable chaleur se répandit dans la cabane, ce qui me revigora, chassant les appréhensions qui m'habitaient depuis notre départ de Québec. Il m'offrit une mixture rouge et épaisse, – « C'est du gros-sirop d'érable ! Ça revigore ! » – que j'eus quelque mal à déglutir. C'était la première fois de ma vie que je me retrouvais seule avec un homme qui, de plus, était désormais mon mari sans que je l'eusse vraiment voulu. Je ne savais quoi lui dire. Pierre-Émile était tout aussi embarrassé que moi. La fatigue du voyage aidant, nous finîmes par nous allonger sur le grabat qui servait de lit et nous nous endormîmes. Combien de temps? Je n'aurais su le dire mais nous n'ouvrîmes les yeux qu'à la nuit fermée, expression du pays qui m'avait amusée quand je l'avais entendue pour la première fois de la bouche d'un des gardes-chiourmes qui veillèrent sur nous de notre débarquée jusqu'au moment où l'on entreprit de nous marier.

— Je ne te ferai pas mal, me chuchota Pierre-Émile en relevant avec précaution le bas de ma robe.

Je frissonnai quand bien même des bûches rougeoyaient dans l'âtre. Quand ses mains empoignèrent mes hanches, insolitement le visage d'Augustin, l'artisan qui m'avait courtisée à bord du *Saint-Louis*, s'imposa à moi. J'en éprouvai de la honte. Tant et tellement que je gardai les yeux clos tout le temps que Pierre-Émile s'acharna sur mon corps. Cela dura si peu de temps que j'en fus étonnée. D'ailleurs, il se rendormit dans l'instant, cela jusqu'à l'aube alors que moi, je ne fermai point l'œil. Je n'avais ressenti ni douleur ni plaisir. Quand la faible lueur du jour transperça ce qui n'étaient point des murs mais un empilement de rondins à l'air robuste mais grossièrement taillés, mon homme se redressa d'un bond, examina le drap blanc, neuf d'apparence, sur lequel nous avions dormi et s'écria :

— Merci, ma belle! Tu n'es pas l'une de ces catins qu'on nous envoie parfois en Neuve-France.

Le sang qui s'était écoulé de mon giron avait séché, y traçant d'étranges zigzags que j'assimilai, sans savoir le pourquoi, à des lignes de vie. J'avais toujours refusé que Julie, la Gitane, examine celles de mes paumes et je compris que j'avais eu raison. Elles dessinaient, ces lignes, ce sang plutôt, ce sang virginal, de bien sombres présages.

Au bout de quelques semaines, je m'habituai aux étreintes enfiévrées quoique expéditives de mon bûcheron. Sa tendresse me comblait ou en tout cas m'emplissait de sérénité. La Neuve-France ne ressemblait en rien au paradis terrestre que mes compagnonnes et moi avions imaginé mais ma nouvelle existence était moins morne que celle d'une pauvre orpheline. En présence de mon homme, je m'affairais aux tâches ménagères alors qu'épuisé par une longue journée d'abattage, il s'affalait sur notre grabat. Il ignorait qu'en son absence je m'asseyais à la petite table branlante qui occupait un angle de notre unique vraie pièce et que je me mettais à remplir des pages et des pages, pestant lorsque certains hivers étaient trop rudes pour permettre la passée du marchand ambulant qui approvisionnait Trois-Rivières et me fournissait en papier, plumes et fioles d'encre. Maintes fois, Amitola, mon amie indienne, venait aussi à mon secours, elle qui ne craignait pas les rigueurs de cette saison quoiqu'elle ne comprît à quoi ces choses pouvaient bien servir.

Quand je mis au monde Aymeric, ce fils dont Pierre-Émile avait rêvé, je crus devenir moi aussi une naturelle du pays. Je ne guettais plus le ciel de beau matin pour savoir si je pouvais m'aventurer jusqu'à notre basse-cour. Je ne gaspillais plus de bûches, comme mon homme me l'avait reproché lorsque les prémices du printemps s'annonçaient. Le brouillard qui couvrait notre village s'estompait, laissant voir un ciel azuré que striaient des nuées d'oiseaux aux ailes démesurées. Parfois, il m'arrivait de songer à mes sœurs de misère à l'orphelinat des Cent-Filles, me demandant si elles avaient, elles aussi, réussi à trouver un brin d'heureuseté. Je frémissais lorsque me parvenait la nouvelle de la mort, parfois du suicide de l'une d'entre elles, surtout celles qui avaient été charroyées jusque dans l'inquiétante région des Grands Lacs. Mais comme il y avait, d'une année sur l'autre, trois ou quatre convois de filles du Roy qui débarquaient au port de Québec ou de Montréal, il était toutefois peu probable que l'Adèle ou la Charlotte passées de vie à trépas fussent celles que j'avais connues autrefois.

Mais un grand malheur s'abattit sur nous : la Confédération iroquoise avait brutalement mis fin à l'accord de paix qu'elle avait passé avec les Français. Cette alliance d'Iroquois, peuple le plus guerrier de la Neuve-France, avait longtemps fait trembler les colons et quand il arrivait à Pierre-Émile d'y faire allusion, c'était toujours à mots couverts.

— Sont foutument scélérats! grommelait-il.

Les habitants de Trois-Rivières se mirent alors à tenir conseil presque chaque soir. Des barricades furent érigées autour de nos cabanes et Pierre-Émile acheta un deuxième fusil ainsi que tout un lot de munitions. Il se mit à ne partir en forêt qu'un jour sur deux, enrôlé qu'il fut dans la petite garde qu'avaient constituée les villageois.

— Je n'ai pas peur pour ta vie, m'avoua-t-il. Ces Sauvages adorent adjoindre des femmes blanches à leur cheptel sauf que leur jargon est trop ardu pour être parlable et tu deviendras muette. Mais ils n'hésiteront pas un seul instant à égorger notre cher Aymeric ! Et moi... hum !... à me scalper.

Mais les semaines et les mois s'écoulèrent sans que les hurlements des Iroquois vinssent troubler le calme de Trois-Rivières. Le bruit commun laissait entendre qu'ils préféraient assiéger le sud du fleuve Saint-Laurent où ils faisaient des ravages hiver comme été. Cela ne nous rassura pas pour autant car à ma grande stupéfaction, Pierre-Émile m'apprit que désormais le plus grand danger provenait de Blancs comme nous. À l'évidence, les Indiens étaient des ennemis moins implacables que ces originaires d'Angleterre ou de Hollande, qui lorgnaient sur le Canada. Tout particulièrement ceux de la Nouvelle-Angleterre dont les soldats menaient de sournoises incursions sur notre territoire. Alors que les Iroquois n'étaient jamais parvenus à faire fléchir les habitants de Trois-Rivières, une embuscade britannique provoqua la mort d'une demi-douzaine de cultivateurs et de bûcherons parmi lesquels de proches amis de Pierre-Émile. Dès lors, de taiseux qu'il était, il devint quasiment muet. Il semblait avoir perdu le goût de vivre. Seuls les sourires de notre petit Aymeric parvenaient encore à le dérider.

— Autant vaut être mordu d'un chien que d'une chienne ! lâchait-il sans que je comprisse le sens de ce dicton.

[ENFANTEMENT.

Au cours de sa première année à Trois-Rivières, quoique son mari lui fasse ardemment l'amour, surtout quand Pierre-Émile s'en revient d'une équipée de plusieurs jours dans quelque forêt lointaine, le ventre de Marie-Héloïse refuse de s'arrondir. La maussaderie s'installe peu à peu entre eux. Jusqu'au jour où le bûcheux décide de recourir aux services d'une manieuse de philtres supposément magiques tout en demandant en son for intérieur à Dieu le père de lui pardonner. Mais rien n'y fait ! Les mois s'écoulent et dans le village les naissances se multiplient à la grande joie des habitants.

Marie-Héloïse se persuade alors qu'elle est bréhaigne. Que jamais elle ne donnera la vie.

Un voisin, personnage toujours jovial et serviable, trappeur de son état, murmure à l'oreille de Pierre-Émile une recette qu'il prétend être infaillible : pisser à travers l'alliance de son épouse en veillant à ce que pas une seule goutte ne tombe à l'extérieur de celle-ci. Or, Marie-Héloïse ne l'enlève qu'au plus fort de l'hiver quand quelque tâche nécessitant d'être accomplie à l'extérieur risquerait de lui provoquer des engelures. Mais elle s'empresse de la remettre à son doigt une fois la corvée achevée ! Après moult hésitations, Pierre-Émile se résout à la subtiliser dès que l'occasion se présente et quand Marie-Héloïse s'étonne de ne pas retrouver ce qu'elle considère comme la preuve, aux yeux du monde, qu'elle est une femme respectable et non l'une de ces aventurières qui, ayant échoué en Neuve-France, font commerce de leur devant, Pierre-Émile feint lui aussi de n'y rien comprendre. Il l'aide à la chercher sous la table en rondins, aux abords de la cheminée, dans un petit tas de vêtements en attente d'être lavés.

— Perdre son alliance, ça porte malheur ! maugrée-t-elle.

Au fil du temps, elle finit par oublier l'incident. Après tout, cette alliance n'était pas faite d'or pur même si elle avait un bel aspect. Et puis, le miracle tant attendu se produisit : son ventre révéla qu'un petit être y était, lentement mais sûrement, en train d'y grandir. Soulagée mais point du tout folle de joie comme son Pierre-Émile, qui annonçait la bonne nouvelle au premier venu (se faisant gouailler par leurs voisins : « Il est fier pas rien qu'un peu ! »), Marie-Héloïse accoucha deux mois avant terme. Dieu merci, le petit garçon qu'elle mit au monde n'était affligé d'aucune infirmité ! Et mieux : elle n'avait ressenti aucune des douleurs habituelles de l'enfantement.

— Je l'appellerai Aymeric, décrète Pierre-Émile. Oui, il sera Aymeric Guillemot !]

Je n'ignorais pas que mon bûcheron aurait voulu une trâlée de bambins comme nos voisins car il faisait moult projets quant à leur avenir.

— Mon second fils ira à l'école à Montréal pour y apprendre l'art des chiffres et du calcul pour devenir quelqu'un d'important à la Compagnie des Indes occidentales, sachez-le ! Quant au troisième, j'en ferai un Jésuite car il aura hérité de la savantise de sa mère et aimera les livres tout comme elle. Il rejoindra cette Compagnie qui tente de remonter les fleuves du Pays d'En-Haut afin de trouver un passage vers la Chine.

À entendre Pierre-Émile, les Français n'avaient jamais eu l'intention de s'arrêter au Canada et il évoquait fréquemment un certain Jacques Cartier qui, un siècle auparavant, avait vainement cherché un passage jusqu'à l'Orient et ce pays mystérieux appelé la Chine. Disait-il vrai ? Fabulait-il ? Je n'aurais pu le dire.

Il pestait toutefois contre une société, dirigée par les Jésuites, chargée d'organiser le commerce de la pelleterie et du bois : la Compagnie des Cent-Associés. Immanquablement, ce nom m'avait fait penser à mon ancien orphelinat des Cent-Filles. J'avais déjà ce chiffre en horreur et sans connaître les détails des trafics de ladite compagnie, j'en étais venue moi aussi à l'exécrer. Pour moi, elle était responsable du dénuement dans lequel nous nous trouvions alors même que l'envoyé du roi nous avait promis, à Irène, à Hortense, à Julie, à moi et aux autres, rien de moins que la porte de l'Éden.

Nous ne vivions cependant pas dans la misère mais trop chichement à mon gré.

Après le massacre de ses amis par les Anglais, Pierre-Émile changea du tout au tout. Il semblait n'avoir plus la force de rassembler ses haches et de se rendre en forêt. Surtout il ingurgitait beaucoup trop de cet affreux vin tiré des vignes indigènes, si affreux qu'à l'église, les prêtres se refusaient à s'en servir même quand celui de France venait à manquer, ce qui n'était pas peu fréquent. Je ne reconnaissais plus l'homme auquel j'avais lié mon existence au lendemain de mon arrivée dans la ville de Québec et qui ne perdait jamais une occasion de se vanter d'être un habitant. Pas un nouveau venu comme tous ces engagés qu'avaient attirés des promesses mirifiques d'une vie facile et qui, devant les rigueurs de l'hiver ou le peu de revenus qu'ils tiraient de leurs lopins de terre ou de la vente des peaux et de fourrures, finissaient par capituler. Beaucoup, au terme des trois années de leur contrat, en étaient réduits à quémander leur rapatriement dans l'Ancienne-France ou se transformaient en coureurs des bois ce qui veut dire en bandits de grand chemin.

Rongé par l'amertume, comme décalicé de la vie comme on dit dans la parlure d'ici, Pierre-Émile m'annonça une nouvelle qui m'interloqua :

— J'en ai mon baptême de ce pays ! Plus que mon baptême ! À ce compte-là, il ne me reste plus qu'à finir débiteur de boissons. Dès la fin de cet hiver, nous irons au port de Québec et embarquerons à bord du premier bateau qui lèvera l'ancre. On ne peut pas tirer des pets d'un âne mort comme disait ma défunte mère. Retour au Vieux-Pays, chère Marie-Héloïse !

Or, grand bruit avait été pourtant fait autour d'un certain Rémy de Courcelles qui avait récemment débarqué de France à la tête d'un bataillon et qui remportait victoire sur victoire contre les redoutables tribus iroquoises tout en maintenant les Anglais à distance. Étonnamment cela ne changea rien à la détermination de celui que j'avais mis du temps à considérer comme mon mari, ce dernier mot me faisant d'ailleurs horreur. La naissance de notre bébé, Aymeric, m'avait toutefois quelque peu adoucie.

CHAPITRE 5

Pierre-Émile, mon homme d'ordinaire si jovial, qui, de bon matin, s'en allait, ses haches sous l'épaule, abattre sapins et mélèzes, sifflotant des mirontons et mirontaines, couvait à présent une peur qu'il avait grand mal à dissimuler.

J'en fus tout bonnement stupéfaite.

N'avait-il pas en moult occasions guerroyé contre les Sauvages, en particulier ces Iroquois au double visage, traîtreux dans l'âme, qui un jour débarquaient de leurs canoës toute une foison de peaux et de fourrures qu'ils vous offraient à un prix considérablement inférieur à celui fixé par l'intendant, le grand-maître en finances de la Nouvelle-France, et qui, le mois d'après, fondaient sur les habitations en grand arroi de guerre, grimés comme des diables ? Ne s'était-il pas, un temps, engagé dans l'armée afin de repousser les attaques incessantes de l'ennemi anglais, tout aussi infiable que les Iroquois et autres Algonquins ?

— La Nouvelle-Angleterre veut s'emparer de la Nouvelle-France et notre roi ne fait presque rien pour l'en empêcher, pestait-il. Hostie de calice de tabarnak !

Je crus de prime abord qu'il était rongé par la nostalgie, lui qui ne perdait jamais une occasion de goguenarder les nouvellement arrivés de France, ces engagés qui s'étaient imaginé qu'à Québec ou à Trois-Rivières, ils pourraient dire un adieu définitif à la gueusaille, celle dont ils faisaient partie dans leur Charente ou Vendée natales.

— Moi, je suis un vrai Canadien ! Je connais les ruses de notre hiver, les fleuves sur lesquels il ne fait pas bon s'aventurer le printemps venu. La rivière Richelieu, elle, est particulièrement traîtreuse ! Et surtout comment, quand l'été est enfin là, se protéger des nuées de maringouins et de moustiques qui vous baillent des fièvres souventes fois inguérissables.

En fait, je me trompais. Mon homme avait une appréhension immaîtrisable de l'océan. Pourtant, deux jours avant notre départ précipité, il m'avait emmenée faire un curieux pèlerinage dans une bourgade située à quelques kilomètres de Québec sans m'en expliquer la raison. Le voyage en traîneau avait été pénible et notre nourrisson, Aymeric, toussotait à fendre l'âme à cause du temps encore trop froid en ce mois de juin. Il s'était arrêté à une chapelle où se pressaient déjà toutes sortes de fidèles, en particulier des manchots et des unijambistes, personnes courantes en Nouvelle-France où les hommes exerçaient des métiers dangereux. Celui de Pierre-Émile, bûcheron, était le plus exposé et la chute d'arbres lui avait fait perdre des compagnons de travail. Lui-même avait été estropié quelque peu à sa jambe gauche.

— Icitte, on prie sainte Anne de Beaupré, me chuchota-t-il au moment de pénétrer dans la chapelle. Elle rend la vue aux aveugles, permet aux pieds-bots de remarcher, soigne toutes les maladies possibles et imaginables dès l'instant où l'on a le cœur pur et qu'on la prie avec ferveur.

Et de poser délicatement Aymeric au pied de la statue en balbutiant le « Je vous salue, Marie » dès que la cohorte des âmes en peine eut quitté les lieux. J'avais fait semblant, moi aussi, de faire preuve de la même dévotion mais au fond de moi, je ne croyais pas aux miracles. Quinze années d'orphelinat, quoique ponctuées de trois séances de prières quotidiennes, m'interdisaient de croire qu'un être supérieur veillait sur mon insignifiante personne et qu'il avait le don de lire dans mes pensées. À notre retour à Trois-Rivières, je n'avais plus du tout songé à cette équipée jusqu'au jour où Pierre-Émile m'annonça dans son langage canadien que nous allions « démaisonner ». J'étais persuadée qu'il avait trouvé un logis plus spacieux que notre modeste cabane et m'en réjouissais à l'avance. Je tombai donc des nues quand il m'apprit que nous allions quitter la Nouvelle-France pour toujours.

— Sois rassurée, Marie-Héloïse ! dit-il. Sainte Anne de Beaupré veille aussi sur les marins en difficulté. L'an passé, elle a sauvé tout un équipage pris dans une tempête au large du cap Tourmente.

La Licorne, navire sur lequel nous avions embarqué à la faveur d'une nuit particulièrement brumeuse, naviguait depuis quelques jours sur une mer pourtant d'huile et plus nous progressions, plus la température se faisait agréable.

Guillerets, les matelots s'adonnaient à leurs tâches quotidiennes avec une ardeur qui me laissait admirative, et le capitaine Monfort avait cessé de nous morguer, lui qui était entré dans ses fureurs lorsqu'un mousse avait découvert notre cachette à fond de cale, entre d'énormes caisses de morue séchée et des sacs de blé. Son navire, au grand dam de Pierre-Émile et moi, n'effectuait pas le retour vers la France mais servait au commerce entre la Nouvelle-France et une île française située très au sud. C'était là un périple dangereux à cause une fois de plus des Anglais mais, au tout premier chef, de ces corsaires et flibustiers, véritables brigands des mers, qui n'obéissaient à aucune nation. C'est pourquoi, bien qu'il fût un navire de commerce, *La Licorne* disposait de deux rangées de canons ainsi que d'une poignée d'hommes en armes qui se relayaient nuit et jour pour surveiller l'au-loin de la mer. Plusieurs fois, l'alerte fut donnée et, réfugiés dans un coin du navire, Pierre-Émile et moi entendîmes coups de feu, canonnades, jurons insouffrables et prières à la Vierge des marins.

— Vous avez embarqué sans mon aval, nous avait lancé le capitaine, n'allez donc pas croire que mes hommes se sacrifieront pour vous protéger ! En plus, vous vous êtes embarrassés d'un marmot...

Or, je n'avais point peur quoique je fusse la seule et unique créature féminine à bord.

C'est que le souvenir du *Saint-Louis*, en dépit des cinq années passées en terre canadienne, était encore frais dans mes pensées. J'avais affronté d'effroyables tempêtes, un calme plat qui avait failli nous dessécher en haute mer et nous faire mourir de soif, plusieurs attaques de corsaires mais qui furent repoussées. Sans compter la bouleversante remontée du fleuve Saint-Laurent jusqu'à la ville de Québec. J'avais pu résister à la désespérance grâce à mes deux viatiques : le plus ancien quoique le plus puissant à savoir la voix de ma nourrice ; le tout nouveau, celui du charpentier auvergnat, qui s'était entiché de ma personne et m'avait promis « les plus grandioses épousailles du monde ».

Plus tard, mon petit Aymeric y avait puissamment contribué aussi.

À l'inverse, mon époux, celui qui abattait des arbres impressionnants en six-quatre-deux et faisait l'admiration des habitants de Trois-Rivières, avait comme enterré dans sa mémoire toute remembrance du voyage qui l'avait conduit en Nouvelle-France au moins deux décennies avant moi. Pierre-Émile était avare de confidences sur le sujet et comme son visage poupin lui baillait un air plus jeune que son âge, maintes fois, il prétendit être le fils d'un engagé et donc d'être un naturel du pays. Non, il ne connaissait pas le royaume de France ! Ni le nom de ses villes ni celui de ses provinces. Quand il arrivait à quelqu'un d'y faire allusion, il lui intimait aussitôt de taire sa langue. Partir, nous enfuir plutôt de cette terre canadienne qu'il aimait de toute son âme, lui avait brisé le cœur d'autant qu'après des jours de vaine quête sur les quais de Montréal, nous nous étions introduits à bord du premier navire dont nous avions réussi à soudoyer les gardes lesquels devaient être, une fois notre présence découverte, emprisonnés dans une geôle qui se trouvait dans la cale.

Nous ignorions à cet instant-là où allait *La Licorne*.

— Notre chargement est destiné à une des isles françoises de l'Amérique, avait fini par lâcher le capitaine une fois sa fureur retombée, mais je n'ai pas le droit de vous révéler laquelle. Cela ne regarde que l'armateur qui a affrété mon navire et moi-même... Mais après tout, qu'est-ce que ça peut faire, hein ? Vous n'êtes que des fugitifs à qui je souhaite bonne chance une fois qu'on vous aura débarqués. Sachez pour votre gouverne qu'en l'île de Saint-Domingue, il n'y a pas d'hiver. Ha-ha-ha !

Un matelot nous laissa entendre quelques jours plus tard que *La Licorne* voguait plein sud. Là où il y a toujours grand soleil, ciel bleu, fruits extraordinaires, demoiselles peu façonnières. Le sucre de canne est en passe de faire de cette colonie la plus riche de toutes celles du Nouveau-Monde et c'est pourquoi elle a un besoin pressant d'esclaves noirs, nous précisa le timonier avec lequel Pierre-Émile avait noué des relations d'amicalité au motif que tous deux étaient grands amateurs de ce jeu de cartes appelé piquet aux règles à mes yeux compliquées. C'était là le seul vice de mon homme déjà à Trois-Rivières. Dans notre petit village, on misait de l'argent, ce qui était interdit à bord du navire mais n'empêchait pas les deux compères de s'y adonner avec entrain dès que le temps le permettait et que la mer s'apaisait.

Le timonier disposait d'un valet dont la vue me laissa

interdite. Il s'agissait d'un jeune homme à la peau et aux cheveux totalement noirs qu'il sifflait quand il avait besoin de lui. Ce dernier accourait, vêtu seulement d'un pagne, ce qui lui baillait fière allure et laissait voir une musculature si parfaite que parfois, lorsqu'il se tenait sur le bastingage et scrutait l'horizon, il avait l'air d'une statue.

— Il songe à son pays, là-bas, en Afrique, lâchait en souriant le timonier. Le pays d'Angole où l'on jacte une sorte de portugais. Je l'ai d'ailleurs racheté à Lisbonne des mains d'un loup des mers devenu trop vieux pour continuer à naviguer.

C'était la première fois de ma vie que je voyais un Nègre d'aussi près. Sur le port de La Rochelle, sept années plus tôt, au moment où nous, les filles du Roy, effectuions notre départ sans retour vers la Neuve-France, j'en avais aperçu quelques-uns mais de loin. Sur les quais où ils faisaient rouler, avec fracas, des barriques. Mais, tout comme mes sœurs d'infortune, j'étais bien trop rongée par l'inquiétude et la peur de l'inconnu pour leur avoir prêté attention. Seule Julie, bravache comme à son habitude, s'était penchée sur le bastingage du *Saint-Louis* pour les haranguer mais notre marraine, Mme de Sernin, lui avait fait aussitôt fermer sa caquetoire. Notre Gitane, irritée de voir que nous avions assisté à son humiliation et que certaines d'entre nous s'en étaient réjouies, planta ses yeux dans les miens, ses yeux noir de jais, et me tira la langue alors que je n'avais jamais fait partie de ses souffre-douleur.

Après quelques jours de navigation sur une mer devenue

encore plus agitée au grand dam de Pierre-Émile, le timonier leva un peu le voile sur la destination de *La Licorne* :

— Nous transportons de la morue séchée de Terre-Neuve et du bois d'œuvre jusqu'à une grande île où les Africains sont bien plus nombreux que nous autres. Quand nous en repartirons, notre cale sera remplie de sacs de sucre de canne, de ballots de tabac, de dames-jeannes de rhum... Ah oui, de café aussi ! Ce commerce est de bon rapport et si Monsieur n'était pas embarrassé d'une femme et d'un enfant, je lui aurais proposé de s'engager à notre bord. Être matelot est un dur labeur, mais ça paye plutôt bien, vous savez !

Mon bûcheron de mari, qui affectionnait mélèzes, bouleaux, érables, cèdres et chênes, n'éprouvait aucune attirance pour la mer. À la belle saison, il lui arrivait cependant de se rendre, avec des compagnons, dans quelque rivière à saumon de Gaspésie d'où il ramenait des quantités de poisson qu'il me revenait de faire sécher dans une remise attenante à notre cabane. Nous nous en farcirions alors la panse pendant tout l'hiver. Jusqu'à l'écœurement. S'agissant de moi en tout cas. Mon homme n'était pas difficile quant à la nourriture. Lorsque la viande de bœuf ou de cochon venait à manquer à Trois-Rivières et que la disette menaçait, les récoltes de blé d'Inde ou de pois s'avérant parfois médiocres, Pierre-Émile chassait toutes espèces d'animaux sauvages. La première fois qu'il rapporta de la viande d'orignal, je vomis dès la première bouchée, chose qui l'avait fait éclater de rire :

— Ma belle princesse aux yeux verts met du temps à

devenir une vraie Canadienne à ce que je constate. Ha-ha-ha!...

Quand je pris peur le soir où, juché sur le bastingage de *La Licorne*, João, le valet du timonier, se mit à battre du tambour de manière frénétique sans que ni le capitaine ni l'équipage s'en émeuvent, Pierre-Émile me serra entre ses bras. J'avais fini par m'habituer à son petit air moqueur chaque fois que je découvrais quelque chose d'inconnu, ce qui n'était pas peu fréquent puisque j'avais passé les quinze premières années de mon existence dans un orphelinat dont je ne sortais que deux dimanches après-midi par mois.

— Il appelle son dieu, Marie-Héloïse! Ses dieux plutôt, car ils en ont plusieurs, les Nègres. N'aie crainte!

À l'entendre, ces prétendues divinités ne pouvaient rien contre la toute-puissance de la Sainte Trinité sinon jamais les Blancs n'auraient réussi à dompter les Africains.

— J'ai connu un de ces gaillards quand je conduisais le traîneau d'un commis de Québec. Le sieur Baillif qu'il s'appelait, et il avait baptisé son domestique noir Olivier. Un gamin d'une douzaine d'années fort déluré et rusé comme un lièvre... Son maître lui avait appris à lire et je l'ai vu plusieurs fois signer des courriers à sa place. Ça amusait tout le monde! Cette race n'a rien de méchant contrairement à ce que l'on aime à colporter.

Comme de fait, João, le natif d'Angole, son petit tambour accroché à sa taille même quand il besognait avec les autres matelots, n'abusait pas d'eau-de-vie comme eux ni ne provoquait gourmades et autres bagarres...

[CAHIER DE MARIE-HÉLOÏSE.

Tu aurais vécu dans l'heureuseté si, à l'hôpital des Cent-Filles, les sœurs ne t'avaient pas enseigné l'écriture et la lecture. Ce fut là, en effet, le seul motif de bisbille entre Pierre-Émile et toi, lui qui n'avait nul besoin de cela dans le métier qu'il exerçait si excellemment. À la vérité, il n'avait jamais tenu une plume de sa vie et ignorait ce qu'était un encrier. Chaque fois qu'au cœur de l'hiver, quand s'aventurer au-dehors était devenu une épreuve, tu t'assoyais près de la cheminée avec un livre ou l'un de ces rouleaux de feuilles que Jérôme, le meilleur compère de ton mari, t'achetait à Québec, ce dernier troussait les lèvres, lâchant, au bord de l'exaspération :

— Si j'avais su que tu étais un gâte-papier, ma chère Marie-Héloïse, nul doute que ni ta beauté ni tes hanches fermes ne m'auraient poussé à te choisir. Voilà que tu embouquines notre maison ! Je pète pas plus haut que mon trou, moué...

Fort heureusement, Pierre-Émile ne chercha jamais à savoir ce que tu scribouillais ou lisais si assidûment, toi qu'il en était venu à considérer comme un bienfait du ciel autrement dit « la meilleure épouse du monde » comme il s'en glorifiait auprès de ses amis bûcherons (« bûcheux » dans leur langage), maîtres maçons et trappeurs. Il en aurait été tout ébaubi ! Tu avais en effet découvert dans une gazette une histoire qui t'avait d'abord divertie jusqu'à ce que tu découvres à la toute fin de l'article le nom de la personne dont il était question : Julie Dumaine. Tu n'aurais jamais établi de rapport entre la fougueuse Julie de l'orphelinat des Cent-Filles et celle qui était traitée de prostituée si l'auteur de l'article ne l'avait pas décrite lors de son expéditif procès : filiforme mais robuste, presque aussi noiraude que les Iroquois mais avec des cheveux invraisemblablement frisés. Aucun doute n'était permis ! Il s'agissait de la Julie dont, tout comme les autres filles du Roy qui avaient embarqué à bord du Saint-Louis, *tu n'avais plus eu la moindre nouvelle après vos mariages à cause de l'immensité de votre nouveau pays. Par arrêté du roi en date du 12 juillet 1670, indiquait l'article, elle avait été mise aux arrêts pour cause de prostitution et son union avait été dissoute quoiqu'elle eût trois enfants. Mais le plus terrifiant dans cette sentence était un passage qui n'avait d'abord pas retenu ton attention parce qu'enrobé dans un jargon juridique qui t'était opaque : « Gardien de l'ordre et de la moralité publique, Sa Majesté Louis XIV, par le biais du présent tribunal, condamne Julie Dumaine au bannissement. »*

Que signifiait ce dernier terme ? Julie avait-elle été renvoyée au Vieux-Pays pour y être mise au service d'un orphelinat ? Ou alors livrée à ces tribus de Sauvages que fascinait la couleur de la peau, des cheveux et des yeux des femmes blanches ? Ou plus vraisemblablement, enfermée pour le restant de ses jours au fond d'une des terribles geôles de Montréal ?

Tu ne le saurais jamais et bien que Julie n'eût pas été une amie, au contraire d'Irène et d'Hortense, hélas passées de vie à trépas, tu en conçus une profonde affliction bien que vous ne vous soyez pas vues depuis sept années.]

Quand mon ventre s'était mis à enfler, une année après notre installation à Trois-Rivières, je m'étais sentie devenir une autre personne. Je n'avais pas été préparée à ne plus voir le sang s'écouler entre mes jambes et m'étais imaginé que j'avais attrapé l'une de ces fièvres malignes qui, à l'orée du printemps, se propageaient à la faveur de la fonte des neiges et contre lesquelles le chirurgien de notre région m'avait mise en garde.

— Votre mari est un homme des bois et comme il est

bien portant, il ne risque rien mais vous qui venez d'arriver dans notre pays, vous courez un grave danger. Si jamais vous ressentez de la fièvre, que les veines de vos tempes se mettent à tambouriner même quand vous êtes au repos, eh bien, sachez qu'il y a péril en la demeure !

Cet homme toujours pressé et peu amical m'avait dressé une liste d'affreuses maladies dont les seuls noms m'avaient fait tressauter : typhoïde, variole, scarlatine, pleurésie, tuberculose et même ce scorbut qui, à bord du *Saint-Louis*, avait terrassé ma chère Hortense. Sa dépouille, enveloppée dans un drap, ayant été voltigée par-dessus bord, il m'arrivait d'imaginer, quand un cauchemar s'invitait dans mes nuits incommodes, trop souvent agitées même, que des requins s'en étaient emparés et l'avaient tout bonnement déchiquetée.

— L'hôpital de l'Hôtel-Dieu est à deux jours de traîneau d'ici, Madame Guillemot, et encore, si par bonheur l'inconstance du temps vous laisse un répit ! Les habitants de Québec sont mieux lotis que vous autres qui cabannez dans les bois...

Il me mettait en garde contre ces médications prétendument miraculeuses – « Des attrape-nigauds ! » – que des bonimenteurs vendaient ou brocantaient contre des fourrures, assurant que les Hurons ou les Algonquins s'en servaient depuis des siècles. Notre chirurgien ne jurait que par le sulfate de quinine dont il disait que la substance était extraite d'une plante, le quinquina, qui ne poussait que sur les hautes montagnes du Pérou, pays conquis de haute lutte par les Espagnols, qui en avaient rapporté en Europe.

— Sachez, Madame, que la Cour ne jure que par cette plante et qu'elle a réussi à guérir le Grand Dauphin, fils de notre vénéré Louis XIV !

Il ne pouvait pas savoir que la peste avait frappé jadis l'orphelinat des Cent-Filles et que j'avais eu l'occasion de goûter à cette rebutante mixture.

Mais je n'étais en proie à aucune de ces maladies qui faisaient de la Neuve-France l'inverse de la Terre promise qu'on nous avait fait miroiter, nous les filles du Roy. J'étais grosse, voilà tout ! Un petit être se formait à l'intérieur de mon corps, chamboulant ce dernier, gonflant mes seins au point qu'en simplement les effleurant, je ressentais une vive douleur. Sur ma langue, ma salive s'était épaissie et était devenue plus abondante. J'étais surtout devenue très irritable et avais rebuffé Pierre-Émile quand, de retour de Gaspésie où il avait séjourné pour son abattage d'arbres pendant une semaine, il avait découvert mon état et avait exulté :

— Ce sera un garçon et j'ai déjà son prénom : Aymeric. C'était celui de mon grand-père paternel. Il avait été le seul de la famille à approuver ma décision de signer un engagement pour la Nouvelle-France, lui qui pourtant n'était jamais allé au-delà des montagnes d'Auvergne. Il m'avait même offert un petit pécule le jour de mon départ.

Pierre-Émile mit du temps à remarquer mon peu d'enthousiasme. Il chantonnait sans arrêt, me couvrait de baisers dans le cou tout en mignonnant ce ventre qui m'effrayait. Sa berceuse préférée, que j'avais fini par retenir, emplissait notre cabane à laquelle il s'était promis d'ajouter une pièce quand l'été serait là :

Promenons-nous dans les bois
Pendant que le loup n'y est pas
Si le loup y était
Il nous mangerait
Mais comme il n'y est pas
Il ne nous mangera pas
Loup, y es-tu ? Entends-tu ? Que fais-tu ?

Je me rendais compte qu'au cours de mes quinze années d'orphelinat, je n'avais jamais vu une femme enceinte, et si à Trois-Rivières, il m'était arrivé d'en croiser quelques-unes, c'était toujours brièvement. Mais ce qui me mettait hors de moi, c'est qu'avant notre départ pour la Nouvelle-France et ensuite à notre arrivée sur place, je n'avais pas bien conservé en mémoire qu'en plus de ces hommes en quête d'épouses qu'on nous promettait, ce que l'on attendait principalement de nous, c'était de mettre au monde le plus d'enfants possibles. Non des orphelins tels que nous l'avions été mais des enfants qui seraient dotés d'une famille. D'un père et d'une mère. D'un vrai patronyme. D'une maison à eux.

Ma grossesse, à mesure qu'elle progressait, me faisait l'effet d'une difformité.

Par bonheur ma santé reprit le dessus peu à peu. Les inconforts qui l'avaient troublée au début s'étaient dissipés comme par enchantement. La matrone de Trois-Rivières, une femme âgée au caractère bourru, me visitait de temps à autre, probablement à l'instigation de Pierre-Émile, et me félicitait :

— Z'êtes une force de la nature, Madame Marie-Héloïse ! Une vraie Canadienne, pas une de ces pleurnicheuses de Blanches fraîchement débarquées qui doivent s'aliter des mois avant l'accouchement.

À mesure que le terme approchait, je devinais que mon homme était rongé par l'inquiétude. Son ton guilleret s'était mué en un mutisme grognon et il ne répondait à mes questions que par des bribes de phrase. Il faut dire que dans le voisinage une commerçante en fourrures était morte en couches et deux nouveau-nés n'avaient survécu que quelques jours après leur naissance. Le curé qui officiait dans notre modeste chapelle de rondins, presque inaccessible au plus fort de l'hiver, mettait cela sur le compte de l'impiété de ses ouailles, trop occupées, pour les hommes, à courir la gueuse, et pour les femmes à s'adonner aux mêmes infidélités, les premiers s'absentant, il est vrai, plus que de raison.

— Dans ma Charente natale, pestait-il lors de ses sermons, on célèbre beaucoup plus de baptêmes et de mariages que d'enterrements. Ici, en Neuve-France, c'est l'exact contraire. Punition du Très-Haut !

Alors que je redoutais le moment où jaillirait de mon ventre cette créature qui l'avait déformé et que la matrone m'avait préparée à ce qu'elle appelait les douleurs de l'enfantement, y voyant, elle aussi, une punition divine, un matin d'automne, aux premières heures d'un jour encore noyé par les brumes, Aymeric se présenta à moi, son minuscule visage couvert de sang et bouffi, les paupières agitées, les menottes fermées si durement que j'eus de la peine à les desserrer pour lire les lignes de sa main droite. À l'hôpital des Cent-Filles, Julie, notre bohémienne, savait les déchiffrer ou du moins s'en vantait, chose qui avait renforcé son ascendant sur nous. Méchante ou simplement taquine, lorsque nous nous ennuyions, elle saisissait la première main à sa portée, y fixait son regard, dix mille plis lui barrant le front, avant d'énoncer quelque terrible prédiction :

— Dieu du ciel, Antonine, qu'est-ce que ta ligne de vie est courte ! Regarde un peu, elle s'arrête au mitan du plat de ta main !

Sa victime fondait alors en larmes ou parfois sanglotait si fort que la religieuse qui veillait sur notre chambrée s'y ruait, un nerf de bœuf à la main, déjà prête à flanquer une fessée à celle qui avait troublé la sérénité de l'établissement. Alors, Julie, pour une fois compatissante, prenait la défense de cette dernière en prétextant qu'elle s'était assoupie et avait fait un mauvais rêve. Je n'avais jamais permis à la Gitane de lire les lignes de mes mains. Ma forte stature la dissuadait, elle, si frêle, de faire de ma personne son souffre-douleur. Nous n'étions pas devenues des ennemies pour autant mais chacune gardait son quant-à-soi. Lorsque l'envoyé du roi était venu nous annoncer que nous partirions pour la Neuve-France, j'avais été tentée de demander à Julie de lire mon destin mais je m'étais retenue par fierté. Ce ne fut qu'après mon installation à Trois-Rivières que, dans un petit livre de colportage, *Le Grand Albert*, contre lequel notre chapelain nous mettait en garde à chacun de ses prêches, j'en appris quelques bribes.

Quand, enfin, je parvins à écarter les petits doigts d'Aymeric, je faillis tomber de mal-caduc : sa ligne de vie s'arrêtait à quelques centimètres de son poignet. Mais je me repris très vite. Tout cela n'était peut-être que des croyances dénuées de fondement, des simagrées démoniaques comme les qualifiait sœur Élodie lorsqu'elle nous mettait en garde contre l'incube qui rôdaillait dans notre orphelinat. Quand Pierre-Émile rentra et le prit entre ses bras, notre bébé qui jusque-là n'avait été qu'un petit corps flasque s'anima brusquement, dévoilant d'attendrissantes fossettes.

— Aymeric sera un Canadien vrai de vrai ! Pas une pièce rapportée telle que nous... J'avais fini par désespérer après toutes ces années. Cette solitude, ces hivers dont on ne voit pas le bout, ces Indiens toujours prêts à nous agonir de leurs flèches empoisonnées. Merci, Marie-Héloïse !... Dieu veillera sur cet enfant que nous ferons baptiser sans tarder.

Le taiseux Pierre-Émile débagoulait tout un batelage de paroles. Il dansait, chantonnait, pressait contre lui cette petite chose dont j'avais encore du mal à croire qu'elle était sortie de mes entrailles.

Quand nous avions dû fuir la Nouvelle-France à cause des Anglais et nous étions retrouvés à la suite d'un mauvais hasard sur *La Licorne*, ce bateau qui filait, toutes voiles déployées, vers l'île de Saint-Domingue, il avait redoublé d'attention envers Aymeric.

CHAPITRE 6

Des feux illuminaient dans le lointain presque tous les quartiers du Cap-Français. Grand-Bassin, Terre-Rouge, Dondon, Grande-Colline, Petite-Anse qui d'ordinaire n'étaient, quand tombait la nuit, que des myriades de taches jaunes. Ces dernières s'étaient muées en de gigantesques voiles rougeâtres. L'île de Saint-Domingue était la proie des flammes! Seul, inexplicablement, le morne Jean, à l'en-haut duquel on découvrait la presque totalité de la région, demeurait invisible. Je m'étais aventurée hors de l'entrepôt où j'avais trouvé refuge quand les débardeurs et autres portefaix avaient cessé de charger les navires sur ordre d'un sergent de ville à cheval qui s'égosillait :

— Les Nègres domestiques sont entrés en révolte! L'intendant demande à tout un chacun de regagner chez soi et de mettre sa famille à l'abri.

Sur l'Habitation Rivière-Roche que Pierre-Émile, mon Canadien, mon ange gardien, avait réussi à acquérir, une douzaine d'esclaves était aussi partie en marronnage alors que la récolte de la canne à sucre approchait. Cela s'était déroulé sans bataclan ni trompette. Sans signe prémonitoire. Même Euphrosine, la vieille Mulâtresse, qui me servait de femme de chambre et me rappelait ma nourrice de Normandie quoique je n'eusse conservé de cette dernière que le son de sa voix, n'en avait rien su. Au matin, quand le commandeur Nestor se rendit compte que trois cases étaient désertes et, alarmé, en avait informé mon homme, elle avait fondu en larmes.

— Vous êtes des maîtres si bon, M'âme Marie-Héloïse ! Si bons pour nous autres !

Euphrosine n'était pas dans le vrai. Hormis elle et les trois domestiques de la maison, mon époux traitait ses Nègres des champs à la dure. Pierre-Émile avait fait l'acquisition d'un petit domaine appelé Savane-Roche. On y avait longtemps cultivé l'indigo et le pétun avant de les remplacer par la canne à sucre, et son propriétaire étant décédé, son seul héritier, qui vivait à la grande ville du Cap-Français, s'empressa de nous la vendre, cela à un prix que j'imagine modeste tant la pingrerie de mon cher Canadien était légendaire. Nous avions croisé, par le plus grand des hasards, la route d'un riche planteur du voisinage un jour que nous faisions le tour de cette propriété à flanc de colline que Pierre-Émile envisageait d'acheter grâce à ses économies. Non seulement mon homme était d'un naturel peu loquace mais il était aussi un cachottier. Il m'avait toujours dissimulé ce que lui rapportait la vente des bûches qu'il livrait à Québec à l'approche de l'hiver et n'ayant jamais manqué de rien, je m'étais gardée de lui poser la moindre question à ce sujet. Je n'appris qu'il conservait par-devers lui près de trente mille livres qu'à l'instant où, négociant pied à pied avec le propriétaire des lieux, il parvint à en faire baisser le prix à près de moitié moins. Somme qui fut extraite de la sacoche en peau de castor dont il ne se séparait jamais depuis que nous avions fui la Nouvelle-France dans l'espoir de regagner le Vieux-Pays et que nous avions échoué en l'île de Saint-Domingue. Et lui de s'enorgueillir une fois que nous nous retrouvâmes seuls parce qu'enfin, nous étions devenus des propriétaires! En effet, à Trois-Rivières, un seigneur nous avait alloué contre une redevance annuelle quelques arpents de terre que mon homme cultivait quand l'abattage d'arbres lui en laissait le temps, arbres qu'il vendait à la scierie de notre village. Sinon, il avait également obtenu comme la plupart des engagés un droit de chasse et de pêche mais, m'avoua-t-il un jour, celui-ci était révocable par l'intendant si jamais ceux-ci ne faisaient pas d'efforts pour trouver une épouse. Il s'agissait de peupler le pays au plus vite d'authentiques chrétiens!

— J'ai ignoré l'arrivée de deux bateaux transportant des filles du Roy, me confessa-t-il, car j'aime la solitude, mais au troisième, le tien, j'ai dû me résoudre à me rendre à Québec. Dieu merci, j'y ai trouvé une belle femme aux yeux verts mais surtout une compagne dévouée. Marie-Héloïse, tu es la lumière de ma vie!

Le riche planteur, ami du propriétaire, qui s'était tenu à distance, fumant ostensiblement une pipe en terre cuite, vint serrer la main de Pierre-Émile quand la transaction fut conclue.

— Émilien de Laforgue pour vous servir! Je suis désormais votre plus proche voisin, déclara-t-il sur un ton affable mais je remarquai que ses yeux s'attardaient sur ma personne d'assez inconvenante manière.

Ma mine renfrognée le poussa à faire amende honorable : il baisa les menottes de notre petit Aymeric.

Nous avions alors quitté la ville du Cap-Français pour nous installer dans la magnifique campagne de Savane-Roche où pour mon bonheur une allée d'imposants manguiers atténuait l'extrême touffeur de l'air. Dès l'accostage de *La Licorne* à Saint-Domingue, j'avais été incommodée par la chaleur qui y régnait jour et nuit, chaleur si différente de celle de l'été en Nouvelle-France. J'avais la désagréable impression d'étouffer à tout moment et devais me désaltérer plus que de raison. Pierre-Émile, pour sa part, pestait contre l'humidité mal-agréable qui régnait dans cette île qu'apprîmes-nous, se disputaient Français, Espagnols et Anglais. Sans le dire à haute et intelligible voix, nous regrettions notre village de Trois-Rivières, ses chemins couverts de neige sur lesquels on se déplaçait en traîneau, la magnificence de ses forêts comme figées dans l'éternité, ses cours d'eau gelés où des trappeurs creusaient des trous afin de capturer truites et éperlans. Notre Nouvelle-France était belle, d'une beauté que pour ma part, je regrettais à présent de n'avoir pas su mesurer à sa juste valeur. Je n'avais pas encore compris que rudesse et beauté ne sont pas incompatibles. La Nouvelle-France aurait fort bien pu être notre paradis sur terre sans ces maudits Anglais.

Pierre-Émile avait donc fait l'acquisition de la plantation

avec « ses terres, ses meubles et ses nègres » comme l'indiquait l'acte de vente et nous avions hérité d'une quarantaine d'esclaves qui nous observèrent craintivement lorsque nous nous installâmes dans ce qu'ils nommaient la Grand'Case. C'est qu'eux étaient parqués dans des huttes situées à l'extrémité nord des champs de canne à sucre, en un endroit qui jouxtait une épaisse forêt. Pierre-Émile, bûcheron dans l'âme, avait d'emblée admiré les arbres sans en connaître les noms et se promettait d'en abattre quelques-uns pour réfectionner notre cuisine qui se trouvait hors de notre maison, dans une cabane à moitié ouverte. C'est qu'ici, contrairement à la Nouvelle-France, on vivait beaucoup au-dehors, une cour de terre battue, ombragée et fort agréable aux heures les plus chaudes de l'après-midi, jouant le rôle de salon. Nous commençâmes à y recevoir planteurs du voisinage, allants et venants ou soldats en patrouille. Ces derniers, munis de chiens hargneux, à la taille impressionnante, battaient campagnes et hauts bois à la recherche de Nègres-marrons. Quand ils les ramenaient à leurs maîtres, ces fugitifs se voyaient fouetter jusqu'à ce que la peau de leur dos se déchire ou sectionner les jarrets. J'avais été horrifiée lorsqu'il m'avait été donné d'assister à pareils supplices chez le sieur de Laforgue, notre voisin immédiat, quoique sa villa fût séparée de la nôtre d'au moins quatre lieues. Nos plantations de canne à sucre étaient mitoyennes et pendant la récolte qui commençait à la fin du mois de janvier, Pierre-Émile et lui s'adressaient des salutations quand il leur arrivait de s'apercevoir, chevauchant à travers leurs domaines respectifs. Quoique de nature méfiante, mon mari avait noué des liens de familiarité avec lui.

— Lui et moi, on est pareils! Pareils, pareils, pareils! dégoisait-il en riant. Ben oui, on a tous deux passé la bague au doigt à des filles du Roy.

C'est qu'à Saint-Domingue aussi, la gent féminine faisait cruellement défaut et le nombre de Mulâtres était tel qu'il avait fini par dépasser celui des Blancs. Devant ce qui représentait un réel danger, le roi de France adressait régulièrement à l'île antillaise des orphelines en quantité mais aussi quelques filles de rue. Rien qui différa de la Nouvelle-France. Vinciane, l'épouse de Laforgue, avait passé toute son enfance à l'hôpital de la Salpêtrière avant que, tout comme moi, le roi ne lui offre cinquante livres afin d'aller peupler la France d'Amérique. Notre origine commune nous rapprocha tant et tellement que nous en étions venues à nous visiter l'après-midi, elle venant toute seule à dos de cheval et moi me faisant conduire en carriole par Ti-Jacques, notre Nègre à tout faire. L'épouse de notre voisin se considérait pourtant comme une Créole c'est-à-dire une native du pays tout comme Pierre-Émile s'était affirmé Canadien au début de notre relation. Moi, ma vie d'avant continuait après toutes ces années à faire le siège de mes pensées presque chaque jour. Je resongeais à mon Irène morte de la peste à l'orphelinat des Cent-Filles, à mon Hortense frappée par le scorbut à bord du *Saint-Louis*, à sœur Élodie, la si altière mère supérieure de notre établissement, réputée posséder un don de clairvoyance lui permettant de prédire l'avenir et qui avait si parfaitement déchiffré le mien : « Si tu ne pries pas tous les jours, tu vas errer de par le monde comme ces gens qui ont crucifié notre bien-aimé Jésus ! »

Julie, la présumée Gitane, surviendrait aussi quand la nuit était trop étouffante pour que je parvienne à trouver le sommeil. Je regrettais de l'avoir détestée à l'époque lointaine où nous cohabitions à l'orphelinat. De n'avoir jamais échangé un seul mot avec elle. De m'être toujours refusée à écouter, comme le faisaient mes compagnes de misère, ses incessantes bravacheries. Comment expliquer alors que sa personne me revenait à l'esprit alors que nos destinées respectives s'étaient définitivement séparées ?

— Il faut profiter pleinement de chaque jour, m'avait conseillé Vinciane, lorsque je m'en étais ouverte à elle. Sans penser ni à hier ni à demain... Et puis, tu verras, quand tu auras l'occasion de visiter ce pays, les noms de ses hameaux te rassureront : Nouvelle-Saintonge, Nouvelle-Gascogne, Nouvelle-Rochelle... Et puis, tout comme toi, je présume, c'est au port de La Rochelle que j'ai embarqué, il y a maintenant des lustres, pour venir aux Amériques. Tout cela est derrière moi à présent !

Par une indiscrétion d'Euphrosine, ma chambrière, j'avais appris que comme presque tous les planteurs de Saint-Domingue, son mari préférait la chair féminine noire à la blanche, tout en perdant parfois la tête pour ces créatures intermédiaires entre les deux races, ces Mulâtresses dont la prestance naturelle et le sans-gêne ne cessaient de m'interloquer. Certaines d'entre elles étaient des esclaves comme notre Euphrosine, d'autres, plus nombreuses, des femmes de couleur libres, selon la dénomination en usage dans la colonie. Elles se vêtaient tout en extravagance et arboraient force bijoux en or que leur offraient leurs amants blancs. Dans la ville du Cap-Français tout comme dans les campagnes, elles constituaient de redoutables rivales, habiles à manier tant l'idiome du pays que le français qu'elles minaudaient. À l'inverse de Pierre-Émile, j'avais éprouvé quelque mal à m'habituer au premier quoiqu'il ressemblât par endroits à la parlure de la Nouvelle-France.

— Ton mari est un homme fidèle, me semble-t-il, m'avait déclaré Vinciane qui se flattait de juger du caractère d'autrui au premier coup d'œil. Il n'est pas homme à courir la galipote. Le contraire du mien dont j'ai renoncé à compter les enfants mulâtres. Ha-ha-ha!

Elle n'avait cure du comportement libertin d'Émilien de Laforgue, ne se souciait pas du fait qu'il fît souvent banqueroute à son honneur et affirmait être heureuse. Mille fois plus en tout cas qu'à l'hôpital de la Salpêtrière où elle avait passé les vingt-deux premières années de sa vie.

Je m'étais inquiétée au début de l'influence que son homme pouvait avoir sur le mien. C'est que le premier avait profité de l'inexpérience de Pierre-Émile en matière de canne à sucre pour le prendre sous son aile, débarquant chez nous à n'importe quelle heure du jour au prétexte de le conseiller sur telle variété qui résistait mieux aux parasites ou la manière de traiter les esclaves trop lambineurs. À l'entendre, notre prédécesseur négligeait sa plantation parce qu'il possédait deux commerces à la rue la plus achalandée de la ville du

Cap-Français et qu'il en avait confié la bonne marche à son commandeur. Or, ce Nestor affichait trop de complaisance avec les Nègres, tant de complaisance qu'il ne s'était pas préoccupé de faire débarrasser le petit cachot en pierre qu'envahissaient halliers et autres broussailles dès que la saison d'hivernage battait son plein. Ici, la nature nous avait grandement surpris, Pierre-Émile et moi : tout y poussait sans la moindre difficulté et cela avec une surprenante rapidité. Il suffisait qu'un orage cassât la branche d'un arbre et qu'elle se fichât en terre pour que deux semaines plus tard, elle commence à feuillir et, au bout de quelques mois, qu'un arbrisseau surgisse ! L'île tropicale qu'était Saint-Domingue différait du tout au tout de la froidureuse Nouvelle-France.

Mais les conseils dont nous entourait notre voisin nous furent très utiles car notre commandeur, ayant appris que nous n'étions pas des habitants de Saint-Domingue mais d'un « pays tout au nord », comme il disait drôlement, avait commencé à s'acagnarder. Notre première récolte fut si médiocre que la sucrerie à qui nous l'avions livrée avait failli la refuser.

— Vos cannes sont chétives, Monsieur Guillemot, nous avait menacé son propriétaire. Beaucoup trop chétives ! C'est que vos Nègres ne se sont pas occupés d'arracher les herbes qui les envahissent en période d'hivernage, je présume. Sachez que cela me fend la face de voir ainsi maltraité ce qui fait la gloire et la richesse de notre belle colonie de Saint-Domingue !

Pierre-Émile avait vertement tancé le commandeur

Nestor, Mulâtre libre, qui était resté à notre service quand nous avions acheté la plantation de Savane-Roche. Il avait alors fait le dos rond, promettant de mettre plus de cœur à l'ouvrage mais avait murmuré un propos que nous n'avions d'abord pas compris : il faudrait faire attention à nos repas et à l'eau que l'on nous servait puisque avec les Nègres, on ne savait jamais. Nous découvrîmes alors que les colons de Saint-Domingue vivaient dans la terreur du poison. Que les plus dangereux d'entre nos esclaves n'étaient pas ceux qui décidaient un jour de s'échapper dans les bois mais leurs congénères avec lesquels nous cohabitions, si dociles et feignant de nous servir avec diligence. À l'Habitation Savane-Roche, outre ma femme de chambre, nous disposions d'une cuisinière qu'aidait sa fille encore impubère, d'un cocher, d'une lessivière qui une fois par semaine, un énorme panier de linge en équilibre sur la tête, s'en allait, toute guillerette, à une rivière proche, et d'un responsable des mulets. Leurs cases étaient à portée de vue de notre villa. Quant à ceux qui étaient chargés de couper la canne à sucre, tous des hommes, et de les lier par paquets, toutes des femmes, leurs logis se trouvaient en contrebas de celle-ci, suffisamment loin pour que la nuit nous ne percevions que le son feutré de leurs tambours avec lesquels obstinément ils invoquaient les divinités de leur culte diabolique qu'est le vaudou.

— Ils ont tous été pourtant baptisés et se sont convertis à la vraie religion dès leur arrivée à Saint-Domingue, m'avait mise en garde Vinciane de Laforgue. Quand le père Jean-Michel vient dire la messe dans notre chapelle, ils s'y montrent très assidus mais il ne faut pas se fier à leur fausse piété. Les Nègres ont partie liée avec Satan !

Quand, trois années après notre installation à l'Habitation Savane-Roche, Pierre-Émile tomba malade, lui dont la musculature d'ancien bûcheron faisait l'admiration des planteurs de la région, je soupçonnai immédiatement quelque empoisonnement et portai d'abord mes soupçons sur nos esclaves qui s'occupaient du moulin à manioc. Ne travaillant ni dans notre maison ni aux champs, assez peu surveillés, le « maître du moulin » comme tout le monde l'appelait et les trois dondons grassouillettes qui l'aidaient s'étaient octroyé certaines libertés qui, sur une autre plantation, leur auraient valu d'être sévèrement fouettés. Il est vrai que Pierre-Émile, mon cher mari, qui avait fui la condition de serf dans son Auvergne natale pour devenir l'engagé d'un seigneur de Nouvelle-France, se montrait peu enclin à employer la manière forte. Aux dires de notre voisin Émilien de Laforgue, il faisait même preuve d'une coupable débonnaireté à leur égard, laquelle frisait la désinvolture. À la vérité, je devinais que mon homme nourrissait le regret de sa liberté d'avant. Celle de la Nouvelle-France, quand de beau matin, il s'emparait de ses haches, les aiguisait sur une meule, emplissait sa besace de munitions de bouche et d'une bouteille d'eau-de-vie, avant de me serrer dans ses bras, d'embrasser tendrement notre petit Aymeric et de s'en aller en forêt pour l'entier du jour. Ici, à Saint-Domingue, il se retrouvait prisonnier des champs de canne à sucre qui cernaient notre maison, des ordres à donner au commandeur Nestor soit pour la récolte en janvier, soit pour la replantation de juillet, de nos esclaves dont certains sombraient dans une mélancolie qui les paralysait et les rendait inutiles.

— Le souvenir de leur Afrique natale les ronge à petit feu. C'est quelque chose de très commun à Saint-Domingue, nous avait expliqué le chirurgien qui faisait la tournée des plantations trois ou quatre fois dans l'année. Il arrive même que certains avalent leur langue pour se suicider. Comment s'y prennent-ils, ces démons couleur d'anthracite, nous, les Blancs, n'en savons rien.

Pierre-Émile avait donc perdu sa liberté. Il en était chagrin ! Je l'aidais à tenir le registre de notre habitation, lui qui n'avait qu'une teinture d'écriture et de lecture, et à ces moments-là, il comblait sa « gâte-papier » de remerciements même quand les comptes n'étaient guère encourageants. Nous avions dû, en effet, contracter des dettes auprès d'un prêteur du Cap-Français parce qu'ayant beaucoup négligé sa propriété, le gros commerçant qui nous l'avait vendue avait laissé tomber presque en ruine la cuisine extérieure. Une partie de la toiture de notre modeste villa provoquait même, quand le temps se faisait pluvieux, l'inondation d'une des chambres, et surtout l'ancien propriétaire avait eu la mauvaise habitude de faire labourer ses champs à la va-comme-je-te-pousse.

À côté de la nôtre, l'Habitation Grand-Bassin de Vinciane et de son mari, ce grossier personnage d'Émilien de Laforgue, avait des airs de château.

J'avais cependant la certitude qu'à force d'abnégation, nous parviendrions à sortir de la gêne qui nous empêchait d'organiser des réceptions comme le faisaient les autres planteurs. J'avais dû quitter la France, aucunement de mon plein gré, certes, avant de devoir fuir la Nouvelle-France, sans y être pour rien une fois de plus, mais cette fois, je ferais mentir la prédiction de la mère supérieure de l'hôpital des Cent-Filles. Juive errante, m'avait-elle qualifiée ! Sans la moindre méchanceté dans la voix ni mépris non plus. Elle ne faisait qu'énoncer ce qu'une voix, une instance supérieure, lui dictait, et personne ne doutait qu'après sa mort, elle serait considérée comme une sainte. Comme pour mes compagnonnes, si pompeusement nommées filles du Roy, je n'aurais jamais plus de nouvelles de sa personne et en un sens, différent de celui de Pierre-Émile, j'étais seule moi aussi. J'en souffrais moins que lui parce que je l'avais toujours été. Dès mon premier vagissement ! Il n'y avait guère que la voix de ma nourrice sans visage de Normandie, et ses injonctions dans son rude patois normand, *Mouju et tè touè !*, les petites joies partagées avec Irène à l'orphelinat et Hortense à bord du *Saint-Louis*, qui me rattachaient à des êtres aimés. Car ce que j'éprouvais pour mon ancien bûcheron devenu planteur de canne à sucre n'était toujours pas de l'amour. Pas celui que décrivent en tout cas les quelques livres qui m'étaient parvenus à Trois-Rivières. Il s'agissait d'un sentiment beaucoup plus solide qui n'a pas de nom. À moins que je ne connusse pas ce dernier.

C'est pourquoi, quand la maladie le terrassa, je faillis me perdre dans la désespérance.

La médecine des Blancs n'ayant aucun effet sur elle, je me résolus, à l'instigation d'Euphrosine, ma femme de chambre, à faire appel à un docteur-feuilles. Il faisait partie de cette confrérie de Nègres, peu nombreuse, qui avaient été affranchis par leurs maîtres pour les avoir guéris, eux ou quelque proche parent, alors qu'ils s'étaient trouvés à l'article de la mort. De loin en loin, un certain Ibo, vieil homme à barbe et cheveux blancs qui boitillait quoiqu'il eût l'œil vif et se déplaçait pesantement avec une canne en bois de mahogany réputée magique, toquait à notre porte, s'écriant en patois de Saint-Domingue :

— *M-ap vann rimèdes! Sa-k bisouin, mandé!* (Je vends des remèdes ! Que ceux qui en ont besoin m'en demandent !)

Il lui était arrivé de redonner la santé à plusieurs d'entre nos esclaves qui le vénéraient. Quand le commandeur Nestor conduisait Ibo à leurs cases, ils s'alignaient spontanément dans leur cour de terre battue, les plus souffrants en tête. Je n'avais assisté à ce spectacle qu'une seule fois parce que mon mari n'aimait pas que je m'approche des esclaves des champs. Il prétendait que les hommes, trop nombreux, étaient en manque de femmes et que certaines nuits, ils se défaisaient de leurs chaînes grâce à des invocations à Papa Legba, le dieu suprême du vaudou, celui qui « ouvre les barrières », et s'en allaient par monts et par vaux, battant la campagne en quête de plantations où ils pourraient retrouver des créatures féminines de leur race avant de s'en revenir dès potron-minet comme si de rien n'était. Quand cette bacchanale fut découverte, nous avait appris le sieur de Laforgue, les autorités de Saint-Domingue avaient créé des milices chargées de procéder à l'arrestation de ces Nègres démangés par le stupre. Dès lors, ils profitaient de la moindre occasion pour s'attaquer à des femmes blanches, ce qui nécessitait que ces dernières se gardent de tout contact avec eux.

— *Dépi ki temps Mouché longé kon ça ?* (Depuis combien de temps, Monsieur est-il allongé comme ça ?) avait grommelé Ibo qui, avant de pénétrer dans notre demeure, avait pris le soin de se nettoyer les pieds à l'aide d'une demi-calebasse remplie d'eau puisée dans la jarre en grès attenante à notre véranda.

— Un mois... un mois et une semaine, avais-je répondu, presque timidement.

— *M-couè sé pliss ki dé mois, Madanm.* (Je crois que cela fait plus de deux mois, Madame), avait rectifié Euphrosine respectueusement.

Le docteur-feuilles semblait perplexe. Désemparé même. Il avait posé au bord de notre lit le baluchon dans lequel il transportait ses médications et en avait extrait une fiole contenant un liquide jaunâtre avec lequel il se frotta le plat des mains. Longuement. Fermant alors les yeux. Puis, palpant la poitrine de Pierre-Émile agitée par un suffoquement soudain qui me terrifia, Ibo se mit à psalmodier dans une langue qui n'était pas le patois créole. Au-dehors, des chants s'élevèrent, tout aussi mystérieux, ce qui me fit tressaillir. Certains de nos esclaves, alertés par l'arrivée de celui qu'ils considéraient comme un hougan, à savoir un grand-prêtre de leur religion, avaient tout simplement abandonné les champs en pleine saison de récolte, chose qui leur était absolument interdite.

Puis, Ibo fit ingurgiter à Pierre-Émile une mixture dans laquelle surnageaient des brindilles d'écorce et de fleurs cotonneuses d'un arbre qui me sembla être le fromager avant de me tendre la main.

— Ça fait deux piastres gourdes, M'âme!

Ne m'étant pas encore habituée à la monnaie de Saint-Domingue, je mis un instant à me rendre compte que cette somme ne représentait que seize livres et dix sous de Neuve-France, mais le hougan, se méprenant sur mon hésitation, avait déjà tourné les talons. Dans les jours qui suivirent, la santé de Pierre-Émile se dégrada, sa peau prit une inquiétante couleur jaunâtre, ses yeux ne s'ouvraient plus qu'à moitié et il fut pris de quintes de toux qui le faisaient vomir un affreux mélange de glaires et de sang. Je remarquai que nos domestiques rechignaient à pénétrer dans la maison et quand j'interrogeai Euphrosine, elle roula des yeux emplis de terreur.

— C'est à cause de... la fièvre jaune, M'âme. Tout le monde en a peur! Dans les campagnes comme en ville. Au Cap, il paraît qu'on ramasse des mourants en pleine rue pour en faire des bûchers. On n'organise pas de veillée pour eux et on ne les enterre pas non plus. C'est trop dangereux, M'âme!

Et d'autorité, elle décida que désormais elle garderait mon petit Aymeric dans sa case, attenante à notre villa...

[VENGEANCE DES DIVINITÉS DU DAN-HOMEY.

Qui n'a jamais entendu le bourdonnement des tambours du vaudou et les sonorités lancinantes que les Nègres tirent de ces branches d'arbres, taillées et creusées, appelés *rara* n'a aucune idée de ces trompettes de l'enfer semblables à celles dont la Bible menace les païens. Ils lugubrent d'une montagne à l'autre comme se répondant ou alors aidés par ces échos qui, par temps d'orage, donnent l'impression de canonnades. Aymeric, bambin déluré, se réveille alors en sursaut et court se réfugier dans le lit de ses parents en pleurant à chaudes larmes.

Pierre-Émile le prend entre ses bras ainsi qu'une Marie-Héloïse épouvantée mais sans pour autant chercher à les rassurer. Il n'éprouve aucune appréhension envers cette race à la peau couleur de nuit ni ne craint de frayer avec elle comme c'est le cas de la plupart des Blancs. Quand, en guise d'explication, il raconte à ces derniers avoir frayé avec les Indiens de la Nouvelle-France, bien plus traîtreux et féroces que ces Africains, personne ne comprend de quoi il veut parler car à Saint-Domingue, bien avant que des Français y prennent pied, les cousins de ces mêmes Indiens avaient été exterminés jusqu'au dernier par les Espagnols. Simplement, de temps à autre, lors des labours, des esclaves retrouvent des restes de poteries et des figurines finement ciselées dans une pierre de couleur verte assez semblable à l'émeraude.

Les tambours du Dan-Homey appellent les divinités ancestrales de l'Afrique-Guinée par-delà la mer des Ténèbres. Celles-ci guident les Nègres qui incendient les champs de canne à sucre, détruisent les moulins à manioc, égorgent les mulets, attaquent, comme indifférents aux mousquets, les demeures des Blancs. Les campagnes du Cap-Français vivent dans l'intranquillité. Renforcés par leur dieu suprême, Legba, et sa compagne, Erzulie-Fréda, il se passe rarement une année sans que les esclaves n'entrent en révolte. La Milice et l'armée finissent toujours par avoir le dessus mais non sans subir de lourdes pertes dans leurs rangs.

Même si, ô inexplicable, l'Habitation Savane-Roche a toujours été épargnée, dès que les tambours du Dan-Homey se mettent à résonner à travers les montagnes, le cœur de Marie-Héloïse se met à battre à la galopée.]

Le plus grand des malheurs frappa à notre porte un matin de juillet. La fièvre jaune faucha mon homme.

Au lendemain des funérailles de Pierre-Émile, alors que j'étais plongée dans le désarroi et me demandais ce qu'il adviendrait de moi, seule femme blanche avec son garçonnet de trois ans, perdue au fin fond d'une campagne assez éloignée de la ville du Cap-Français, désormais responsable d'une plantation de médiocre rapport sur laquelle veillait un commandeur mulâtre peu laborieux et complaisant avec les esclaves, je vis débarquer celui qui se présenta comme mon sauveur. Émilien de Laforgue, notre voisin, avait dû se rendre à Port-au-Prince pour ses affaires, m'avait informée Vinciane, son épouse, et cette cité étant passablement éloignée de notre région du nord de l'île (le voyage nécessitait quatre ou cinq jours de cheval), il n'avait pu rendre hommage à Pierre-Émile comme il l'aurait voulu. D'ordinaire, il utilisait ces goélettes qui reliaient les deux villes mais celles-ci n'étaient désormais plus sûres non seulement à cause de possibles attaques des boucaniers, réfugiés dans la petite île de la Tortue qu'ils avaient transformée en place forte, mais aussi parce que les Espagnols, qui occupaient la partie orientale de Saint-Domingue, menaçaient d'envahir la française. Ce qui mettait en rage le sieur de Laforgue qui, lors des rares réunions entre colons auxquelles leurs conjointes avaient licence d'assister, véhémentait de la sorte :

— J'ai oublié le nom de ce pape inique qui a partagé le

Nouveau-Monde entre les Espagnols et les Portugais, mais permettez-moi de vous rappeler cette riposte cinglante de notre vénéré souverain, feu François Ier : « Le soleil luit pour moi comme pour les autres. Je voudrais bien savoir la clause du testament d'Adam qui m'exclut du partage du monde. » Eh ben, mes chers amis, j'estime qu'il est grand temps que notre tout aussi vénéré Louis XIV s'inspire de cette sage sentence !

Des navires anglais sillonnaient aussi la mer des Antilles et se montraient menaçants. Ne sachant guère ce qui se passait en dehors du Cap-Français et des campagnes qui l'environnaient, toutes ces mauvaises nouvelles avaient mis à mal la sérénité que je croyais avoir trouvée dans ma nouvelle vie. Hormis l'extrême chaleur durant la moitié de l'année et les ouragans qui la saccageaient aux mois d'août, de septembre et parfois d'octobre, Saint-Domingue m'était devenu non point un paradis mais au moins un havre au sein duquel j'imaginais pouvoir mener une existence enfin apaisée.

— Marie-Héloïse, vous aurez désormais besoin d'un homme pour tenir la plantation que vous a laissée notre bien cher Pierre-Émile, me lança le sieur de Laforgue, s'asseyant dans l'une des dodines de ma véranda sans que je l'eusse invité à le faire. Un vrai homme, je veux dire ! Quelqu'un qui est né à Saint-Domingue, qui connaît le métier de planteur et qui sait comment diriger les Nègres.

Je ne compris d'abord pas où notre plus proche voisin voulait en venir. Faisait-il allusion à Guillaume Dunoyer, ce veuf âgé d'une soixantaine d'années, lui aussi enrichi grâce au sucre de canne, que l'on disait en quête effrénée d'une compagne ? Ses terres se trouvaient à Bois-Canon, un lieu plutôt isolé, et aucune femme ne se serait avisée d'y habiter, surtout pas l'une de ces coquettes, ces créatures ayant le nez tourné à la friandise qui hantaient les bals de la haute société du Cap-Français. D'ailleurs, d'aucuns ricanaient au sujet du sieur Dunoyer parce que même les filles du Roy qui débarquaient dans l'île avaient l'audace de le toiser. Était-ce donc cet homme, certes affable mais réputé fantasque, qu'Émilien de Laforgue voulait pour moi ? J'obtins très vite la réponse :

— Vinciane et moi nous apprêtons à nous démarier, poursuivit-il, soudain moins arrogant. C'est... comment dire ? C'est regrettable mais je ne vous apprendrai rien quand je vous dirai qu'après vingt et quelques années de vie commune, nous ne partageons plus le même lit. L'habitude finit, hélas, par tuer l'appétence... Elle ira s'installer chez des parents très loin d'ici, à Jacmel, tout au sud, et y emmènera nos enfants. Sauf notre aîné qui, comme vous vous en êtes sans doute rendu compte, est presque un homme fait à présent. Le moment venu, il prendra les rênes de notre plantation.

Le bougre mentait effrontément. Vinciane n'avait jamais cessé de l'aimer. Elle lui reprochait simplement ses incartades répétées, son goût insatiable pour les Négresses, les Grimelles et les Mulâtresses. Toute cette dévalaison d'enfants métis qu'il avait mise au monde tout en refusant d'en reconnaître la paternité. Sans oublier qu'il était grand amateur de rhum et rentrait souvent saoul, l'accablant d'invectives en patois les rares fois où elle osait lui faire la moindre remarque. D'ailleurs, le sieur de Laforgue s'exprimait plus volontiers dans l'idiome des Nègres même quand il se trouvait parmi des Blancs. C'était sans doute là sa manière de montrer qu'il était un natif de l'île, chose qui était le contraire de la vérité, et non un fraîchement débarqué de France. À bien regarder, Pierre-Émile n'avait pas agi autrement envers moi, au début de notre installation à Trois-Rivières, quand il prenait un malin plaisir à employer des expressions de la Nouvelle-France qui m'étaient forcément incompréhensibles ou que je trouvais pour le moins choquantes comme ce « rare comme de la merde de pape ».

— Je vous laisse réfléchir, chère Marie-Héloïse, me lança le propriétaire de l'Habitation Grand-Bassin, se levant abruptement. À mon humble avis, faire de nos propriétés une seule et même plantation serait d'un meilleur rapport. Vous et moi y gagnerions en tout cas...

Je n'eus pas le choix.

Mais, dans ma jeune existence, avais-je jamais eu à décider une seule fois de mon avenir ?

Au début de la récolte de l'an 1675, le commandeur Nestor, ce personnage au visage chafouin qui faisait mine de respecter les Blancs alors que devant nos esclaves, comme me l'avait appris Euphrosine, il ne cessait de se vanter d'être un « homme de couleur libre », vint m'annoncer une mauvaise nouvelle :

— Plusieurs de nos esclaves sont devenus trop vieux pour travailler en plein soleil, Madame Marie-Héloïse. Ils ont presque quarante ans... Ti-Gérard et Jean-Nicaise ne vont pas bien du tout. J'ai fait venir Ibo, le vieux docteur-feuilles, à leur chevet mais il assure que ces deux-là ne finiront pas l'année. Et puis, trois autres sont partis en marronnage au lendemain du jour où Maître Pierre-Émile est monté au paradis... Je crois qu'il vous faut accepter la proposition de Maître de Laforgue, oui...

Sur les plantations, rien ne demeurait secret très longtemps. Nos esclaves domestiques écoutaient aux portes, nous espionnaient, rapportant nos faits et gestes aux esclaves des champs. Leur feinte sollicitude ne m'avait pas échappé. Mais c'était peut-être Émilien de Laforgue lui-même qui s'en était ouvert au commandeur mulâtre dont il était très proche, ce dernier lui servant d'ambassadeur d'amour auprès de Négresses libres, chose qui était de notoriété publique. J'étais cernée! Ne connaissant pas grand-chose à la bonne marche d'une plantation et ne m'étant rendue que rarement dans les champs de canne à sucre, même si le blanc nacré de leurs fleurs, au mois de décembre, m'enchantait et que j'en cueillais pour décorer notre salon (elles duraient des semaines), je n'avais d'autre choix que de céder. Alors que je tergiversais encore, bien après la mort de Pierre-Émile, deux personnes toquèrent à ma porte un beau matin : Émilien de Laforgue, accompagné d'un homme bien mis, en redingote et bottines vernies, qui devait résider à la ville du Cap-Français.

— Bonjour Marie-Héloïse, me dit le premier, inhabituellement doucereux. Je vous présente Maître Justinien, notaire renommé dans tout le nord de notre chère

Saint-Domingue. Nous sommes venus pour que vous signiez les papiers.

Et de me présenter une liasse de documents dont il me lut le début et la conclusion, à la venvole, sous l'œil circonspect de l'homme de loi, m'adjurant de les signer. Une colère froide monta en moi que je dus réfréner d'un effort presque surhumain. À qui le sieur de Laforgue croyait-il avoir affaire ? À l'une de ces putaines de Mulâtresses à bijoux extravagants et robes affriolantes qui se pavanaient dans la Grand'Rue du Cap, en quête de ces Blancs dépravés qu'hypnotisait leur postérieur exagérément rebondi ? Ou alors à l'une de ces esclaves noires qu'il allait forcer nuitamment dans les cases de sa plantation ? De plus, l'impudent ne s'était nullement embarrassé de solliciter l'un de ces pourparleurs auprès desquels Pierre-Émile avait trouvé conseil dans les premiers mois de notre installation et avec lesquels il avait noué des liens de confiance.

— Alors, Madame ? me fit le notaire, imperturbable et sans doute complice du propriétaire de l'Habitation Grand-Bassin, me tendant une plume.

Je n'eus d'autre possibilité que de céder. De parapher l'acte qui comportait plusieurs pages à l'écriture serrée, presque illisible.

De ce jour, les deux plantations n'en firent qu'une. Autant dire que Savane-Roche, beaucoup plus petite que Grand-Bassin, celle de mon bourreau, disparaîtrait à la longue. Que plus personne ne se souviendrait de Pierre-Émile et du dévouement qu'il avait déployé pour redresser cette propriété en déshérence. Même si je n'avais pas éprouvé de flamme pour lui, seulement une incommensurable affection, je me devais de respecter et de faire respecter sa mémoire. Prenant mon courage à deux mains, je tentai, dans un premier temps, de redonner du cœur à l'ouvrage à mes Nègres grâce au commandeur Nestor à qui j'avais laissé croire que je lui ouvrirais mon intimité. Cette engeance avait grand soif de la femme blanche alors que nos hommes éprouvaient la même attraction pour la noire, ce qui ne cessait de me dérouter. Pour ma part, je n'aurais jamais permis à un Nègre ou à un demi-Nègre comme lui de poser ses pattes sur moi. Encore moins de m'étreindre! J'avais assisté à la punition de l'un de ces horribles personnages sur la plantation d'un des planteurs les plus fortunés de notre région. M. de Moncourt de Cassagnac se flattait d'être d'authentique noblesse et affirmait être le descendant d'un des premiers gouverneurs de l'île de Saint-Domingue. Celui qui se rengorgeait à la moindre occasion parce qu'il possédait des biens également à Saint-Marc, à Port-au-Prince et dans l'Artibonite, estimait avoir droit de regard sur les plantations du Cap-Français où il lui arrivait de débarquer à l'improviste dans une calèche rutilante. Il n'avait pas manqué d'accourir à Savane-Roche avec ses gens, engagés blancs et esclaves noirs mêlés, et l'ayant inspectée, il avait tenu un discours lourd de sous-entendus à Pierre-Émile :

— Monsieur Guillemot, il m'est revenu que vous êtes natif de la Neuve-France, pays où, m'assure-t-on, il n'y a ni plantations de cannes à sucre, ni de pétun, ni de coton, ni d'indigo... J'ignore les raisons de votre venue chez nous mais je tiens à vous faire savoir qu'à Saint-Domingue, le Blanc doit impérativement savoir garder son rang. Il suffit qu'il trébuche pour que les Mulâtres libres s'ingénient à le faire tomber et pire, pour que ses Nègres se révoltent ou partent en marronnage.

Mon Canadien n'avait pas réagi à ce qui n'était autre qu'une algarade alors que moi, j'en avais été mortifiée. Par bonheur, notre plantation étant sans doute bien trop insignifiante à ses yeux, il n'avait plus remis les pieds chez nous. Grande fut donc notre surprise lorsque le géreur de sa plantation, un Blanc réputé hargneux, était venu nous inviter chez ce Moncourt de Cassagnac. C'est que la moitié de l'année, le hobereau à double particule lui confiait la bonne marche de sa propriété et s'en allait mener la grande vie à Paris où, selon les gazettes, il était reçu à la Cour et admiré en tant qu'« Amériquain ». Seule une poignée de richissimes planteurs pouvaient se permettre pareille fantaisie et même notre voisin, le sieur de Laforgue, ne l'avait pu qu'une seule fois. À son grand regret, se lamentait-il. Il n'était pas un Grand Blanc, certes, mais il n'était pas non plus, à l'entendre, l'un de ces Petits Blancs qui avaient signé un contrat d'engagement pour les îles d'Amérique où ils espéraient faire fortune. Peu d'entre eux y parvenaient, certains passant dans l'autre monde à cause des incommodités du climat, d'autres de ces épidémies propres à l'île qu'aucune médecine ne parvenait à soigner, notamment cette scélérate fièvre jaune qui devait emporter Pierre-Émile deux années et demie après notre installation dans l'île.

Nous avions revêtu nos plus beaux atours, persuadés d'avoir été conviés, une fois n'était pas coutume, à l'une de ces réceptions fastueuses qu'organisait M. de Moncourt de Cassagnac. Je devinais que mon mari en était secrètement flatté car il s'était rendu en ville pour se procurer une lavallière et une chemise en lin qui, à mes yeux, lui donnaient l'air d'un guignol. Il devint soudainement plus gai, lui perpétuellement enfermé dans une taciturnité qui faisait peine à voir. J'évitais de le questionner à ce sujet, sachant pertinemment que lui qui, à Trois-Rivières, ne cessait de me presser d'oublier le passé était désormais rongé par le mal du pays. Tout ce manteau blanc à perte de vue, les rivières bondissantes en été où il aimait pêcher, son traîneau et son chien favori, Dauvergne, qu'il avait dû confier à un trappeur la veille de notre fuite, tout cela lui manquait. Comme je le comprenais ! La Nouvelle-France savait être un pays magnifique en autonome, en hiver et en été. Seul le printemps y était affreusement désagréable quand le dégel commençait et que partout n'était plus que neige fondue et boue malodorante. Mais dans la parlure du pays cette saison était pourtant appelée le « doux-temps ».

À notre arrivée à la plantation de M. de Moncourt, grande fut notre surprise de constater que personne ne s'était mis sur son trente-et-un. Ce beau monde nous dévisageait narquoisement. Soudain, mon regard fut attiré par un spectacle saugrenu : un homme noir, dépourvu de vêtements, était attaché au tronc d'un manguier sans doute centenaire car il était énorme et noueux. Face à lui, une dizaine de chiens tenus en laisse par des hommes en armes. Ces chiens féroces que l'on faisait venir de Cuba afin de rechercher les esclaves fugitifs, chose risquée dans cette île de Saint-Domingue si montagneuse et recouverte d'épaisses forêts. Leur renommée était parvenue jusqu'à mes oreilles mais c'était la première fois que je les voyais et ils provoquèrent en moi une sensation de panique entremêlée de dégoût.

Les planteurs et leurs épouses devisaient gaiement, savourant un vin fraîchement arrivé de Bordeaux aux dires du maître de maison qui ne cessait de porter des toasts. « Longue vie à notre souverain ! Vive le royaume de France ! Que notre belle Saint-Domingue ne cesse de prospérer ! » Une fanfare jouait une musique enlevée à mi-chemin entre la parade militaire et la valse.

— J'ai pensé un temps que vous ne me feriez pas l'honneur de visiter ma modeste demeure, nous déclara M. de Moncourt de Cassagnac avec sa moue perpétuellement ironique. Pardonnez-moi de ne vous avoir pas précisé l'objet de mon invitation ! J'espère que Madame a le cœur bien accroché.

Sans attendre de réponse de notre part, il continua à passer son monde en revue, saluant celui-ci, échangeant des amabilités avec tel autre. Une allégresse insolite régnait parmi tous ces planteurs nés à Saint-Domingue ou installés dans l'île depuis des lustres dont je sentais bien qu'ils nous considéraient, Pierre-Émile et moi, comme des gueux, nous qui non seulement arrivions du diable Vauvert mais dont la modeste plantation ne nous permettait pas de vivre sur un grand pied. J'éprouvai une soudaine bouffée de haïssance pour ce Moncourt et regrettai que nous ayons accepté son invitation, laquelle avait certes flatté notre orgueil mais qui nous mettait dans le plus grand des embarras. Nous qui étions les seules personnes endimanchées !

Puis la fanfare s'était tue et nous entendîmes un bruit de chaînes ainsi que les vociférations du Nègre qui me firent tressaillir. Deux Blancs tentaient de calmer le colosse, attaché à un manguier, qui se débattait, roulant des yeux féroces et damant le sol de manière frénétique. Pierre-Émile me glissa à l'oreille qu'il s'agissait très certainement de La Guinée, le Nègre-marron le plus redoutable de la région du Cap, à propos duquel circulaient tout un lot de raconteries invérifiables. À mes yeux en tout cas ! Je n'y avais jusque-là vu qu'une légende pour effrayer les enfants et les personnes crédules. En tout cas, à ce rebelle étaient attribués incendies de plantations, empoisonnements de mulets, vols dans les jardins, engrossements de Négresses esclaves et assassinats de Blancs. La Guinée est partout ! répétait mon personnel domestique qui en éprouvait une peur irrépressible parce que ce Nègre-marron était réputé châtier avec la dernière sévérité ceux de sa race qui servaient les Blancs de même que les Mulâtres qu'il considérait comme des fourbes de naissance. Selon Euphrosine, il possédait le don de se déplacer dans les airs la nuit, boule de feu qui virevoltait par-dessus les plantations avant de fondre sur ses proies. Il savait aussi se rendre invisible en plein jour ou bien se métamorphosait en vieillard que son maître avait affranchi parce qu'il ne servait plus à rien.

D'autres fois, il se manifestait sous la forme d'un cavalier vêtu et chapeauté de blanc, monté sur un cheval blanc, qui galopait à travers les campagnes et y enlevait des femmes dont nul n'entendrait plus parler.

— La Guinée n'est rien d'autre que le Diable en personne! grommelait ma femme de chambre à la moindre occasion.

Or, l'homme, que ses gardes avaient enchaîné au tronc d'un manguier, me semblait tout ce qu'il y avait de plus humain. Il avait été fouetté jusqu'au sang et sa peau exhibait de vilaines boursouflures. Il ne s'exprimait pas en patois et ses propos, que l'on devinait être des imprécations ou des menaces, étaient incompréhensibles. C'est qu'une légende voulait qu'il se soit prestement enfui du bateau qui arrivait d'Afrique le jour même de l'accostage de ce dernier et ait gagné les hauts bois qui couvraient l'arrière-pays de la région du Cap-Français. D'où son surnom de La Guinée. Je m'efforçai de réprimer un sentiment de pitié pour sa personne. Les Nègres et nous n'étions pas de la même engeance. À l'église, chaque dimanche, le prêtre de notre paroisse nous rappelait la malédiction de Cham, ce fils noir et ingrat qui, voyant Noé, son père, nu en pleine rue parce qu'ivre, l'avait dérisionné alors que ses frères Sem et Japhet s'étaient empressés d'aller chercher un drap pour cacher l'intimité de celui-ci au regard des passants. De ce jour, Noé avait maudit Cham et sa descendance jusqu'à la fin des temps. Nous, les Blancs, n'étions donc pour rien dans la disgrâce de cette race.

Je fermai cependant les yeux lorsqu'une meute de chiens,

malaisément tenue en laisse par un commandeur, se rua jusqu'au manguier. Des chiens de l'île voisine, ce Cuba où les Espagnols semblaient avoir définitivement pris pied tout comme dans la partie orientale de la nôtre, Saint-Domingue, menaçant régulièrement de nous en chasser. Grâce au commerce de contrebande et aux boucaniers, nous recevions pourtant d'eux toutes sortes de marchandises, notamment de la coutellerie, art dans lequel ils excellaient. Mais aussi, de temps à autre, ces molosses spécialement dressés pour rattraper les esclaves qui s'étaient avisés de marronner. À côté d'eux, les chiens créoles de Saint-Domingue étaient de bien innocentes créatures, tel celui que j'avais adopté au grand dam d'Euphrosine qui, comme tous les gens de sa race, abominait l'espèce canine. Les négrillons les pourchassaient à coups de pierre dès que l'un d'eux approchait des cases, chose qui m'avait toujours fait sourire.

M. de Moncourt s'avança alors à trois pas du manguier en requérant le silence d'un geste impérieux. Les dames cessèrent de jacasser et les hommes de brocanter leurs habituelles plaisanteries salaces.

— La Guinée, se lança-t-il en patois créole, nous avons vainement cherché un Nègre-bossale qui parle ta langue et n'en avons point trouvé. Même pas parmi la cargaison débarquée le mois dernier ! Cependant, notre pays possède des lois auxquelles nul ne peut déroger, et c'est pourquoi je me vois dans l'obligation de lire la sentence que t'a infligée la cour de justice du Cap.

Et de dérouler un parchemin qu'il se mit à ânonner d'un ton faussement solennel, parchemin dont les termes juridiques me furent opaques. Je compris que La Guinée avait été condamné à mort pour avoir commis non seulement des actes criminels mais surtout le viol d'une femme blanche. La nouvelle de cet abominable forfait s'était propagée plus vite qu'un feu embrasant un champ de canne en plein mitan de la saison du carême. Cela avait eu lieu sur une habitation du quartier Fort-Dauphin où Pierre-Émile et moi ne nous étions rendus qu'une fois, désireux qu'était mon mari d'acheter une paire de mulets. La victime avait fait preuve d'une folle imprudence en s'aventurant en fin d'après-midi jusqu'au bassin d'une rivière qui coulait à proximité de sa propriété. Veuve et réputée forte femme, elle avait le verbe haut et menait ses esclaves d'une main ferme, suscitant l'admiration des planteurs des environs. Main certes ferme mais beaucoup trop magnanime, avait commenté celui qui, à l'époque, n'était encore que notre voisin, autrement dit le sieur de Laforgue.

— Elle est persuadée, ne manquait-il jamais de protester, que parce que les Nègres lui sourient et lui font des démonstrations de docilité à la moindre occasion qu'il n'est pas nécessaire de les châtier lorsqu'ils commettent une faute. Le Nègre est un être fainéant et dissimulateur par nature à qui il est hasardeux d'accorder sa confiance, même pour les tâches les plus banales. Dès qu'on cesse d'avoir l'œil sur lui, il se croit tout permis. Seul le fouet permet de le faire se tenir tranquille, croyez-en un homme qui a l'éprouvante charge de diriger une bonne centaine de ces adorateurs impénitents de fétiches !

Le sieur de Laforgue était fort éloquent quand il lui

arrivait d'évoquer sa position de Grand-Blanc ou de presque Grand-Blanc. Il décessait tout net d'employer ce langage de charretier qui seyait à merveille à sa tenue généralement débraillée.

Lorsque les chiens de Cuba furent approchés du manguier, ils cessèrent de vacarmer et se tinrent immobiles. Inexplicablement. Seule leur langue, jaillie de leurs gueules avides, tentait de happer un peu d'air dans cette matinée qu'accablait une chaleur caniculaire. Pierre-Émile et moi, non contents d'être grotesques dans nos vêtements de cérémonie, dégoulinions de sueur, ce qui nous valait des regards ironiques. La chaleur du perpétuel été de Saint-Domingue était fort différente de celle de la même saison en Neuve-France. Sur les rives du fleuve Saint-Laurent, elle dispensait un bien-être incomparable même si des nuées de moustiques prenaient un malin plaisir à vous enquiquiner. Mais s'agissant de ces bestioles, n'en subissions-nous pas les mêmes dans l'île où nous avions trouvé refuge, certaines charroyant la dévastatrice fièvre jaune ?

— À l'attaque ! Allez à l'attaque ! s'époumonèrent ceux qui tenaient les chiens en laisse. *Vamos ! Adelante !...*

En pure perte. Les mâtins ne bougeaient pas d'une maille, ne comprenant visiblement pas ce que l'on attendait d'eux. On soupçonna alors quelque diablerie. Ce La Guinée était réputé commercer avec les divinités de sa race et organisait, selon la rumeur publique, des cérémonies vaudoues au cours desquelles des bébés étaient sacrifiés. Moncourt s'avança alors tout près de lui et lui lança :

— Si c'est vrai que tu possèdes les pouvoirs magiques

que t'attribuent tes semblables, eh ben, défais donc tes chaînes, La Guinée ! Ou alors rends-toi invisible ! Ha-ha-ha !

Le Grand-Blanc ironisait de toute évidence mais j'aperçus quelques regards effrayés dans l'assistance. Tout comme à Trois-Rivières où nombre de colons avaient fini par accorder du crédit aux superstitions des Iroquois et des Algonquins, ici également, à Saint-Domingue, des crédules redoutaient celles de leurs esclaves nègres. La grandipotence de Jéhovah ne protégeait-elle pourtant pas contre tout cela ? Pourquoi craindre Satan puisque de toute façon, il ne gagnerait jamais face au Bon Dieu ? Ces pensées, peu en accord avec l'enseignement chrétien qui m'avait été dispensé à l'orphelinat des Cent-Filles, que je m'étais astreinte à suivre dans la chapelle de Trois-Rivières, puis, ici même, à l'église du Cap, furent interrompues par un événement qui me glaça le sang. Constatant que les molosses cubains ne réagissaient toujours pas, Moncourt, soudainement hors de lui, arracha un coutelas des mains d'un esclave et se rua sur La Guinée à qui il ouvrit le ventre. L'Africain ne bougea pas ni ne prononça un seul mot. Même pas un cri de douleur. Il nous fixait désormais avec un regard lointain. Comme s'il n'était plus là. Comme s'il s'était échappé de son corps. Cela me troubla si fort que je serrai les mains de Pierre-Émile, lui aussi tétanisé. L'assemblée des Blancs d'ailleurs semblait l'être également. Seule la poignée d'esclaves domestiques qui servaient des boissons depuis le matin se mirent à ricaner. Nerveusement pour certains. Rageusement pour d'autres. À ce qu'il me sembla en tout cas.

Le plus horrifiant était à venir.

Attirés par les giclées de sang qui jaillissaient du ventre de La Guinée, les chiens se ruèrent sur lui et entreprirent de lui dévorer les entrailles avec une gloutonnerie sans nom. C'en fut trop pour moi. Non que je fusse hostile aux punitions infligées aux esclaves mais parce que le spectacle auquel je venais d'assister était encore plus barbare que celui de ces Hurons qui, à Trois-Rivières, avaient attaqué par surprise des pêcheurs de saumon avant de les scalper. Quand les cadavres de ces infortunés furent ramenés à notre village et exposés dans une pièce attenante à la chapelle qui servait de funérarium, j'avais eu un haut-le-cœur au point de vomir à grand bruit. Les officiers de justice avaient condamné leurs assassins au supplice du brodequin, m'apprit Pierre-Émile. Il s'agissait d'une boîte comportant des ouvertures par lesquelles on insérait les bras et les jambes du condamné qui étaient serrés à l'aide de coins de bois que l'on enfonçait à l'aide d'un maillet jusqu'à ce que ses os se brisent.

[CAHIER DE MARIE-HÉLOÏSE.

Tu n'avais jamais éprouvé une sensation aussi étrange. Celle d'une peau noire contre la tienne. Sur ce navire, La Licorne, *qui vous avait malencontreusement conduits, Pierre-Émile et toi, jusqu'à Saint-Domingue, tu avais été comme hypnotisée par celle de ce Nègre portugais qui servait de valet au timonier. Au soleil, sur le pont avant, quand João aidait à hisser les voiles, il ressemblait à un dieu de l'Antiquité grecque. En plus sculptural même. Par contre, quand tombait le soir et qu'il se fondait dans l'obscurité, le navire se déplaçant tous feux éteints à cause des flibustiers, il te baillait l'impression d'être un spectre. Une ombre inquiétante. Si inquiétante que tu en venais à t'accouardir lorsqu'il t'arrivait de la croiser. C'est que depuis toujours tu avais du mal à trouver le sommeil. Trop de pensées agitaient ton esprit. Qui étaient tes parents ? Lequel t'avait jetée sur le parvis de cette église en plein Paris ? Les religieuses de l'orphelinat t'avaient-elles baptisée Marie-Héloïse Levasseur au hasard ou parce qu'elles pensaient que tu avais un lien quelconque avec ce nom de famille ? Avais-tu fait le bon choix en acceptant la demande de Pierre-Émile lors du bal organisé pour permettre aux hommes de la Neuve-France de fonder une famille ?*

Quand ton mari dormait à poings fermés, tu te levais avec précaution de votre couche et, sur la pointe des pieds, te rendais, au jugé, sur le pont du navire où la seule âme qui vive était la vigie.

Jusqu'à ce soir de calme plat au cours duquel un bras se frotta brièvement au tien. Tu avais dû réprimer un cri d'effroi. Il s'agissait selon toute vraisemblance d'un de ces monstres marins que l'équipage prenait plaisir – un plaisir malsain – à évoquer devant les passagers à la moindre conversation. Tu n'y avais, au contraire de Pierre-Émile, guère prêté attention jusque-là, ne croyant ni en Dieu ni au Diable.

Ce n'était qu'une créature humaine dont la parfaite et insolite denture éclaira furtivement l'obscurité. Celle du Nègre portugais ! Il esquissait des pas de danse ou alors se livrait à un rituel en l'honneur de quelque divinité barbare de sa terre natale. Tu te signas instinctivement. Se saisissant de l'un de tes poignets, il t'attira tout contre lui, son torse nu et mouillé par les embruns provoquant un subit raidissement de tes seins. Une douce litanie se faufila entre ses lèvres, se fit lancinante, ce qui te précipita dans une ivresse. Tu voyais à présent le visage de ta nourrice de Normandie ! Ses yeux rieurs, son visage joufflu aux pommettes rouges et comiquement barré par un début de moustache. Abasourdie, tu te rapprochas d'elle pour l'embrasser lorsque deux mains fermes te repoussèrent.

— *Você anda dormindo, senhora !* (Vous dormez, Madame !)

Et le moricaud du pays d'Angole de s'écarter de toi avant de te tourner le dos.]

Le sieur Émilien de Laforgue disposait désormais de deux ports d'attache ou plutôt de deux chambres à coucher. Je ne savais jamais quand il débarquerait chez moi, à Savane-Roche, quoique ce fût le plus fréquemment aux petites heures du jour, quand il avait fait le tour de ses Négresses. Ne se souciant jamais de se débarbouiller avant de se jeter sur mon lit, il puait la sueur, le tafia, ce rhum de piètre qualité, le foutre et les senteurs équivoques émanant des produits avec lesquels les femmes esclaves séduisaient leurs maîtres. Il se disait que celles-ci disposaient d'un philtre magique réputé imparable : l'eau avec laquelle elle lavait leur giron et qu'elles baillaient subrepticement à boire à leurs amants blancs, les ligotant ainsi définitivement à elles.

Nos ébats ne duraient pas très longtemps. Pas plus que la culbute d'une puce comme l'on disait en patois. Non pas parce qu'il n'était guère porté sur la chose vénérienne tout comme feu Pierre-Émile mais qu'avant de rejoindre notre couche, il en avait déjà fréquenté bon nombre et cette année-là, celle au cours de laquelle nos deux plantations, l'Habitation Grand-Bassin et l'Habitation Savane-Roche, se trouvèrent réunies, deux petits Mulâtres qui, hormis leur teint de cacao, étaient son portrait craché naquirent à quelques semaines d'intervalle sur celle que je persistais à considérer comme étant encore la mienne.

Quand je le lui avais fait remarquer, il s'était rembruni :

— On n'attend plus que toi ! m'avait-il goguenardé. Saint-Domingue a besoin que notre race se reproduise car elle est en passe de devenir la plus riche colonie du royaume de France. Plus nous serons nombreux, plus nous tiendrons la négraille en respect.

Je vivais donc dans l'intranquillité. Fatalement, mon ventre finirait par s'arrondir et je remplacerais mon petit Aymeric trop tôt monté au ciel. Lui aussi avait été, deux mois après son père, terrassé par la fièvre jaune. Un lourd reproche me taraudait : je n'avais pas assez aimé ce petit être à la santé fragile. Cela dès le premier jour de sa naissance, quand la matrone de Trois-Rivières m'avait tendu triomphalement cette petite chose flasque et gluante qui faillit s'échapper d'entre mes mains. Pierre-Émile, qui s'en était allé en forêt avant mon réveil, avait, par contre, manifesté une joie démonstrative à son retour, lui qui était d'un naturel réservé. Sur le navire à bord duquel nous avions dû fuir l'avancée des troupes anglaises et dont nous étions persuadés qu'il était en partance pour le royaume de France, quoique peu sensible au mal de mer, au contraire de mon époux, je n'avais pas non plus suffisamment entouré Aymeric de l'affection qu'il méritait. Bizarrement, je ne me sentais pas génitrice ! Ce bébé, qui avait jailli de mes entrailles, m'était assez vite devenu comme étranger. À la réflexion et tourmentée par la honte, j'avais fini par comprendre que née orpheline, j'en étais venue à considérer que c'était le cas de tout le monde. Hormis de sa mère morte peu avant son départ pour les Amériques pour laquelle Pierre-Émile couvait un chagrin silencieux, il ne parlait jamais des siens. Ce qui était le cas de la plupart des colons, certains tels les coureurs de bois, ces forbans assumés, se vantant même de ne point en avoir du tout. En y réfléchissant, au cours des interminables soirées d'hiver, lesquelles commençaient sur les quatre heures de l'après-midi, je m'étais convaincue que tous les habitants de la Nouvelle-France étaient en fait des orphelins. Car il fallait vraiment n'avoir aucune attache pour s'aventurer dans cette contrée peuplée de Sauvages sanguinaires et païens où les promesses d'enrichissement s'évanouissaient au bout de quelques mois. Sauf pour les seigneurs de la terre, quelques négociants de Québec et de Montréal et, assez incongrument, la Compagnie des Jésuites. Ces soutaniers étaient pour beaucoup engagés dans le fructueux commerce des fourrures et menaient grand train alors qu'ils avaient pour mission de convertir Iroquois, Hurons, Abénaquis et autres Algonquins à la vraie religion. Les beaux jours venus, ils organisaient des marchés dans notre village de Trois-Rivières, et c'était un vrai spectacle que leurs brocantages avec les Sauvages. Deux haches contre un castor ! Une barrique de blé d'Inde contre six castors ! Et même, un fusil usagé contre un castor ! Bûcheron impénitent, mon mari n'y participait pas. Il se riait même de ces fourrures que les Jésuites revendaient à prix d'or en France et avec lesquelles on fabriquait des chapeaux fort appréciés à la Cour. Pierre-Émile, homme pieux qui ne manquait jamais la messe du dimanche matin dans la chapelle de notre modeste paroisse, éprouvait une solide méfiance à l'endroit des Sauvages sans pour autant les haïr.

À notre débarquée dans cette île écrasée de soleil qu'est Saint-Domingue, j'avais continué à négliger mon petit Aymeric et n'avais pas exulté lorsqu'il avait commencé à faire ses premiers pas. Chose qu'il dut ressentir car il ne souriait qu'à son père lorsque, revenu des champs de canne à sucre en fin d'après-midi, Pierre-Émile franchissait le seuil de notre maison. Mon homme le saisissait alors entre ses bras, le couvrait de baisers, l'emmenait prendre l'air sur la véranda en esquissant des pas de danse.

— Voici le futur héritier de l'Habitation Savane-Roche ! Il ne sera certes pas un Canadien comme son père, il ne connaîtra jamais la férocité de l'hiver, il ne goûtera jamais au délicieux sirop d'érable ni à la chair si tendre et délicieuse de l'orignal, mais il deviendra l'Empereur des Antilles !

Ces démonstrations d'affection me laissaient froide. D'ailleurs, pendant la journée, je livrais Aymeric aux bons soins de sa nounou, une Négresse fière qui avait accouché l'année d'avant et qui allaitait en même temps son bébé et le mien. C'était un spectacle renversant que de la voir prendre place sur une chaise en paille, à l'ombre du tamarinier qui ombrageait notre cour, et donner un sein à Aymeric et l'autre à celui qu'elle appelait Ti-Gérard. En fait, cela m'avait été presque imposé par ma femme de chambre, Euphrosine, qui, me voyant embarrassée quand je devais allaiter mon fils, m'avait lancé :

— Madame, on voit que vous n'êtes pas de Saint-Domingue. Chez nous, les femmes blanches ne baillent jamais le sein ! C'est le devoir des Négresses depuis toujours...

Elle disait vrai. Notre voisine, Vinciane de Laforgue, me l'avait confirmé, elle qui n'avait jamais allaité aucun de ses trois enfants.

— Nous devons conserver notre poitrine ferme le plus longtemps possible, chère Marie-Héloïse, sinon nos maris se désintéresseront de nous déjà qu'ils éprouvent une attirance malsaine pour les Négresses et surtout les Mulâtresses. Garde-toi surtout de ces dernières ! Leur teint de sapotille fait tourner la tête des Blancs, y compris de certains abbés. Cela fait si longtemps que pareille abomination dure que les enfants nés de ces unions ont fini par s'accoupler avec encore des Blancs et que, final de compte, est apparue une classe d'individus dont il est fort malaisé de savoir s'ils appartiennent à notre race ou s'ils ont quelque teinture de sang africain. Ce M. Solin, le propriétaire de l'Habitation Belcourt, qui joue au grand seigneur, sais-tu qu'on le soupçonne d'avoir une grand-mère noire ? C'est pourquoi nous ne l'invitons jamais à nos réceptions. Jamais !

Saint-Domingue m'était un mystère : il y existait un nombre si considérable de termes pour désigner les métis que je peinais à m'y retrouver. Termes tantôt en français : octavon, quarteron, mulâtre. Tantôt en patois : grimaud, sacatra, marabou, griffe.

Je n'avais d'autre solution que de m'accoutumer à ce pays où le sort m'avait transportée. En Nouvelle-France, je fus une fille du Roy. À Saint-Domingue, l'épouse d'un petit, puis d'un grand planteur de canne à sucre. Car, le sieur de Laforgue, son démariage prononcé et Vinciane partie dans la ville méridionale de Jacmel, m'avait forcée à quitter ma maison de l'Habitation Savane-Roche pour habiter chez lui. Avec lui ! J'avais tenté de résister mais nos deux plantations n'en faisaient désormais plus qu'une et j'étais inefficiente, ne connaissant rien au travail de la terre, incapable en tout cas de continuer à assurer l'exploitation de celle que je continuais à considérer comme étant mienne. Le commandeur Nestor ne venait plus, au devant-jour, recevoir mes ordres. Il avait laissé la mare, qui permettait à notre bétail de s'abreuver et aux esclaves de se laver, se métamorphoser en une véritable crapaudière. Pour lui, son maître était dorénavant celui de l'Habitation Grand-Bassin.

C'est le sieur de Laforgue qui décida de mon démaisonnement. À peine un an et demi après les funérailles de Pierre-Émile.

Dans ma nouvelle maison, les domestiques noirs ne semblèrent pas surpris de ma venue. Celle qui y régnait en maîtresse, Justina, une solide bougresse qui devait être dans la cinquantième année de son âge, m'y avait accueillie avec une allégresse volubile :

— P'tite dame, je suis bien contente de te voir. M'âme Vinciane n'aurait pas dû quitter son mari ! Tout le monde sait que Maître Émilien a des mœurs grosso-modos, mais c'est un homme bon. Et puis, c'est moi, oui, moi qui suis en face de toi, là, qui l'ai déviergé quand il n'était qu'un galopin. Ha-ha-ha !

Nous devînmes complices au fil du temps. À mon grand étonnement. Justina tenait la maison d'une main ferme. C'est elle qui décidait des repas, du linge à acheter, des meubles à faire réparer ou à changer, se permettant même de sermonner le sieur de Laforgue lorsque ce dernier rentrait saoul, chose qui se produisait plus souvent que rarement comme elle aimait à ronchonner en patois. Elle se comportait comme une mère avec moi. Je n'avais ainsi pas mon mot à dire quand je devais choisir une robe pour me rendre à la messe ou lorsque mon nouveau conjoint organisait quelque bamboche avec les planteurs du voisinage. J'avais eu grand mal à considérer celui-ci comme le remplaçant de Pierre-Émile. D'autant plus que notre cérémonie de mariage s'était déroulée presque en catimini à la mairie du Cap-Français et qu'aucune fête ne s'était ensuivie.

— Ce couillon d'évêque refuse de bénir notre union parce que je suis un démarié, m'avait asséné le sieur de Laforgue. Mais moi, je m'en contrefous ! Ce qui m'intéresse, c'est de t'avoir, toi. De posséder la plus jolie jouvencelle de Saint-Domingue avec ses yeux verts et ses cheveux châtains. Et puis, quand tu me bailleras un bébé, il sera bel et bien obligé de le baptiser, cette fichue grenouille de bénitier, tonnerre de Brest !

Je ne discernais pas les raisons de son empressement à me voir grosse. Quand j'avais mon catimini, il m'envoyait dormir dans une autre chambre parce qu'il avait horreur de l'odeur qui s'en dégageait. Mais dès que j'avais du retard, il se mettait à exulter, persuadé qu'enfin j'étais tombée enceinte. J'avais cru au départ qu'il regrettait ses enfants partis avec celle qu'il qualifiait de créature infiable mais j'étais dans l'erreur : il voulait tout simplement un héritier qui, sur ses vieux jours, le remplacerait à la tête de l'Habitation Grand-Bassin, son aîné resté un temps à ses côtés ayant fini par rejoindre les siens tout au sud du pays dans la ville réputée magnifique de Jacmel. Ce sieur de Laforgue était le pire des êtres humains qu'il m'avait été donné de rencontrer jusque-là. C'était un monstre au visage d'ange. Car il était beau ! Rien à voir avec l'apparence quelconque de mon cher Pierre-Émile. Sa taille impressionnait et quand il se mettait torse nu, un désir sournois s'infiltrait en moi à mon corps défendant quoique j'éprouvasse de la détestation pour sa personne.

Je savais qu'un jour ou l'autre j'enfanterais pour lui et cette seule perspective me plongeait dans l'affliction.

Justina possédait-elle le même don de divination que la mère supérieure qui, une vingtaine d'années plus tôt, à l'orphelinat des Cent-Filles, m'avait prédit une existence de Juive errante ? Nous étions devenues si proches qu'un jour je me surpris à lui répondre en patois créole, ce qui la fit s'esbaudir. Dès lors, elle m'encouragea à mieux l'apprendre car c'était l'idiome de tout le monde, Blancs comme Nègres et Mulâtres, chose qui, à la vérité ne m'avait pas échappé et qui irritait Pierre-Émile lorsqu'un planteur se gaussait de sa parlure de Nouvelle-France et de ses expressions cocasses.

— M'âme Marie-Héloïse, m'avait déclaré la Négresse qui avait ôté son pucelage au sieur de Laforgue, faut pas que tu enfantes pour Maître Émilien, cet habile en gredineries. Du tout pas !

Elle était en train de s'occuper de ma peignure, me faisant toujours de jolies nattes et s'extasiant sur le « jaune abricot » de mes cheveux. Quoiqu'elle ne sût pas lire ni écrire, certaines de ses réflexions me laissaient tout simplement interdite. Comme la fois où elle m'expliqua pourquoi les Blancs paraissaient plus beaux que les Noirs, ce qui à ses yeux relevait de la pure illusion.

— C'est le contraste qui joue en votre faveur, M'âme. Rien d'autre ! Nous, on a la peau noire, les yeux noirs et les cheveux noirs alors que le Bon Dieu, ce scélérat, vous a favorisés. Peau blanche, yeux bleus ou verts comme toi, M'âme, et cheveux noirs, jaunes ou marron. Si vous n'aviez que du blanc partout comme nous on a du noir, vous seriez exactement comme nous. Ha-ha-ha !

Je la soupçonnais de répéter des propos qu'elle avait entendus de la bouche de ces quelques Blancs aventureux qui se posaient en défenseurs de la race noire et avec lesquels mon nouveau mari se disputait quand ce rhum leur était monté à la tête. Le sieur de Laforgue aimait recevoir le dimanche matin mais seulement ses pairs de la gent masculine. Comme il ne regardait guère à la dépense beaucoup de Grands-Blancs et quelques Petits-Blancs triés sur le volet accouraient à Grand-Bassin où nos cuisinières leur préparaient de succulents repas. Inévitablement, ils en venaient à s'opposer sur les sujets qui agitaient la colonie :

les Espagnols qui, de l'autre côté de l'île, n'attendaient qu'une bonne occasion pour s'emparer de la partie française ; le manque de soldats nécessaires pour repousser les boucaniers qui, régulièrement, attaquaient la ville du Cap pour y dérober les cargaisons de marchandises venues de France qu'ils n'avaient pu capturer en haute mer ; le prix du sucre jugé trop bas sur le marché européen ; l'insuffisance de femmes blanches, les filles du Roy leur étant envoyées en trop petit nombre. Et par-dessus tout, les édits royaux qui, à les entendre, limitaient bien trop sévèrement leur pouvoir de châtiment sur la négraille.

Je trouvais alors refuge dans la petite chambre qui me servait de garde-robe et où j'avais fait installer un bureau. Je me mettais alors à écrire, chose qui, lorsqu'il s'en était aperçu, avait bougrement déplu au sieur de Laforgue. C'était là le seul point commun entre feu Pierre-Émile et lui. À Saint-Domingue, les riches planteurs ne lisaient que deux choses : la Bible et la *Gazette de France*, laquelle parvenait dans l'île avec au moins trois mois de retard. Tenir le registre de leur habitation, à savoir le tonnage de cannes produit, le nombre d'esclaves morts, les mulets ou les outils à acheter les exaspérait au point que certains confiaient celui-ci à quelque écrivassier et s'en allaient mener la belle vie à Paris la moitié de l'année. Le sieur de Laforgue se faisait d'ailleurs aider dans ce qu'il considérait comme une corvée par un jeunot à binocles venu de Rochefort qui offrait ses services à qui le voulait.

Justina, devineresse dans l'âme, m'avait donc assuré que je ne passerais pas ma vie à Saint-Domingue, surtout aux côtés d'un homme qui ne le méritait pas. À ses yeux, celui qu'elle appelait tantôt avec affection, tantôt une irritation que je jugeais feinte, Maître Émilien, était resté le garnement turbulent dont elle avait eu autrefois la charge.

— Quand j'étais encore jeune et alerte ! se rengorgeait-elle avec un sourire empreint de finauderie.

« Mais, M'âme Marie-Héloïse, y a une condition pour ça. Que tu ne lui fasses pas d'enfant !

Et de m'expliquer comment elle s'y était prise pour éviter pareille mésaventure car non seulement Émilien de Laforgue était en droit de ne pas affranchir ses rejetons adultérins mais aussi parce que dès qu'un Mulâtre parvient à acquérir le moindre cheval, il s'empresse de déclarer que sa mère n'est pas une Négresse. Justina n'appréciait en effet guère les sangs-mêlés, et quand un commandeur de plantation, position occupée la plupart du temps par ceux-ci, venait solliciter un entretien avec le maître, elle lui montrait un vif déplaisir. Nestor, qui continuait à officier sur ce qui ne s'appelait plus l'Habitation Savane-Roche mais simplement Savane-Roche, était même son souffre-douleur, mais je soupçonnais que, derrière les rebuffades qu'elle lui infligeait en public, devait se cacher une relation secrète.

Le temps s'écoula sans que le sieur de Laforgue ne revînt sur ce qui lui était une idée fixe : avoir un descendant.

Pour ma part, l'écriture (mon remède presque quotidien) aidant, je réfléchissais à la prédiction de ma femme de chambre selon laquelle l'Habitation Grand-Bassin ne serait pas la dernière étape de ma vie si agitée jusque-là, chose dont celle-ci n'avait pas connaissance. Peu de gens savaient que Pierre-Émile et moi provenions de la Neuve-France. On mettait son accent, jugé nasillard, sur le compte de quelque origine provinciale. Charentaise ou bourguignonne.

Et si je forçais le destin ?

Telle était l'idée qui me hantait. Pourquoi attendre qu'il décide à ma place comme il l'avait fait jusque-là et cela de si injuste manière. Je m'étais procuré une carte de l'île et avait médité sur l'une de ses villes aux si jolis noms : Les Gonaïves, Port-au-Prince, Jacmel, Léogane. Si jamais je parvenais à m'y rendre, le sieur de Laforgue ne pourrait plus retrouver ma trace. J'avais conservé par-devers moi, fort heureusement, mon acte de mariage, à Québec, avec Pierre-Émile, qui indiquait : *Marie-Héloïse Levasseur, née le 12 avril 1648, épouse de Pierre-Émile Guillemot, né le 27 juin 1635, à Montpeyroux, Auvergne.* Toutefois, je renonçai à ce qui aurait été une aventure encore plus périlleuse que toutes celles que j'avais vécues jusque-là. Une Blanche voyageant seule risquerait de devenir la proie du premier manant venu. Tous ces Blancs de petite extraction qui avaient signé un contrat d'engagement de trois ans pour s'en aller se mettre à la disposition d'un riche habitant de Saint-Domingue et à qui l'on avait fait miroiter qu'au terme de leur service, ils deviendraient eux aussi des propriétaires, le coton, le pétun, l'indigo, le sucre en particulier étant d'un excellent rapport. Beaucoup mouraient bien avant la date dont ils rêvaient ou se voyaient rapatriés au royaume de France aussi dénantis (« une main devant, une main derrière », en rigolait-on) qu'ils étaient arrivés en terre antillaise. Ceux qui avaient résisté à la chaleur, à l'air perpétuellement humide ou parfois trop sec, aux fièvres malignes ou aux bagarres avec leurs congénères à cause de l'appétence générale pour le rhum (« Ils boiraient la mer et ses poissons ! » pestait Pierre-Émile), devaient se contenter du plus dégradant : travailler dans les champs aux côtés des esclaves nègres. Ceux-là souffraient cruellement du manque de femmes. De femmes blanches s'entend.

M'escamper de l'Habitation Grand-Bassin relevait par conséquent de la pure chimère.

Un soir au cours duquel, pour une fois, le sieur de Laforgue n'avait pas découché et avait dîné avec moi, il m'entreprit d'abrupte façon :

— Alors ce marmouset, il est pour quand, hein ? T'es pas bréhaigne que je sache puisque tu en avais fait un, Dieu ait son âme ! à ton couillon de Canadien. Que le Diable s'occupe de celui-là, foutre ! Il ne méritait pas une créature aussi angélique que toi.

Et de chasser nos domestiques sur-le-champ, de se jeter sur moi, de me dévêtir, arrachant presque ma brassière, libérant alors mes seins qu'il se mit à laper goulûment. Puis, me poussant sur l'un des canapés de notre salon, de me fourguer son sexe avec une telle violence que j'eus l'impression qu'il déchirait mon vagin. D'ordinaire, il ne me faisait pas mieux l'amour mais cette fois une sourde et irrépressible colère l'habitait. Les yeux révulsés, il poussa une hurlade au moment de déverser sa semence en moi. Je compris à cet instant-là que c'était ainsi qu'il agissait avec sa valetaille féminine. L'instant d'après, il partit d'ailleurs rejoindre sans doute l'une d'entre elles et ne revint qu'au-devant jour, les traits encore marqués par la maussaderie.

Je priais ce Dieu auquel je croyais si peu de m'amarrer les boyaux.

C'est l'expression qu'utilisa Justina lorsqu'elle me révéla enfin de quelle façon elle s'était prise pour ne pas tomber enceinte de celui qu'autrefois elle avait accueilli entre ses cuisses alors qu'il n'était encore qu'un galopin.

— Tiens, bois ça, M'âme ! Les fleurs de corossolier dégrappent les œufs dans le ventre des femmes. Il ne faut pas en prendre trop. Ça risque de péter le fil de ton cœur !

Et de m'expliquer, dans son patois créole, à quels moments du mois il me faudrait ingurgiter cette fiole contenant une sorte de décoction brunâtre à l'aspect peu ragoûtant. Quand j'y trempai mes lèvres, je fus prise de hoquets, ce qui la fit rire, et dus prendre sur moi pour en avaler une gorgée. Justina semblait contente pour moi. Elle m'avait prise en bonne passion parce qu'elle aurait pu être ma mère et aussi parce que je ne la morguais pas comme Vinciane de Laforgue, son ancienne maîtresse. Mon comportement trop conciliant avec la négraille était l'un des reproches que l'on me faisait depuis mon installation dans l'île.

— Cette race n'obéit que si on la rudoie sans trêve ! Elle est plus matoise que les singes auxquels elle ressemble tant et n'attend que le moment propice pour faire des coups pendables aux Blancs ! Marie-Héloïse, il ne faut jamais les considérer comme des domestiques dociles et encore moins comme des intimes même quand on les côtoie depuis des années et qu'ils n'ont commis aucune faute !

Justina m'avait-elle ainsi manqué gravement de respect la fois où, sur un ton badin, elle m'avait déclaré que si, dans son jeune temps, elle n'était pas belle, à présent, depuis que le sang avait cessé de couler entre ses jambes, elle était devenue une vraie belleté ?

— Les Blanches se fanent avec l'âge, M'âme, tandis que les Négresses embellissent tout au contraire. Mes cheveux désormais couleur argent et mes dents toujours blanches comme au premier jour baillent à la noirceur de ma peau un éclat nonpareil.

Elle avait raison. Je ne m'en étais jamais rendu compte. C'est que nous ne regardions pas vraiment nos esclaves. Ce n'étaient que des ombres. Des créatures presque invisibles dès l'instant où elles exécutaient nos ordres au doigt et à l'œil. Or, Justina était ou était devenue, comme elle assurait, une femme d'une prestance et d'une beauté remarquables. En tout cas, je suivis sa médication de manière scrupuleuse et m'épargnai l'horreur de bailler un rejeton au sieur de Laforgue. Cela l'insupporta si fort qu'il passait presque toutes ses nuits hors de la maison, n'y faisant que de brefs passages le matin, sans me saluer, afin de changer de vêtements et de vérifier que ses commandeurs avaient bien transmis ses ordres aux esclaves. Je sentais que pareille situation ne pouvait s'éterniser et appréhendais fort le jour où sa patience serait à bout. Il lui était loisible de me chasser de Grand-Bassin, sous un motif quelconque, voire sans aucun motif puisque, plastronnait-il, le Grand-Blanc qu'il avait réussi à devenir n'avait de comptes à rendre à personne. Je n'avais plus rien à mon nom depuis que sa plantation et celle de Savane-Roche n'en faisaient qu'une. Il avait conservé par-devers lui le produit de la vente de Savane-Roche, prétextant que les femmes n'ont pas à s'occuper des affaires liées à l'argent. J'étais redevenue une orpheline, en fait ! Enfant disparu, mari disparu, je servais à présent de fille du Roy au sieur de Laforgue. À mon corps défendant.

TROISIÈME CERCLE

Où l'on évoquera le Destin et ses facéties souventes fois terrifiantes ; une reine d'Afrique, qui, insolitement, commande à des guerriers au corps teint au roucou et aux cheveux-soie décorés de plumes de perroquet ; la découverte d'une ville ouverte sur une mer toujours paisible et de ses habitants emplis de morgue.

CHAPITRE 7

Une montagne majestueuse surmontée d'un cône qui pointait très haut dans le ciel, couronnée de nuages de beau temps, se profila à l'horizon. La vigie, l'œil rivé à sa longue-vue et juché sur le mât principal du *Dauphin-Royal*, tympanisa :

— Voici l'île de la Martinique ! Dieu soit loué !

Bientôt une rade en arc-de-cercle presque parfait fut en vue et sur son rivage un alignement de maisons d'aspect modeste à l'en-haut duquel se détachait un fortin à l'apparence inexpugnable.

Le capitaine du *Dauphin-Royal* s'avança solennellement sur le pont avant où matelots et passagers s'étaient rassemblés sur son ordre. Il avait revêtu un bel uniforme d'apparat bleu et rouge. Son barbier l'avait rasé de près. Dans son regard se lisait une fierté incommensurable. Déroulant un parchemin, il désigna l'île qui nous faisait face d'un geste théâtral :

— Gentilshommes, dames et demoiselles, soldats et marins, je partage avec vous l'insigne honneur d'aborder pour la première fois cette île dont le sieur Belain d'Esnambuc s'empara au nom du roi de France il y a si longtemps déjà. Ce fut le quinzième du mois de septembre de l'an de grâce 1635. Je ne peux m'empêcher de vous en lire l'acte de possession car nos ennemis tentent de nous en chasser tout comme ils s'y emploient en Guadeloupe, à Saint-Domingue, en Louisiane et en Neuve-France. Haro sur les Français ! Espagnols, Anglais, Hollandais, parfois Portugais se sont coalisés pour empêcher que nous prenions pied dans le Nouveau Monde. Ils n'hésitent pas à solliciter l'appui des Sauvages auxquels ils fournissent de la bimbeloterie. Mais, ici, en l'île de la Martinique, nous avons réussi, Dieu soit loué ! à asseoir notre grandipotence. Il n'est aucunement possible de moyenner avec cette engeance.

Je n'écoutais le capitaine du *Dauphin-Royal* que d'une oreille. Juive errante j'étais, juive errante je demeurerais.

Sur mon cahier, la veille de notre arrivée, j'avais noté : vingt-huit ans. Deux mariages. Une fausse couche. Un mari et un bébé montés au ciel. Trois voyages imposés en bateau : le *Saint-Louis,* la *Licorne,* le *Dauphin-Royal.* Trois pays : la Neuve-France, Saint-Domingue et maintenant la Martinique. Voyageuse impénitente ou âme errante ? Je ne cessais de resonger à la prédiction de la mère supérieure de notre orphelinat au moment où notre contingent d'orphelines s'apprêtait à quitter l'établissement où nous avions toujours vécu pour gagner un monde inconnu, cette Neuve-France où l'on nous allierait à des hommes tout aussi inconnus. Tant d'années s'étaient écoulées depuis et elle s'avérait encore et toujours vraie. À mon grand dam. Feu mon premier mari, Pierre-Émile, mon vaillant bûcheron, m'avait incitée à oublier le passé. À l'enfouir au plus profond de moi en tout cas. S'il y était parvenu, pourquoi pas moi ? À quoi cela me servait-il de lui bassiner les oreilles avec mes Irène, Hortense ou Julie ? Seul l'inexplicable souvenir de la voix de ma nourrice de Normandie avait retenu son attention car lui non plus n'avait gardé aucune image de sa mère qu'il aimait tant et qui l'adorait. Cette mère à qui il avait fait la promesse de revenir au royaume de France une fois son contrat de trois ans au Canada achevé. Promesse qu'il n'avait pas eu à honorer car cela n'avait pas été nécessaire : elle avait quitté ce bas monde la veille de son départ.

Le capitaine du *Dauphin-Royal* s'enflamma à la lecture de l'acte de possession de la Martinique adressé au cardinal Richelieu :

Monseigneur,

Il vous plaira de me pardonner, si j'ai eu la témérité d'importuner votre Éminence, mais les ressentiments des services que je vous dois m'ont obligé de vous écrire. Celle-ci sera pour vous donner avis, Seigneur, que j'ai habité l'île de la Martinique le premier jour de septembre mille six cent trente-cinq, où j'ai planté la croix, et fait arborer le pavillon de France et vos armes, pour votre bon plaisir. J'y ai posé une garnison de cent cinquante hommes, garnis de munitions de guerre et de vivres, attendant qu'il plaise à Votre Grandeur faire donner ordre qu'il soit envoyé les choses nécessaires pour la conservation de ladite île, sachant que la place est d'importance et pour tirer un grand avantage sur l'Espagnol. Monseigneur, je suis prêt à...

Soudain, des glapissements émanèrent de l'arrière du navire qui interrompirent la curieuse cérémonie. Des coups de feu et une pluie de flèches, entrecoupée d'exclamations dans un idiome inconnu, brisèrent la douce quiétude de la matinée qui s'annonçait. Le *Dauphin-Royal* se vit subitement cerné par une dizaine de pirogues à bord desquelles des hommes à la peau rouge seulement vêtus d'un pagne de même couleur, et avec des plumes d'oiseaux dans les cheveux, lui lançaient des flèches tout en vociférant. Quelques-uns d'entre ces Sauvages avaient réussi à monter à bord et tentaient d'assommer les marins à coups de gourdin. Ces derniers étaient désarmés et d'humeur festive car une ville était en vue avec une jolie rade en arc-de-cercle : Saint-Pierre de la Martinique. Si proche que nul n'aurait pu imaginer que leur navire pût être victime d'une attaque.

Deux bras puissants se saisirent de moi et me halèrent jusqu'à l'arrière du navire. Incompréhensiblement, je ne hurlai ni ne me débattis. Quand on me descendit dans l'un des canots, je remarquai qu'il y avait à bord deux Sauvages dégoulinant de sang. Blessés qu'ils avaient été par des coups d'escopette.

[LA REINE NOIRE.

Ces hommes rouges, ou plutôt dont la peau a été rougie à l'aide d'une plante appelée roucou afin de se protéger des piqûres de moustique, ont une reine. Depuis peu, fait-elle comprendre à

Marie-Héloïse, dans un mélange d'idiomes au sein duquel prédomine l'espagnol et qu'elle est la seule personne de sa tribu à maîtriser.

Une reine noire ! Une reine à la féerique noirceur !

Elle règne avec une fermeté qu'adoucit par moments l'éclat de ses yeux semblables à des papillons voletant de-ci de-là. Luisa de Navarrete – tel est son nom – s'oppose à ce que la jeune Blanche soit conduite dans la hutte où quatre Européens guenilleux et hagards sont retenus en captivité. Dès que ces derniers l'ont aperçue, ils se sont mis à brailler comme en proie à la déraisonnerie :

— Isabelle de Castille, merci d'être venue à notre secours ! Merci d'avoir envoyé une armada pour débarrasser nos Indes de ces Sauvages !

La reine de ceux qui se désignent comme étant les Kalinagos lui fait construire un petit carbet en feuilles de lataniers à portée de regard du sien, lequel est de belle apparence. À la rosée, elle s'en vient quérir Marie-Héloïse, accompagnée d'hommes munis de carquois et de flèches, pour l'emmener à une rivière proche du camp qui roule des eaux si furieuses qu'il faut élever la voix quand on s'en approche. Puis, elle intime à ses gardes de tourner le dos et ceux-ci de se mettre à croupetons ou s'allonger à même le sol en rond de chien. Une cascade à l'étonnante diaphanéité jaillit de l'en-haut du cours d'eau, parfois couronnée d'un arc-en-ciel. Alors, Luisa de Navarrete se dénude, invitant sa prisonnière à l'imiter, et se saisissant des mains de cette dernière, l'entraîne cérémonieusement dans l'eau. Une eau sans doute glaciale car le corps de la reine noire semble se figer tandis que son sourire s'évanouit. Or, la captive blanche, l'étrangère, demeure impavide, n'en sortant pas lorsque, les dents serrées, frissonnant de la tête aux pieds, la première s'en extrait en poussant de petits cris.

— Cette créature que vous m'avez ramenée, lance cette dernière à ses gardes qui se retournent, stupéfaits eux aussi, n'est pas une créature humaine ! C'est une Maman-D'leau !

Au bout de quelques jours, Marie-Héloïse comprend le sens

de ce mot. Ce mot de baragouin. Elle n'est rien d'autre qu'une sirène et dès lors, on lui manifeste respect et crainte tout à la fois. Un cercle est tracé autour de sa hutte à l'aide de farine de manioc et plusieurs fois par jour, le chaman le parcourt au pas de course en prononçant des sortes d'invocations. À la tombée de la nuit, des feux sont allumés à ses abords qui sont veillés par des guerriers au visage peinturluré de dessins affreux. Luisa de Navarrete ne la convie alors plus à ses ablutions matinales. Elle conciliabule avec les plus anciens de la tribu, elle qui jusque-là se tenait dans un quant-à-soi empreint de morgue. Marie-Héloïse croit sa dernière heure venue et elle qui, depuis sa tendre enfance, n'a jamais cru en l'existence d'un être supérieur se surprend à maronner des prières. D'incomplètes suppliques à Dieu le Père, à Jésus et à la Vierge Marie.

— Nous avons décidé de te renvoyer d'où tu es venue, lui annonce un jour la reine noire.

N'étant pas sûre d'avoir bien traduit cette sentence, Marie-Héloïse comprend que le moment est venu de lui avouer la vérité. Non, elle n'est ni une sirène ni quelque créature divine ou diabolique. Non, elle ne dispose d'aucune autorité magique qui puisse mettre ses ravisseurs en danger. Simplement, elle provient d'un pays où il fait si froid que l'eau s'y transforme en glace et en neige. Ni la reine ni ses sujets ne saisissent de quoi elle veut parler même quand elle tente de s'exprimer par gestes. Il faut que Luisa de Navarrete fasse amener un prisonnier européen qui jacte le kalinago parce qu'il a été capturé depuis fort longtemps et peut donc servir d'interprète. L'homme, un Anglais longiligne au regard bleu qui, lui, ne réclame pas l'aide d'Isabelle de Castille, mais d'un certain Charles II, a toutes les peines du monde à traduire ce que tente d'expliquer Marie-Héloïse. Jusqu'au moment où, dans un éclair de génie, il s'écrie :

— Dans son pays à elle comme dans le mien, le soleil se retire du ciel à certaines périodes de l'année. Il disparaît complètement et si longtemps qu'il y fait mille fois plus froid que pendant votre saison des pluies. Pour nous, l'eau de votre rivière n'est nullement froide.

Cette déclaration provoque l'incrédulité, puis un torrent de rires chez les Caraïbes que leur reine au teint d'ébène interrompt d'un geste péremptoire. Luisa de Navarrete se retire alors dans la hutte royale où elle se cloître des jours entiers et quand elle réapparaît, le visage fermé, elle ordonne :

— Qu'on ramène cette créature d'où elle est venue !]

Comment avais-je pu m'accommoder de la manière de vivre des Sauvages, moi qui, en Neuve-France, avait éprouvé une défiance sans bornes à leur endroit ? Certes, les Iroquois étaient bien plus civilisés que ces mangeurs de chair humaine de Caraïbes, mais ils appartenaient à n'en point douter à la même engeance païenne et barbare. J'avais conservé à l'esprit ce matin du début du printemps où les premiers avaient cerné notre village, à Trois-Rivières, et profitant du fait que nos maisons étaient éloignées les unes des autres et qu'il était impossible d'y donner l'alerte en cas d'attaque, les avaient incendiées, trucidant leurs occupants avant de s'en prendre à la mienne. Ces Sauvages avaient prétexté que des Français s'étaient aventurés sans en demander l'autorisation sur leurs territoires de chasse les plus giboyeux, y capturant sans vergogne élans, ours, castors et cerfs. Pierre-Émile s'en était allé pour la journée afin d'abattre des mélèzes en pleine forêt et je me trouvais seule avec Aymeric, mon bébé, me morfondant à cause de cette solitude à laquelle j'avais le plus grand mal à m'habituer ayant toujours vécu, jusqu'à la quinzième année de mon âge, dans un orphelinat qui abritait plus d'enfants qu'il ne pouvait raisonnablement contenir. Les seuls moments où l'on s'y retrouvait face à soi-même étaient ceux pendant lesquels, à cause d'un mauvais comportement ou d'une récitation fautive de quelque prière chrétienne, sœur Élodie nous infligeait ce que nous considérions comme la pire des choses : être enfermée sans eau ni nourriture pendant une demi-journée dans la salle de punition de notre orphelinat.

Après avoir écharpillé notre basse-cour, puis notre grange, la horde d'Iroquois s'apprêtait à s'en prendre à notre maison lorsque le placatac d'une galopade les fit fuir. Une petite troupe de soldats en grand uniforme, montée sur des chevaux au poitrail superbe, fit irruption dans notre cour que le printemps avait transformée en bourbier. La troupe poursuivit les Sauvages sans s'enquérir de ma personne ni se préoccuper des habitants que ceux-ci avaient massacrés. Dans cette partie de notre village ne subsistaient pourtant que ma cabane et une charretée de foin. Sans doute qu'aux yeux de ce bataillon nous n'étions que de la paillasserie comme on nous qualifiait à Québec et à Montréal, autrement dit gens de petite conséquence.

Je repensai alors à cette sentence de l'envoyé du roi à l'hôpital des Cent-Filles quand il s'était aperçu qu'aucune allégresse n'avait brillé dans mes yeux à l'instant où il m'avait annoncé mon envoi en terre d'Amérique :

— Jeune fille, n'ayant ni père ni mère, vous deviendrez la première de votre lignée. Il s'agit là d'une chance et d'un honneur à nuls autres pareils ! Les portraits des miens, aïeuls, grands-parents et parents, quoique tous montés au ciel, encombrent ma demeure. Je vis sous leur regard constant et j'ai le sentiment qu'ils jugent chacun de mes actes.

Or, si jamais ces farouches Iroquois avaient pris ma vie et celle de mon bébé, ne serais-je pas devenue tout à la fois la première et la dernière de ma lignée ?

[CAHIER DE MARIE-HÉLOÏSE.

Pourquoi ne parvenais-tu donc pas à trouver le sommeil ? Quelle était la cause de ton inappétence pour les meilleures choses de la vie ?

Ce mal que tu mis fort longtemps à identifier portait un nom insolite : le chagrin d'amitié.

Luisa de Navarrete, la reine noire des Caraïbes, avait, à ton insu, remplacé dans ton esprit Irène et Hortense. Avant que ses guerriers ne fussent prêts à organiser une expédition vers l'île voisine de la Martinique, des ouragans s'étaient abattus sur la Dominique (que les Sauvages nommaient « Waïtoukoubouli » dans leur jargon), jetant bas plantations et carbets, déversant des coulées de boue qui ensevelirent quelques imprécautionneux. La reine t'avait recueillie dans sa case, la tienne ayant été vite détruite par les pluies torrentielles et des vents qui semblaient prendre un malin plaisir à tourbillonner. Si tu n'entendais rien à son espagnol ni elle à ton français, ce parler commun aux îles que tu avais déjà entendu à Saint-Domingue, le baragouin, vous avait peu à peu rapprochées. En fait, c'est la reine qui, patiemment, te l'enseigna, indifférente à la fureur des éléments. Habituée tout comme son peuple à cette saison porteuse de désastres, sa demeure contenait suffisamment de gibier et de poisson séché ainsi que de ce pain de manioc au goût âcre appelé cassave.

Au-dehors, bravant le cyclone, le chaman des Kalinagos, complètement nu, implorait en vain la clémence de leurs divinités.

Alors, Luisa de Navarrete te narra son histoire. Son incroyable histoire. Elle avait d'abord été capturée sur les côtes de Guinée par des négriers espagnols alors qu'elle n'était pas encore nubile et transportée à Séville où elle fut mise au service d'un noble, don Lorenzo. Elle y séjourna plusieurs années, s'adaptant avec une facilité qui étonnait aux mœurs du pays.

— Si ton teint n'avait pas été couleur de nuit, il y a beau temps que j'aurais trouvé à te marier, la taquinait son propriétaire qui, au décès de son épouse, la mit dans son lit à l'insu de ses enfants.

Un beau jour, la demeure de don Lorenzo se mit à bruire d'annonces invérifiables : la reine de Castille lui aurait confié le commandement d'un galion pour s'en aller ferrailler contre ces barbaresques qui ravageaient les côtes du pays ; il commanderait un bataillon au sein de l'armée parce que l'ennemi héréditaire français se faisait menaçant aux frontières ; l'envie de voir les Indes occidentales le démangeait.

En tout cas, les domestiques s'étaient mis à ranger ses effets dans d'énormes malles.

Au bout de quelques mois, don Lorenzo annonça qu'il partait pour toujours et n'emmènerait avec lui que son valet de chambre, une cuisinière et une lingère ainsi que celle qu'il avait baptisée Luisa, jugeant son nom africain, Adjovi, imprononçable pour un gosier chrétien. À l'embarquement, sur les berges du Guadalquivir, la jeune Africaine grappilla une poignée de terre qu'elle dissimula dans un petit pot qu'elle rangea dans la ceinture en toile qui retenait sa robe. Elle en avait fait de même avec la terre de son pays natal d'Afrique-Guinée. Alors que les passagers, y compris son maître don Lorenzo, avaient l'air inquiet et ne disaient mot, Luisa se mit à chantonner jusqu'à l'arrivée au grand port où des débardeurs chargeaient des caravelles. Au moment de gagner leur navire, tous se signèrent, sauf elle. Une joie profonde s'était emparée de sa personne, persuadée que celui-ci se dirigerait vers la terre de ses ancêtres. Elle ne réalisa sa méprise qu'à l'instant où le navire accosta dans un pays peuplé d'Espagnols, l'île de Puerto Rico, apprit-elle, où don Lorenzo avait fait l'acquisition d'une hacienda sur laquelle il se rendait de temps à autre. Dans la capitale, San Juan, il s'était offert une sorte de petit palais à l'architecture mauresque que des personnes de haut parage se mirent à fréquenter assidûment. À Luisa fut confiée la tâche de diriger sa domesticité hétéroclite : musulmans convertis au christianisme, esclaves africains, Andalous et gens des Canaries. Elle ne tarda pas à prendre l'ascendant sur tout ce beau monde quoique menue et peu loquace. À la grande irritation de tous...]

Les guerriers caraïbes chargés de m'escorter en Martinique ne purent mener à bien la mission que leur avait confiée leur reine noire. Dans le bras de mer étroit, passablement agité, séparant la Dominique de celle-ci, leurs canots furent confrontés à un deux-mâts français chargé d'y patrouiller. J'apprendrais plus tard que les sujets de Luisa se livraient régulièrement à des raids contre les paroisses du Prêcheur et de Saint-Pierre où ils s'emparaient de vivres, d'ustensiles métalliques et parfois d'Européens, voire d'esclaves africains. Le gouverneur de la Martinique, confronté aux plaintes récurrentes des habitants, avait fait armer un bateau de guerre qui n'hésitait pas à couler sans sommation les frêles esquifs de ceux qu'on dénommait, tout comme au Canada, les Sauvages. Apercevant l'ennemi au loin et quoique étant encore peu visible de lui à cause de vagues presque aussi hautes que des maisons, mes ravisseurs décidèrent de rebrousser chemin, m'abandonnant dans un de leurs canots. J'eus alors la frayeur de ma vie. Seule sur une mer démontée, sans la moindre connaissance en navigation, nul doute que l'embarcation sur laquelle je me trouvais se mettrait dans peu de temps à dériver jusqu'à me déporter loin des deux îles dont j'apercevais les silhouettes chaque fois qu'une lame la projetait dans les airs. Peut-être aurais-je dû demander à la reine caraïbe de m'installer dans sa tribu. Certes, j'étais une Blanche, une étrangère, mais ne l'était-elle pas, elle aussi, la native de Guinée ?

Sans doute Dieu, ce Dieu auquel je n'avais jamais cru, fit-il un geste secourable à mon endroit. En effet, le deux-mâts finit par apercevoir ma coque de noix qui commençait à prendre l'eau, la mer devenant de plus en plus démontée, et vint m'arracher à une fin certaine.

Étonnamment on me fit fête sur les quais de cette ville d'où l'on apercevait, de quelque côté que l'on tournât la tête, le cône parfait de la montagne qui la surplombait. Une délégation officielle m'accueillit, conduite par un homme âgé qui se présenta comme le représentant du gouverneur de la colonie. Le son des tambourins et les hourrahs du public m'empêchèrent d'entendre le reste de son petit discours de bienvenue. Je ne compris la méprise des habitants de Saint-Pierre qu'au moment où l'on me présenta depuis le balcon d'un bâtiment public qui avait fière allure à côté des modestes maisons qui l'entouraient :

— La comtesse du Poincy est enfin parmi nous. Gloire à Dieu ! avait claironné un soldat en grand uniforme que je supposai être un capitaine.

Une réception fut organisée en mon honneur et des

dames, coquettement vêtues, s'étaient pressées autour de ma personne, me servant du vin clair et des gâteaux à l'air appétissant. L'une d'elles se proposa de m'héberger jusqu'à ce que je trouve un mari, ce qui me fit sursauter, provoquant même en moi un haut-le-cœur que j'eus le plus grand mal à réprimer.

— Dans notre magnifique cité, chère comtesse, les femmes sont aussi rares que des œufs de cochon. Ha-ha-ha ! Il s'agit là d'une expression en usage parmi nos Nègres, de leur affreux patois plutôt que nos hommes, hélas, aiment à employer plus que de raison. C'est le cas du mien comme vous le verrez bientôt !

Clothilde de Maisonneuve était l'épouse d'un planteur avec qui elle était sans discontinuer en bisbille depuis qu'il s'était entiché d'une nouvelle plante, le café, qu'un aventurier avait transporté, contre l'avis du roi de France, jusqu'à la Martinique. Leur villa, au quartier du Fort, sur les hauteurs de la ville d'où l'on découvrait toute l'étendue de la baie et sa mer si étonnamment placide, était beaucoup plus vaste et jolie que les maisons que j'avais pu voir jusque-là. M. de Maisonneuve fit preuve de courtoisie, voire même d'une surprenante affabilité à mon endroit.

— Comtesse, quel bonheur que de vous accueillir chez moi ! Vous savez, cela fait un paquet d'années que tout un chacun s'inquiète de savoir ce qu'il avait bien pu advenir de vous après l'arraisonnement du navire à bord duquel vous voyagiez... Aviez-vous été la proie de ces redoutables flibustiers qui hantent la mer des Antilles ? Ou alors capturée par quelque navire espagnol ? Nul n'imaginait que vous ayez pu vous retrouver entre les griffes des Sauvages qui peuplent l'île de la Dominique. Fort heureusement, nous avons réussi à les chasser pour toujours de la Martinique, même si obstinément ces mangeurs de chair humaine lancent des attaques contre nos paroisses isolées.

Mon hôte était un intarissable jacassier.

Je remarquai que son épouse si vive et enjouée jusqu'à notre arrivée à Bois-Canon, le nom de leur plantation, s'était comme éteinte. Quand, accompagnée d'une Négresse âgée, elle m'accompagna à la chambre d'amis et que nous nous retrouvâmes seules, elle soupira :

— Comtesse, ce pays n'est pas le paradis que décrivent les gazettes parisiennes. La plupart des hommes y sont des brutes... Vous n'avez, je suppose, pas manqué de remarquer le peu de femmes, de femmes blanches, je veux dire, que l'on voit à Saint-Pierre. Les filles du Roy qu'on leur envoie d'une année sur l'autre ne suffisent pas. Alors, nos maris s'acoquinent avec les femmes de couleur. C'est triste. Bien triste...

Devais-je interrompre cette comédie et dévoiler ma véritable identité ? Cela me tint éveillée une bonne partie de la nuit. Il y avait donc eu, quelques années plus tôt, probablement, une certaine dame de la noblesse qui avait condescendu à voyager à bord de ces infâmes bateaux ralliant le royaume de France aux îles françaises de l'Amérique. Elle avait alors dû supporter la compagnie de matelots qui se baignaient rarement au motif que l'eau douce était rationnée, eau qui, elle-même, au bout de quelques semaines, se transformait en un breuvage malodorant et au goût si âcre qu'il fallait se forcer pour réussir à l'avaler. Supporter aussi l'odeur de l'enclos où des poules, des chèvres et des cochons étaient enfermés dans des caloges. Supporter les tempêtes, les calmes plats. Jusqu'à l'attaque de son navire et son enlèvement par nul ne savait exactement qui.

Elle n'était pas moi, je n'étais pas elle. Il me fallait cesser de jouer la comédie et ne plus me faire passer pour elle. Au plus vite.

Je n'en fis rien. Continuai à affecter d'être une comtesse le lendemain ainsi que les jours suivants. Pour une raison simple : qui étais-je moi-même? Je n'avais eu ni père ni mère. N'avais ensuite été qu'une pensionnaire de l'orphelinat des Cent-Filles. Puis, une fille du Roy en Nouvelle-France. Ensuite, l'épouse de deux hommes que le destin m'avait comme imposés. Rien de ce qui m'était arrivé jusque-là dans ma vie n'avait été décidé par moi. Je n'étais personne et j'étais n'importe qui à la fois. Si les habitants de Saint-Pierre avaient décrété que j'étais la comtesse du Poincy, eh bien, que le Très-Haut en fût remercié pour une fois qu'il daignait me couvrir de sa générosité!

Un matin, Mme de Maisonneuve, avec laquelle je partageais son petit déjeuner, à l'ombre bienfaisante de la véranda de sa villa (il faisait considérablement chaud à Saint-Pierre, beaucoup plus qu'au Cap-Français), découvrant ce breuvage infect récemment arrivé dans le pays et appelé café, m'annonça, hésitante, choisissant ses mots :

— Chère comtesse, vous n'êtes arrivée que depuis un petit mois et... vous vous êtes refaite à ce que tout le monde constate. Vous vous êtes remise de votre mésaventure chez les Sauvages en tout cas... Comment... Comment envisagez-vous l'avenir ?

Puis, comme subitement gênée, et le sommet de la montagne se dévoilant entièrement, ce qui était assez rare, elle changea brusquement de sujet :

— En fait, ce qui nous fait face n'est pas la paisible éminence qui enchante ceux qui se piquent depuis quelque temps de peinture ou de poésie dans notre bonne ville de Saint-Pierre où il ne fait pas bon de paraître inculte. Nos négociants surtout se flattent d'être des hommes de grand savoir parce qu'ils commercent avec le royaume de France, La Havane, la Louisiane et même Terre-Neuve. C'est de cette dernière que provient la morue séchée que nous servons à nos esclaves. Elle est écœurante sur la langue et en avaler ne serait-ce qu'une bouchée est une épreuve, vous verrez...

Mon hôte jouait du plat de la langue presque autant que son mari. Du moins lorsqu'il n'était pas présent.

Elle voulut savoir si j'avais déjà entendu parler de Terre-Neuve et je lui mentis sans vergogne.

— Je vous disais donc, chère comtesse, que cette montagne est un terrible volcan. C'est ce qu'affirmaient en tout cas les naturels du pays, ces Caraïbes dont nous avons fort heureusement débarrassé notre belle île de la Martinique. Ce ne fut pas sans peine... Il y eut bien des morts et des batailles sans merci... C'est au cours de l'une d'elles que celui qui vous espérait avec tant de joie perdit, hélas, la vie. Le baron Romainville était un homme de bien. Paix à son âme !

J'adoptai une mine contrite. Espérai que dans mon regard il y êut un brin d'abattement.

— Le jour où les derniers Sauvages durent s'enfuir, il paraît que leur chef s'était écrié : « La montagne de feu nous vengera ! »... Ha-ha-ha ! À les en croire, Saint-Pierre serait détruite tôt ou tard par une explosion de ce volcan. Risible, n'est-ce pas ? Regardez comme notre montagne est magnifique et surtout paisible !

Quand une domestique vint annoncer, d'une voix étouffée, que « Monsieur est là, oui ! », mon hôte parut horriblement gênée. Se levant de son fauteuil à bascule, s'arrangeant les cheveux à la venvole, elle s'avança vers moi, me prit les mains avec nervosité, me murmurant :

— Réservez-lui un bon accueil, comtesse ! Je suis désolée de ne vous avoir pas prévenue. Je suis trop tête en l'air. Ah là là !...

Un homme de haute taille vêtu mi-campagne mi-dimanche descendit d'un pas alerte d'une calèche conduite par un voiturier nègre aux cheveux blancs. Grimpant quatre à quatre les marches de l'escalier jusqu'à la véranda, il affichait un sourire radieux.

— Je suis très heureux de vous revoir, chère amie, déclara-t-il en faisant un baisemain à Mme de Maisonneuve. J'imagine qu'il en va de même pour vous, n'est-ce pas ?

— Et comment ! La dernière fois ce fut au dîner offert par Son Excellence Monsieur le Gouverneur. Je crains que mon cher mari ne vous ait importuné avec ses récriminations contre les négociants. C'est un homme de la terre, vous savez, il n'entend pas grand-chose aux chiffres.

L'homme se décida alors à m'entrevisager. Puis me fit une révérence qui me sembla être marquée au coin d'une certaine perplexité :

— Comtesse, j'ai ouï-dire comme tout un chacun dans la colonie des épreuves que vous avez endurées à cause de ces Sauvages de la Dominique qui ne veulent pas entendre raison. Sachez que je suis très heureux que vous ayez réussi à leur échapper et je vous souhaite la bienvenue dans notre belle ville de Saint-Pierre... Autrefois, au siècle dernier je veux dire, elle n'était qu'une grosse bourgade faite de maisons en bois, mais avec le nouveau, elle devient peu à peu une vraie ville. La pierre de taille commence à y devenir un matériau courant.

Je trouvais les habitants de la Martinique trop portés sur la jactance, la parlette comme l'on disait en Neuve-France. Nettement plus que les habitants de cette dernière, davantage que ceux de Saint-Domingue. Du reste, je ne m'étais même pas rendu compte que nous avions changé de siècle, cette dernière notion m'ayant toujours été, il est vrai, obscure. Il me revint cette prise de bec que j'avais eue un jour avec sœur Sophie qui nous enseignait l'histoire de France à l'orphelinat des Cent-Filles. Je lui avais, effrontément, demandé si quelqu'un qui était né au mitan d'un siècle et continuait à vivre au suivant avait vécu deux siècles. Cette stupidité me valut une retentissante calotte. Oui, cet inconnu avait raison : nous étions en 1703 comme je l'avais remarqué sur l'almanach qui décorait l'un des murs de la chambre qui m'avait été attribuée.

— Vous êtes bien songeuse, chère comtesse, continua

l'homme d'un ton sirupeux cette fois. Comme je vous comprends!... En tout cas, je remercie notre hôtesse de m'avoir si aimablement proposé de faire plus ample connaissance avec vous. Il n'y a, hélas, pas tant de femmes de haute vertu dans notre île ni même suffisamment de femmes d'ailleurs. Notre bon roi nous avait fait convoyer en maintes occasions des filles du Roy mais vous pensez bien que j'ai évité de faire un choix parmi ces traînées comme le premier manant venu.

Et de débagouler tout un lot d'insanités et de faussetés sur la confrérie dont j'avais été membre. À entendre celui qui se présenta ensuite comme l'un des plus grands planteurs de canne à sucre de la Martinique, nous étions la lie de l'humanité. Des saute-ruisseaux. Des coquinasses avec qui un gentilhomme de son rang n'aurait pu s'enjuponner. Il avait préféré demeurer célibataire, attendant que Notre-Seigneur lui envoie une compagne digne de ce nom, toute chair n'étant pas venaison, et voici que par le plus grand des hasards, il avait satisfait ses prières.

— J'ai connu, chère comtesse, celui auquel vous étiez destiné, continua-t-il d'une voix contrite. Nous n'étions point amis mais nous éprouvions du respect l'un pour l'autre en dépit des querelles incessantes entre les négociants tels que lui et nous autres, planteurs et sucriers. Il vous a attendue longtemps, très longtemps, avec espoir, mais pour son malheur, la maladie l'a rattrapé avant que vous ne puissiez arriver dans notre île. Et puis, hélas, une attaque des Sauvages de la funeste île voisine lui porta le coup de grâce. Lui ainsi qu'une demi-douzaine d'hommes de la Milice...

Une servante noire nous apporta des liqueurs et du jus d'un fruit que je ne connaissais pas. Me voyant réprimer une légère grimace, Mme de Maisonneuve se décida à rompre la solennité de cet entretien qu'elle avait arrangé à mon insu.

— Jouons à un petit jeu, comtesse ! Pourriez-vous deviner de quel fruit est tirée cette boisson que vous avez l'air d'apprécier très modérément ? Ha-ha-ha !

Il me semblait qu'il s'agissait du corossol qui poussait aux quatre coins de l'Habitation Savane-Roche et que Pierre-Émile faisait arracher parce qu'à ses yeux cet arbre ne servait à rien et que sa chair laiteuse l'indisposait. Je me trompais : il s'agissait du cachiman. Cachiman cœur-de-bœuf, précisa Mme de Maisonneuve. Fruit rarissime tout autant que le rose de sa peau qu'on ne trouvait qu'au fin fond des ravines et qui possédait des vertus médicinales. En réalité, elle se livra à cette enfantine diversion parce qu'elle était confuse de m'avoir arrangé une entrevue matrimoniale. Agissait-elle sur l'injonction de son mari ou par bonté de cœur ? Difficile à dire.

[CAHIER DE MARIE-HÉLOÏSE.

Les gens de Saint-Pierre ont une très haute idée d'eux-mêmes et de leur ville. De leur pays aussi. Ils aiment à dire, sourire moqueur sur les lèvres, « ces Messieurs de la Martinique et ces bonnes gens de la Guadeloupe », cette dernière étant une autre île française de l'Amérique située plus au nord. Ils me rappellent les habitants de Québec et de Montréal qui regardent de haut ceux qu'ils ne dénomment que les trappeurs et autres coureurs des bois autrement dit ceux qui, comme Pierre-Émile et moi, se sont établis à Trois-Rivières et dans d'autres localités éloignées de la civilisation. Or, rien n'était plus faux ! Mon homme était bûcheron et notre voisinage comptait des menuisiers, des scieurs de long, des serruriers, des sabotiers ou encore des charpentiers comme cet Augustin qui avait fait trémuler mon âme à bord du Saint-Louis.

À l'île de la Guadeloupe sont expédiés, en guise de punition, les planteurs martiniquais tombés en faillite, les commerçants accusés d'avoir pratiqué le commerce interlope avec l'ennemi anglais ou hollandais, les engagés qui, au terme de leur contrat de trois ans, se sont mis à boissonner ou à courir la gueuse, les femmes, filles du Roy le plus souvent, qui n'ayant pu supporter le climat ou les mœurs locales, se mettent à déparler. C'est le terme que l'on emploie ici pour désigner toute personne qui déraisonne.

Celui qui va devenir mon nouvel et troisième époux, M. de Blanquefort, a, comme ses pairs, une piètre idée de la Guadeloupe où il a acquis une propriété qu'il décide cependant de renommer « Habitation La Poincy » en mon honneur. Il se rend dans cette île située au nord de la Martinique tous les deux mois, me livrant à moi-même dans cette belle villa où fort heureusement la domesticité nègre m'a bien accueillie. Il me vouvoie afin, déclare-t-il, de faire montre de respect envers mon titre nobiliaire. Ce n'est pas tous les jours qu'une authentique princesse se risque jusqu'aux îles françaises de l'Amérique, se rengorge-t-il lorsque au cours d'une réception, il me présente à quelque riche planteur ou fonctionnaire du gouvernorat.

M. de Blanquefort a la hautaineté chevillée au corps. Comme tous les Blancs créoles de la Martinique. Comportement auquel, malgré tous ses efforts, je ne parviens pas à m'habituer.]

La missive du planteur que Clothilde de Maisonneuve avait invité à me rencontrer fut déposée en toute discrétion sur la commode de la chambre d'amis que j'occupais chez elle depuis mon arrivée à la Martinique. J'hésitai à l'ouvrir, persuadée d'avoir été découverte. Mon imposture me vaudrait un bannissement de la colonie, probablement en l'île de Sainte-Lucie où, se lamentait-on, le pouvoir des Français vacillait à cause du manque de colons. L'ennemi anglais y menait d'incessantes attaques, s'étant allié sans vergogne aux Sauvages qui y vivent. Ou bien on me sommerait d'entrer dans les ordres, cela à l'hôpital de la Charité du Saint-Sacré-Cœur qui recueillait les orphelins et les Blancs indigents. Cette perspective m'effrayait bien davantage que celle de périr sous les flèches empoisonnées au lait de mancenillier, arbre à l'aspect inoffensif poussant près des rivages contre lequel on m'avait déjà mise en garde lors de ma captivité chez la reine noire des Kalinagos. Consacrer ma vie à un Dieu et à ses saints auxquels je n'avais jamais cru, en dépit de tous mes efforts, équivaudrait à me faire enterrer vivante.

La missive demeura plusieurs jours sur la commode. Intouchée.

Mais, un soir, peu avant l'heure du souper et donc de l'arrivée de M. de Maisonneuve, Clothilde m'entreprit avec son habituelle affabilité. Elle m'entraîna sur le perron de la villa où, tout comme à Saint-Domingue, le jour céda brutalement la place à l'obscurité, chose à laquelle je n'avais jamais pu m'habituer. Dans ces îles antillaises, le crépuscule, moment de la journée que j'appréciais fort, était inconnu. D'ailleurs, le jour s'y levait aussi plus tôt qu'au royaume de France et en Neuve-France, ce qui, par contre, m'enchantait.

— Comtesse, avez-vous pris connaissance de... de l'offre qui vous a été faite? chuchota-t-elle en jetant un regard à la fois inquiet et inquisiteur autour de nous, la valetaille nègre étant toujours aux aguets des faits et gestes mais surtout des conversations de leurs maîtres.

Je lui avouai piteusement que ce n'était pas le cas. De quelle offre pouvait-elle bien parler?

Pour dissimuler son embarras, elle me conduisit jusqu'au moulin à manioc, déserté à cette heure tardive, alors qu'il était dangereux pour des femmes blanches de s'attarder au-dehors, chose qu'elle m'avait pourtant dite et répétée au jour même de ma débarquée. Le ciel nocturne dans ces îles semble si bas qu'on a l'impression de pouvoir y cueillir les étoiles. Soudain une ombre se profila devant nous accompagnée d'un curieux chuintement. Clothilde prit peur :

— C'est un zombie. Dépêchons-nous de rentrer!

Ses doigts tremblaient, serrant les miens si fort que je dus me dégager de son étreinte. C'est que je n'avais jamais prêté foi à l'existence de créatures maléfiques. Ni à l'incube qui hantait nuitamment les chambrées de l'orphelinat des Cent-Filles ni à la légende du Diable à la danse qu'à Trois-Rivières, les vieilles femmes aimaient à raconter pendant les interminables soirées d'hiver. Il s'agirait d'une jeune fille qui aurait dansé l'entier d'un bal avec un seul cavalier parce qu'il était beau et charmant mais aux douze coups de minuit, il avait révélé son identité. Il n'était autre que Satan lequel emporta la joliment nommée Rose Latulippe en enfer. Plus tard, à Saint-Domingue, j'avais eu des doutes quant au pouvoir supposé infaillible des prêtres du vaudou et n'avais point redouté les divinités de ce culte maléfique.

Je ne portais foi ni à Dieu et ses saints ni au Diable.

Arrivée à l'intérieur de la Grand'Case, Clothilde reprit ses esprits, rudoyant l'une de ses servantes qui la scrutait avec un sourire en coin. La Négresse s'empressa de lui apporter une carafe d'eau ainsi qu'un verre, adoptant une mine faussement contrite. Une irrépressible envie de rire s'empara de moi mais je parvins à la réprimer. Mme de Maisonneuve était mon hôte, celle qui s'était proposée pour m'accueillir chez elle après ma captivité chez les Kalinagos de la Dominique. Elle veillait à ce que je ne manque de rien et me comblait de petits cadeaux à la moindre occasion. Sans même parler du fait qu'elle m'initiait, avec une infinie patience, aux mœurs martiniquaises. Je lui devais honneur et respect.

— Ce zombie réapparaît chez nous trois fois par an, expliqua-t-elle quand elle eut totalement repris ses esprits, m'invitant à m'asseoir à ses côtés sur l'extravagant canapé en bois précieux qui décorait son salon.

Elle ne semblait pas plaisanter le moins du monde. Cette créature qui l'effrayait tant était celle d'un esclave que son maître contraignait à creuser aux quatre coins de la plantation dès que la lune était claire. Ce dernier y recherchait la fortune en pièces d'or qu'un habitant avait dissimulée dans une jarre aux premiers temps de la colonisation de la Martinique vers 1647. Ne parvenant pas à la trouver, de colère, il abattit son esclave d'une balle en pleine tête et revendit la plantation quelque temps après.

— Cette... cette plantation est devenue celle de la famille Maisonneuve vers 1647 ou 1648, continua Clothilde, et quand elle l'avait achetée, cette histoire de jarre avait été complètement oubliée. Mais... mais quand celui qui deviendrait mon mari en avait hérité, l'esclave sacrifié se mit à nous interboliser, à nous gâcher nos nuits, à rôdailler autour de notre maison en poussant des cris terrifiants. C'est lui qui s'est manifesté tout à l'heure !

Pour ma part, je n'avais rien vu ni entendu quoi que ce soit.

L'heure arriva pour que nous regagnions nos chambres. M. de Maisonneuve n'était toujours pas rentré. En poussant la porte de la mienne, je ne pus m'empêcher d'avoir un battement au cœur. Toute incroyante que je fusse, je me surpris à faire le signe de la croix avant cette fois d'éclater vraiment de rire. Je n'avais pas été une vraie Canadienne, je m'étais refusée à devenir une native de Saint-Domingue et je ne deviendrais sans doute jamais une Blanche de la Martinique. Mais à la vérité étais-je pour autant une authentique originaire du Vieux-Pays, moi qui n'avais connu que les quelques rues de Paris conduisant de notre orphelinat au parc où les religieuses nous emmenaient en promenade certains dimanches après-midi ? De la Normandie où une femme aimante m'avait allaitée, je n'avais conservé que les matins clairs de l'une et la voix, hélas de plus en plus fluette, de l'autre.

Les orphelines n'ont pas de pays à elles.

C'est pourquoi je ne fus pas choquée en ouvrant la grande enveloppe bleue qui trônait sur la commode de ma chambre et découvrant ce que cachait cette insolite missive. M. de Blanquefort ne m'y déclarait pas sa flamme. Il avait fait le décompte de ses plantations et de ses esclaves, de ses maisons, de la petite fortune en louis d'or qu'il avait amassée, « à la sueur de mon front », précisa-t-il, et me disait que tout cela mettait le roturier qu'il était sur un pied d'égalité avec moi, la comtesse du Poincy.

« J'ai le privilège de vous proposer d'unir nos destinées », concluait-il de manière moins malséante.

Contrairement à mes deux unions précédentes, celle-ci se déroula avec un faste qui m'éblouit quoique je n'éprouvasse pas le moindre petit début de commencement de sentiment pour M. de Blanquefort. Le gouverneur tint à assister en personne à la cérémonie à l'église du Fort où se pressèrent tout ce que Saint-Pierre comptait comme personnages importants. À l'extérieur, cochets et valets nègres nous attendirent plus d'une heure sous un soleil de plomb, cela sans qu'aucun rechignât.

CHAPITRE 8

Qui étais-je pour de vrai ?

Pierre-Émile, feu mon mari si obligeant quoique de fruste éducation, ne cessait de me supplier d'effacer le passé de ma mémoire, chose qu'il avait faite avec succès, affirmait-il. Mais j'avais beau essayer, je n'y parvenais pas. Il m'habitait, ce passé, beaucoup plus que le présent, d'aussi loin que je m'en souvienne. C'est pourquoi j'entends encore la voix cristalline de ma nourrice de Normandie. J'entends les rires et chuchotis partagés avec mes proches amies, hélas montées au ciel, Irène, la trop maigrelette pour être du voyage en Nouvelle-France et terrassée par la peste, ensuite Hortense qui, à bord du *Saint-Louis*, eut le même sort, mais par la faute du scorbut.

Marie-Héloïse Levasseur-Guillemot-de-Laforgue, cette créature que j'avais peine à concevoir comme étant moi, moi-même, était la captive de son erratique passé.

J'étais devenue au fil des mois la femme la plus demandée et la plus invitée de la ville. Dans le quartier du Fort, d'où l'on pouvait contempler sa rade en demi-cercle presque parfait ainsi qu'une mer le plus souvent étale, les Grands-Blancs, qui y avaient construit de vraies demeures avec des jardins remplis de toutes sortes de fleurs dont j'apprendrais les noms peu à peu, avaient fait de ma personne leur convive préférée. Au grand dam de leurs épouses agacées par ma beauté, du moins ce qu'autour de moi on qualifiait ainsi car j'avais encore du mal à concevoir ce que recouvrait ce mot. Dès l'orphelinat des Cent-Filles, les religieuses me l'avaient fait remarquer, me mettant en garde contre ce qu'elles désignaient comme les « tentations du monde ». Par la suite, en Neuve-France, puis à Saint-Domingue, je ne comptais plus les hommes qui s'étaient, assez grossièrement, extasiés sur mes yeux verts et ma chevelure châtaine. Qui m'avaient murmuré des chatteries. Fait des propositions déshonnêtes, insoucieux des réactions de Pierre-Émile, puis du sieur de Laforgue. Ici, à Saint-Pierre, un écrivain public du quartier du Mouillage, dans la ville basse où vivaient les Petits-Blancs et les Européens, m'avait ainsi poursuivie de ses assiduités épistolaires. Mon troisième mari, M. de Blanquefort, le faisait mander deux fois dans le mois pour qu'il l'aide à rédiger les incessantes missives qu'il adressait au gouverneur de la Martinique au sujet du café, cette plante nouvelle dans le pays et que celui qui l'y avait apportée après en avoir dérobé des plants dans le jardin botanique du roi, à Paris, déclarait à qui voulait l'entendre qu'elle détrônerait bientôt la canne à sucre. Peu de planteurs y croyaient car, déclaraient les plus lettrés, une plante originaire des hauts plateaux d'Afrique où il fait plutôt froid ne pourrait jamais s'adapter au climat torride de l'île de la Martinique. Mon mari et M. de

Maisonneuve étaient les rares à porter crédit aux promesses du sieur des Clieux, petit noble désargenté qui, cadet de famille dans sa province natale, n'aurait pour seul héritage que son nom à particule. De vraie particule car aussi bien à Saint-Domingue qu'à la Martinique, nombre de colons s'en étaient parés au moment de leur installation dans les îles, insérant un « de » entre leur prénom et le nom de leur village d'origine quand ils se déclaraient à l'état civil. Un Jacques ou un Pierre né à Bayeux ou à Éterville devenait Jacques de Bayeux ou Pierre d'Éterville et le tour était joué!

— Il faut bien une noblesse insulaire! s'était arrogamment exclamé un jour le sieur de Laforgue lorsqu'un noble authentique, juge de paix au Cap-Français, l'avait désigné par son vrai nom au cours d'une audience au tribunal de cette ville.

L'écrivain public, que mon mari qualifiait, non sans condescendance, de plumitif, me fit remettre un jour, sans doute lassé de jouer de la prunelle chaque fois que nous nous voyions, une missive enflammée par l'un de nos domestiques avec lequel il était emmanché, usurpant les vers de Ronsard :

Prends cette rose aimable comme toi,
Qui sert de rose aux roses les plus belles,
Qui sert de fleur aux fleurs les plus nouvelles,
Dont la senteur me ravit tout de moi.

Prends cette rose et ensemble reçois
Dedans ton sein mon cœur qui n'a point d'ailes,
Il est constant et cent plaies cruelles
N'ont empêché qu'il ne gardât sa foi.

Puis, n'obtenant pas de réponse, moins d'une semaine plus tard, par le truchement du même entremetteur, ce billet galant :

Belle dame,

Votre seule vue embrase mon cœur. Je ne me résous plus à me livrer aux bras de Morphée et mes nuits sont hantées par l'étincellement de votre regard. L'émeraude n'est-elle pas le plus inestimable des joyaux ?

Je vous livre mon amour, le seul bien que je possède en ce monde. Quittons cette île peuplée de coupe-jarrets et de margoulins ! La terre du Brésil nous ouvre ses portes. Là se trouvent toutes les richesses du monde.

Votre féal Charles-Marie

J'avais souri des avances de cet olibrius qui était prêt à m'offrir un merle blanc. Quand il venait chez nous, je m'arrangeais pour ne pas le recevoir, me claquemurant dans ma chambre, ce qui le contraignait à attendre la venue de mon mari, parfois une bonne heure durant, ce dernier étant peu porté sur la ponctualité dès l'instant où il avait affaire à un Européen. Il pestait contre ce qu'il appelait « les lois scélérates édictées par des personnes, à commencer par les rois de France, qui ne connaissaient rien aux naturels de la zone torride ». Je mis un certain temps à me procurer une copie des édits royaux que les colons ne se souciaient pas de mettre entre les mains de la gent féminine. Je compris pourquoi lorsque, les feuilletant, je tombai sur l'un de leurs articles qui contraignait les maîtres à :

... fournir, par chaque semaine, à leurs esclaves âgés de dix ans et au-dessus, pour leur nourriture, deux pots et demi, mesure du pays, de farine de manioc ou trois cassaves pesant deux livres et demie, chacun au moins, ou choses équivalentes, avec deux livres de bœuf salé ou trois livres de poisson ou autre chose à proportion ; et aux enfants, depuis qu'ils sont sevrés et jusqu'à l'âge de dix ans, la moitié des vivres ci-dessus.

Sans doute avais-je eu grand tort, s'agissant de mon soupirant d'écrivain public, car il était peu fréquent qu'aux îles de l'Amérique les hommes déclarassent leur flamme de si courtoise façon. C'est pourquoi je m'étais encolérée lorsqu'un négociant, qui devait bordiller la soixantaine et était presque chauve, sans même parler de sa ridicule bedondaine, m'avait abordée à la sortie de la messe où je m'étais rendue seulement accompagnée de ma femme de chambre. M. de Blanquefort, lui, était en voyage en la ville de Fort-Royal afin de rencontrer ce Clieux qui avait apporté le tout premier plant de café à la Martinique. Cet aventurier était considéré depuis lors comme un véritable héros, d'aucuns contant qu'il avait privé son équipage d'eau douce pendant les derniers jours de la traversée de l'Atlantique au profit de son précieux végétal, ce qui avait causé la mort de plusieurs matelots, lui-même étant arrivé exsangue sur la terre ferme.

Ledit négociant m'avait donc fort civilement invitée à sa

belle villa créole située sur les hauteurs du morne Parnasse où il souffrait de la solitude, aucune femme n'ayant supporté de cohabiter avec lui plus d'une année.

— Vous n'ignorez pas, Madame, que votre cher époux est criblé de dettes, m'avait-il entrepris dès qu'il m'avait fait asseoir dans son salon surchargé de meubles anglais de valeur. Rien qu'à ma personne, il doit plusieurs dizaines de milliers de livres !

Et d'étaler devant mes yeux un grand registre contenant des colonnes de noms et de chiffres parmi lesquels il chercha, puis montra du doigt celui de Blanquefort avant de pousser un soupir de fausse contrition :

— En fait, votre cher mari est au bord de la faillite, Madame, et je crains fort que son habitation ne soit saisie par la justice dans les semaines à venir, hélas !

N'ayant pas droit de regard sur la marche des plantations de canne à sucre et de café, comme c'était le cas des femmes de colons, je n'étais pas en mesure de savoir s'il disait vrai ou pas. Certes, j'avais vu M. de Blanquefort pester à plusieurs reprises contre de mauvaises récoltes de café, mais s'agissant de celles de la canne à sucre, tout me semblait aller pour le mieux. D'ailleurs, d'une année sur l'autre, il achetait deux ou trois Nègres fraîchement débarqués d'Afrique afin de remplacer ceux que nous avions perdus soit parce qu'ils étaient décédés de mort naturelle (souvent dans leur jeune âge), soit parce qu'ils étaient partis en marronnage. Ou, plus rarement, parce que certains étaient devenus trop vieux comme ce Pa' Victor dont ses congénères disaient qu'il avait « enjambé la mort », ce qui en langage de Blancs signifie qu'il était miraculeusement devenu centenaire.

L'Habitation Belvédère ne se portait pas plus mal que ses voisines. Je le découvrais aux chiffres inscrits sur le registre que le négociant m'avait mis sous le nez, persuadé que, comme la grande majorité des femmes de planteurs, je n'y entendais rien. Nos dettes n'étaient aucunement supérieures à celles de nos voisins. Le bougre, déconfit, n'eut pas la hardiesse de me révéler le fond de sa pensée : il voulait très certainement que je quitte M. de Blanquefort pour lui. Que je déserte la verdoyante campagne de l'Habitation Belvédère pour venir habiter dans sa demeure du morne Parnasse, loin de la touffeur de cette ville de Saint-Pierre où l'on avait creusé depuis peu des dalots qui charroyait une eau froide, descendue des mornes, censée l'atténuer. Il s'était construit un nombre si considérable de maisons depuis mon arrivée quatre années plus tôt que je ne reconnaissais plus les visages lorsqu'il m'arrivait de m'y rendre. Par comparaison, Trois-Rivières, en Neuve-France, ressemblerait à un hameau et même le Cap-Français, à Saint-Domingue, à un gros bourg sans caractère. Mon mari, M. de Blanquefort, qui me vouvoyait parce que j'étais encore à ses yeux la comtesse du Poincy, ne cessait de s'en glorifier :

— Vous vivez dans la plus belle ville de l'archipel des Antilles, Madame ! Et ça, c'est le fruit du travail de trois générations de valeureux colons. Mon grand-père, natif de la Vendée, s'est installé à la Martinique il y a des lustres...

Les compliments mielleux sur ma personne, entrecoupés

de menaces voilées, du fameux négociant me laissèrent de marbre. Je ne voyais dans le livre de comptes qu'il m'avait mis sous les yeux rien qui annonçât la ruine prochaine de l'Habitation Belvédère. Pour la première fois de ma vie, la tentation de souffleter un homme s'empara de moi mais je m'efforçai de me contenir, lui signifiant sur le ton le plus amène possible que notre entretien n'avait plus lieu de se prolonger.

[CAHIER DE MARIE-HÉLOÏSE.

Tu finis par comprendre qu'aux yeux de l'espèce masculine, la féminine n'est qu'un ventre. Un ventre qui sert à procréer. Parce que la colonie a besoin tantôt de bras comme en Neuve-France, tantôt d'enfants blancs comme à Saint-Domingue et en Martinique où Nègres et Mulâtres menacent de submerger les colons.

Pierre-Émile s'était vivement réjoui de la venue au monde de votre petit Aymeric. Le sieur de Laforgue s'était exaspéré de voir qu'en dépit de ses assauts, ton ventre ne grossissait point, cela grâce à une décoction de fleurs de corossolier dont seules les Négresses sorcières avaient le secret. Voici qu'à présent c'était au tour de M. de Blanquefort d'exiger de toi que tu lui bailles un descendant!

Peut-être était-ce là le destin de toute femme après tout. Celui des filles du Roy qui avaient franchi l'Atlantique à bord du même navire que toi et été forcées de trouver un mari à Québec ne devait guère différer du tien. Peut-être même que leur vie avait été chahutée par des péripéties encore plus tragiques que celles qui s'étaient abattues sur ta modeste personne. En Neuve-France, il arrivait que certaines soient battues, voire tuées par leur conjoint. Ou plus simplement abandonnées sans ressources alors qu'elles avaient charge d'âmes. Mettre au monde cinq ou six enfants était ce que la colonie attendait des orphelines de l'hôpital des Cent-Filles et des autres établissements. À Saint-Domingue et à la Martinique, si leur existence était, grâce au climat, moins rude, leurs hommes les modelaient, dès l'instant où ils en venaient à posséder quelque plantation de bon rapport, en des sortes de poupées. Elles ne sortaient guère que pour se rendre à la messe, aux mariages et enterrements ou aux invitations des autorités.

Celles nées aux îles, les Blanches créoles, acceptaient d'être cloîtrées. Les filles du Roy beaucoup moins, car elles avaient vécu jusque-là dans ces sortes de prison qu'étaient les orphelinats dont elles avaient soif de s'échapper.

Tu ne souhaitas donc pas assurer la descendance de M. de Blanquefort. Une Câpresse portant le joli prénom de Vivienne, qui exerçait en tant que repasseuse sur votre habitation, te montra comment y parvenir. Son grand-père avait été un Blanc-pays, chose dont elle semblait fière, et elle se piquait de n'user que du français. Jamais du patois créole ! Grâce à elle, tu en venais à savoir les secrets des uns et des autres. Tant des esclaves que des maîtres.

— M'âme Marie-Héloïse, il faut te servir de la corde du nombril !

Et de te raconter un épisode de sa vie ou du tout début de cette vie qui aurait pu s'achever avant même qu'elle ne pousse son premier vagissement. Quand tu y pensais, toi, la forte femme, celle qui avait surmonté tant de désastres, des larmes te montaient aux yeux. Voici : des femmes noires ne voulant pas « faire d'enfants pour l'esclavage » et leur accouchement se déroulant en présence de leurs semblables et d'une matrone, esclave elle aussi, il arrivait qu'elles se saisissent de la corde du nombril de l'enfant qui venait de naître et l'étrangle avec celle-ci. On rapportait alors au maître qu'hélas, le bébé était mort-né ! Mais des indiscrétions finirent par éventer ce stratagème macabre et beaucoup de maîtres demandaient à leur commandeur de plantation d'assister à l'accouchement, trop heureux qu'ils étaient de posséder un nouvel esclave sans avoir à débourser un liard. Or, en période de récolte de la canne à sucre, ce n'était pas là chose toujours possible.

En cette fin de matinée où Vivienne vint au monde, la plupart les hommes se trouvaient aux champs, tout particulièrement le commandeur qui devait veiller à ce que les esclaves ne s'affainéantissent pas, chose fréquente dès que l'astre du jour approchait du zénith.

— Dieu m'a alors sauvée, M'âme Marie-Héloïse ! Il m'avait envoyé le prêtre de la paroisse du Carbet qui aidait ceux de Saint-Pierre en cas de besoin. Il était venu sans s'annoncer sur l'habitation où ma mère était amarreuse de canne pour visiter les Nègres malades et bailler l'extrême-onction à ceux qui monteraient bientôt en Galilée.

Cet abbé avait poussé la porte de la case où la mère de Vivienne était en train d'accoucher, entourée de trois Négresses complices qui sursautèrent. Il se proposa même pour sectionner le cordon ombilical du nouveau-né et déclara triomphalement qu'il reviendrait pour le baptiser dès que celui-ci aurait pris des forces, soit au cours de la semaine qui suivrait. Stupéfaite, la parturiente acquiesça de la tête tandis que les autres femmes détalèrent. Vivienne naquit donc grâce à un parfait hasard. Elle avait appris les circonstances de sa naissance de la bouche d'une de ces dernières au moment où elle entra dans l'adolescence. Sa mère, celle qui avait voulu l'étrangler à l'aide de son cordon ombilical, avait été vendue entre-temps par leur maître à un planteur du Macouba, paroisse éloignée de la civilisation, et Vivienne ne la connut jamais.

Tu n'aurais donc, toi, Marie-Héloïse, désormais de Blanquefort, d'autre choix que d'employer la même méthode que cette marâtre. Aymeric serait ton seul et unique enfant !...]

Ces invraisemblables péripéties qui avaient ponctué mon existence, confirmant la prophétie de sœur Élodie, me hantaient. J'étais bien une créature errante.

J'essayai de trouver un peu de réconfort dans la lecture de la Bible, seul ouvrage que les planteurs les plus obtus autorisaient leurs épouses à détenir, mais je ne parvenais à m'identifier à aucun des personnages féminins qu'il évoquait. Surtout j'abhorrais ce passage du *Lévitique* :

La femme qui aura un flux, un flux de sang, restera sept jours dans son impureté. Quiconque la touchera sera impur jusqu'au soir. Tout lit sur lequel elle se couchera pendant son impureté sera impur, et tout objet sur lequel elle s'assiéra sera impur. Quiconque touchera son lit lavera ses vêtements, se lavera dans l'eau, et sera impur jusqu'au soir.

Mais Germain devait succéder à Aymeric.

Quoique devenue une grande dame à présent, moi, Mme Marie-Héloïse de Blanquefort, épouse d'un riche planteur de café et de canne à sucre, mon âme et moi ne vivions pas dans l'apaisement. Bien que disposant d'une Grand'Case de six pièces et d'une domesticité conséquente, quoique ayant réussi, à l'immense joie de mon mari, à finalement mettre au monde un enfant – Germain qui, curieusement, ressemblait bien davantage à son père qu'à moi –, la déquiétude m'habitait. Ma voix était fausse, mes rires contrefaits, mes gestes souvent maladroits. La nuit, des cauchemars, des « vieux rêves », comme disent les Nègres dans leur jargon, m'empêchaient de trouver le sommeil. Cependant, je m'efforçais de faire bonne figure. Après tout ce que j'avais enduré, il eût été indécent de trousser le nez sur ma nouvelle existence. D'autant que la bonne société pierrotine m'avait ouvert ses portes, ignorant tout de ma personne et croyant à la légende qui s'était forgée autour d'elle quand le destin ou plutôt le bon vouloir d'une reine noire m'avait extirpée du refuge des Indiens caraïbes. Légende que ressassait mon mari :

— J'ai eu l'insigne honneur d'épouser en justes noces l'héritière d'une famille noble du Poitou. Une véritable comtesse qui n'a pas craint, l'homme auquel elle était destinée étant, hélas, mort, de rester à la Martinique alors qu'elle aurait fort bien pu regagner le royaume de France! claironnait-il.

Pour mon plus grand bonheur, il était tout entier occupé à la bonne marche de ses plantations : la grande sur laquelle il plantait du café sur les contreforts de la montagne Pelée et la petite, couverte de canne à sucre, en contrebas de ceux-ci, endroit où se trouvait notre vaste villa. Il en laissait la conduite journalière à un commandeur mulâtre, que nos esclaves appelaient Maître Félix, et, chose rare dans la colonie, ne portait aucun intérêt à la gent féminine de couleur. C'est dire qu'il était tout le contraire du sieur de Laforgue, la brute avec qui j'avais vécu à Saint-Domingue et qui se targuait, même en ma présence, d'avoir d'innumérables rejetons adultérins. Certes, il se murmurait que M. de Blanquefort cajolait une maîtresse de couleur à Fort-Royal mais je n'avais jamais mis les pieds dans cette ville que l'on disait avoir été bâtie sur des marécages et qui, de ce fait, était infestée de moustiques. Je me prenais à la détester lorsque au début du mois d'août le gouverneur de la Martinique ordonnait à tous les bateaux qui avaient jeté l'ancre dans la rade de Saint-Pierre de gagner la baie de Fort-Royal mieux protégée contre ces ouragans destructeurs qui s'abattaient sur l'île quand arrivait la saison d'hivernage. Devoir contempler une mer dès lors complètement vide de toute embarcation m'effrayait. J'avais le sentiment que le temps s'était arrêté et que je finirais le restant de mon existence dans ce Nouveau Monde qui ne m'avait jusque-là apporté que désillusions et malheurs. Que jamais je ne regagnerais le Vieux-Pays.

La preuve de l'infidélité de mon mari ne m'avait jamais été fournie en tout cas.

[DÉCAPITATION.

L'Habitation Belvédère grimpe ses contreforts de la montagne jusqu'à l'altitude que peut supporter ce roseau sucré qui a fait la fortune des habitants de Saint-Pierre quoiqu'une certaine inimitié règne entre planteurs, sucriers et distillateurs de rhum d'un côté et négociants de l'autre. Ces derniers ont le teint pâle et les mains fines. Ils s'aventurent rarement au-delà des frontières de la ville bordée au nord par une rivière bondissante quand le temps se chagrine et presque asséchée le reste de l'année. Elle a un nom pompeux : la Roxelane. Le lundi, dès potron-minet, un défilé de lessivières au teint d'ébène en occupe les berges. De lourds paniers de linge sur le crâne, venues du Fort, du Mouillage, du Parnasse et d'autres quartiers de la ville, elles chantonnent en patois créole des mélodies tout en grivoiserie.

Les rares fois où Marie-Héloïse est invitée à visiter la plantation de son époux, elle ordonne à son cocher de s'arrêter sur le pont de pierre qui enjambe le cours d'eau pour contempler ces créatures au port altier, resongeant à Euphrosine, sa femme de chambre de l'époque de Saint-Domingue, qui lui avait ouvert les yeux sur la beauté de sa race. Avec ces lessivières le mot « vénusté » semble davantage convenir quand elles se chamaillent par jeu, s'éclaboussant l'une l'autre avec la mousse du bois-savonnette qui leur sert de nettoyant et qui sent si bon, leurs cabrioles mettant en valeur leur silhouette callipyge.

Le chemin de pierre qui grimpe entre halliers et grands bois jusqu'aux caféiers de l'Habitation Belvédère est toujours dangereux. Des « bêtes-longues », comme disent les Nègres, ces redoutables serpents à tête triangulaire et à la piqûre foudroyante, s'y allongent parfois en son mitan pour se réchauffer au soleil. Le cheval renâcle alors brusquement et la carriole se met à bringuebaler, menaçant de verser dans le fossé. Leur vue a toujours suscité une vive appréhension chez Marie-Héloïse. Cela dès l'époque de sa captivité chez les Kalinagos de l'île de la Dominique, lesquels évoquaient la Martinique comme l'île aux serpents quoique les iguanes y fussent tout aussi nombreux. D'ailleurs, ces Sauvages nommaient cette île Wanakaéra, ce qui dans leur parlure signifie l'« île aux iguanes ».

Le cocher entreprend alors d'accabler le reptile d'injures et autres bon sang de bonsoir. Se signe trois fois. Récite une prière chrétienne qu'il déforme. Puis, lance une invocation dans un patois mêlé d'africain. On voit alors le serpent se détordre lentement, sa tête dodeliner, sa queue frétiller avant qu'il ne quitte tranquillement le chemin et plonge dans la broussaille. Marie-Héloïse, qui s'estime courageuse, n'a jamais pu s'habituer à ce spectacle. M. de Blanquefort, par contre, s'en est toujours amusé.

— Marie-Héloïse, savez-vous pourquoi Christophe Colomb, pourtant arrivé aux Antilles un bon siècle avant nous autres, les Français, n'a jamais pu s'installer à la Martinique ?... Allez, ma belle, vous qui passez vos journées à lire et même à barbouiller des écritures... Quoi ? Vous n'en avez aucune idée, n'est-ce pas ? Ha-ha-ha !... Eh ben, c'est parce que ses conquistadors et lui avaient une peur panique de notre bon vieux serpent !

Mais son visage s'assombrit tout soudain :

— Sauf qu'il arrive que certains esclaves indignes les capturent grâce à leurs grigris et les introduisent dans les chambres de leurs maîtres. C'est ce qui a causé la mort de Mme de Fréville l'an passé...

Par bonheur, il est peu fréquent que des reptiles entravent la route de la carriole de Marie-Héloïse quand elle doit se rendre dans les champs, périple de jamais moins d'une heure tant le chemin est mal caillouté et surtout escarpé. De là, le sommet de la montagne, si magnifique quand on le contemple de la ville, ressemble à une créature monstrueuse revêtue d'un manteau de végétation rabougrie. L'air y est frais, si frais, qu'il convient aux caféiers en qui certains planteurs tels que son mari voient un rival de la canne à sucre.

Le dix-septième d'un certain mois de juillet le cœur de Marie-Héloïse manque de s'arrêter net. Date qu'elle inscrit dans son carnet intime.

À l'entrée de la propriété, non loin d'une sucrerie qui fume, attachée en haut d'un poteau, se trouve une tête de Nègre. Ses yeux jaillissent de leurs orbites, son visage est couvert d'un mélange de sang et de boue. Pourtant, un peu plus loin, son mari et une poignée de planteurs devisent tranquillement, s'échangeant force chopines de rhum qu'ils boivent au goulot et autour des pieds de café, des esclaves en cueillent les cerises, l'air tout aussi placide que leurs maîtres.

— Aaah, voici donc ma comtesse, Messieurs ! N'est-ce pas qu'elle est resplendissante ce matin ? Ma chère Marie-Héloïse, nous n'attendions que toi pour commencer le déjeuner, lance à la cantonade M. de Blanquefort.

À cet instant, elle aperçoit, à l'ombre d'un amandier-pays, des dames en tenue légère, presque frivole pour quelques-unes, qui jouent aux cartes autour d'une table basse, se taquinant et minaudant telles des gamines. Clothilde de Maisonneuve se lève pour l'accueillir et, lisant du désarroi sur ses traits, la prend par les épaules avant de lui déposer un baiser sur le front.

— Notre chère amie n'est pas née dans notre beau pays et n'en connaît pas encore toutes les coutumes, rigole-t-elle. Elle vit pourtant parmi nous depuis déjà un certain temps. Allez, viens t'asseoir avec nous !

Marie-Héloïse lui obéit comme une automate.

Elle n'apprend la vérité qu'au moment du déjeuner pris entre femmes, leurs hommes s'en étant allés en un autre endroit de la plantation : les esclaves africains, contrairement à leurs alter ego créoles, croient dur comme fer que s'ils meurent sous les coups de fouet ou les balles d'un Blanc, leur âme retournera en Afrique d'un simple battement d'aile. Cela leur baille du courage pour se révolter ou partir en marronnage dans les hauts bois. Mais si jamais ils sont capturés et décapités, que leur tête est exposée au tout-venant pendant des jours, leur âme demeurera définitivement en Martinique.

De tristesse, d'infinie tristesse, ils se transformeront alors en zombies.

Marie-Héloïse songe alors à cet incroyable spectacle auquel elle avait assisté en Nouvelle-France : sur le chemin conduisant de Trois-Rivières à Québec, Pierre-Émile avait voulu emprunter un raccourci à cause du froid oppressant qui régnait au plus fort de l'hiver lorsqu'ils croisèrent des Iroquois en train d'ériger une sorte d'estrade soutenue par des fourches en bois. Au-dessus reposait un corps recouvert d'écorces sur lesquels avaient été posés l'arc et les flèches du défunt ainsi que sa coiffe.

— Ils le mettront en terre quand la neige aura fondu, lui avait chuchoté son mari.

Il pressa si fort Dauvergne et les autres chiens que leur traîneau manqua de chavirer plusieurs fois. Arrivés à bon port, une fois s'être déchaussé et avoir placé ses pieds devant l'âtre, Pierre-Émile lui raconta une histoire qui devait la hanter des mois durant : un groupe de Hurons, récemment convertis à la vraie foi, avait fait mine d'établir des liens d'amicalité avec des habitants du petit village de Saguenay où ils venaient échanger des peaux contre des couteaux et des haches. Un jour, ils trucidèrent ses habitants et emportèrent la tête du plus respecté, les chevelures blondes servant ordinairement de décoration à l'entrée des tentes de ces Sauvages. Mais en chemin, la tête se mit à parler! Elle reprocha aux Hurons leur sournoiserie et les menaça des feux de l'Enfer. Surpris et épouvantés, ils l'abandonnèrent en un lieu où désormais, quand on s'y aventure, on entend une voix qui vocifère.

Une voix d'outre-monde...]

L'arrivée d'un navire en rade de Saint-Pierre était l'occasion pour moi d'échapper à cette prison dorée qu'était l'Habitation Belvédère. Je pressais notre cocher de préparer la carriole la veille du grand jour car il arrivait que celle-ci fût abîmée par les mauvais chemins de pierre de notre campagne. Je ne voulais rater pareil événement pour rien au monde d'autant qu'un paquet de livres m'attendrait. Parfois, j'étais déçue parce que la date annoncée n'était pas la bonne ou que tempêtes et attaques de flibustiers différaient l'arrivée du navire. Je revenais alors le lendemain ou le surlendemain, battant la semelle sur les quais parmi des négociants en costume et jabot et des commissionnaires en douane ainsi que toute une foison de Nègres libres qui espéraient se faire quelque argent en s'offrant comme gabariers ou portefaix. Des familles scrutaient elles aussi l'horizon, impatientes de voir apparaître le majestueux trois-mâts à bord duquel se trouvait quelque parent ou connaissance.

Personne ne m'avait informée de la nouvelle qui agitait les célibataires de Saint-Pierre et des paroisses avoisinantes : l'ultime convoi de filles du Roy arriverait le vingt-quatrième ou le vingt-cinquième du mois de mars de cette année-là. Pourquoi notre souverain avait-il décidé de ne plus répondre au besoin urgent de femmes à marier m'était inconnu. Je n'ignorais pas que les colons lui adressaient de pressantes missives, arguant du fait qu'il était indispensable de fonder des familles blanches afin de maintenir leur emprise sur leurs esclaves africains que l'on importait désormais en grand nombre, mais je n'ignorais point que ces demandes étaient faciles à satisfaire. Paris regorgeait d'orphelinats : le mien, celui des Cent-Filles, l'hôpital de la Salpêtrière, les Orphelins de Saint-Sulpice, l'hospice Beaujon et tant d'autres où il n'y avait aucune difficulté à recruter des jeunes filles nubiles. Sans même parler des établissements se trouvant à La Rochelle, Nantes, Bordeaux ou Brest. Cela n'avait-il pas été mon propre cas alors que je n'étais âgée que d'une quinzaine d'années ?

Sur les quais où s'affairaient négociants et portefaix de couleur, entre tonneaux, barriques, caisses et empilements de sacs contenant tabac et café, tout un concours de célibataires s'était pressé. Ils avaient pris soin, contrairement à leur habitude, de se faire tailler la moustache et la barbe et s'étaient vêtus de propre, voire même de neuf pour certains. Surpris par ma présence, quelques-uns me saluaient discrètement ou détournaient le regard, ne sachant de quel bois faire flèches. Ce fut le cas de cet Henri de Médeuil qui était la risée de la bonne société pierrotine parce que bien qu'ayant réussi en affaires, son café étant fort prisé au royaume de France, il était contraint de concubiner avec une Mulâtresse dont il avait plusieurs enfants. En fait, il était d'une laideur nonpareille avec des yeux qui sortaient de leurs orbites, son visage couvert de caca-mouches et ses cheveux d'un roux flamboyant. Ajoutée à ces malfaçons une voix fluette qui détonnait avec son corps massif! Mon mari ne l'avait invité, pour autant que je sache, qu'une seule et unique fois chez nous, et cela pour lui passer ce qu'en patois on nomme comiquement un va-te-laver c'est-à-dire une engueulade.

— Médeuil, vous jetez l'opprobre sur la race blanche! En plus, vous contribuez à sa disparition en multipliant les petits sang-mêlés qui, demain, chercheront à s'emparer de vos biens... Vous les avez certes affranchis tout comme leur mère mais sachez que je veillerai personnellement à ce qu'ils n'en héritent pas!

Quand, après le départ du rouquin, j'avais essayé, courageusement quoique d'une voix timide, de faire entendre à M. de Blanquefort que je désapprouvais ses propos, non pas que j'affectionne ces unions illicites mais parce que la hideur d'Henri de Médeuil étant un repoussoir pour les femmes blanches, il n'avait pas eu d'autre choix que de s'accointer avec une femme de couleur, mon mari avait vu rouge. Il avait retenu au dernier moment ce que je devinai être une insulte, sans doute en patois créole, se rappelant que j'étais la fameuse comtesse du Poincy. Puis il avait ouvert un tiroir de notre magnifique buffet en bois de mahogany et en avait, à ma stupéfaction, extrait un ouvrage.

— Tiens ! Ça circule dans tout Saint-Pierre depuis quelques mois. La lecture et moi, on est comme qui dirait des ennemis irréconciliables, Marie-Héloïse, mais vu que tout le monde jacte à son sujet, j'y ai jeté un œil. Enfin, j'ai pas tout lu mais tu verras la page où je me suis arrêté. Je l'ai cornée...

Le livre, d'un certain Alexandre Œxmelin, avait pour titre *Aventuriers et boucaniers d'Amérique*. Son auteur s'affirmait chirurgien de la flibuste. M. de Blanquefort, chose qui ne m'étonna point, n'était guère allé très loin dans sa lecture car la fameuse page qu'il m'avait signalée n'était que la trente-deuxième. J'y découvris ce qui suit :

Lorsqu'un homme blanc s'allie à une femme noire, les enfants qui en proviennent sont demi-noirs : les Espagnols les nomment mulatos *et les Français mulâtres. Quand un homme blanc s'allie à une femme mulâtre, les enfants qui en proviennent sont nommés quarterons par les Espagnols et les Français, comme dans le premier cas, mulâtres. Ils ont le fond des yeux jaunes, sont hideux à voir, de mauvaise humeur, traîtres et capables des plus grands crimes. On voit aujourd'hui plusieurs endroits dans l'Amérique uniquement peuplés de ces gens-là.*

Cette description m'avait amusée et j'avais lu tout l'ouvrage, les aventures de ce chirurgien de la marine étant encore plus rocambolesques que celles que j'avais moi-même connues. J'y resongeai quand, surmontant sa timidité, Henri de Médeuil était revenu sur ses pas afin de me saluer. Nous ne savions quoi nous dire d'autant que ce jour-là, hormis quelques charbonnières à l'épiderme presque aussi noir que la suie, j'étais la seule créature féminine présente sur les lieux. D'autant aussi que je n'avais rien à y faire puisque tout un chacun savait que le navire, qui avait jeté l'ancre dans la rade et qui était déjà entouré de barques, transportait le tout dernier chargement de filles du Roy. Ce qui signifiait que, dès le lendemain, les hommes qui n'avaient pas pu se procurer une femme à marier et qui s'en étaient retournés chez eux Gros-Jean comme devant devraient désormais se contenter des femmes esclaves pour le restant de leur vie. Or, à vue d'œil, ils me semblaient bien trop nombreux pour celles qui venaient d'effectuer l'éprouvante traversée de l'océan Atlantique. Je compris que ces célibataires avaient accouru de toutes les paroisses environnantes. Celles du Prêcheur, du Morne-Rouge, du Carbet, de Case-Pilote et même de la lointaine Cabesterre, à l'est de l'île, l'un d'entre eux, en état d'ébriété, se vantant d'être distillateur du meilleur rhum de la Martinique, celui de La Trinité.

Quand la première barque s'amarra au quai et qu'en descendirent une dizaine d'infortunées, un sentiment curieux s'empara de moi. J'avais imaginé retrouver des sœurs de misère, des orphelines à peine pubères qui, tout comme moi, une vingtaine d'années plus tôt, débarquaient dans un pays inconnu et je compatissais déjà à leur sort. Or, il n'en fut rien! Leur air ahuri, leurs mouvements embarrassés ne m'émurent pas le moins du monde et je pouffai même lorsque à la vue d'un Nègre, l'une des filles du Roy avait poussé un hurlement et tenté de redescendre dans la barque, manquant de tomber à l'eau. La foison de célibataires s'était aussi esclaffée, l'un d'eux s'écriant :

— Tonnerre de Brest ! Cette pimbêche, elle est pas pour moué, foutre ! Je préfère la grande gaillarde là-bas. Vous avez remarqué ses tétons, compères ? Ils crèvent sa robe. Pas touche, Messieurs !

Comment était-il possible que je fusse indifférente à ces jeunes filles sans père ni mère, encore dans l'enfance de l'âge ou presque, que l'on assemblait sur le quai comme des marchandises alors que cela avait été mon cas, certes dans un passé désormais révolu ? Moi dont les sœurs chargées de nous faire la classe à l'orphelinat des Cent-Filles vantaient la mémoire, traitant mes congénères de tête de linotte. Moi qui n'oubliais jamais rien, même les détails les plus insignifiants, ce qui ne manquait pas de stupéfier mes maris successifs. En Nouvelle-France, Pierre-Émile avait ouvert de grands yeux lorsque la chaudière dans laquelle je préparais nos repas s'était crevée au beau mitan de l'hiver, moment où il lui était impossible de se rendre à Québec pour en acheter une neuve, je nous avais quasiment sauvé la vie. Je m'étais souvenue de ce rondin creusé en forme de récipient que m'avait offert un jour Amitola, cette métisse algonquine qui, de village en village, vendait son devant au plus offrant. J'avais placé des pierres dans l'âtre jusqu'à ce qu'elles deviennent incandescentes, placé de la viande dans le rondin que j'avais arrosé avec de l'huile d'ours et accompagné d'herbes séchées fort odorantes. Pierre-Émile m'avait regardé faire avec une stupeur qui m'avait ravie.

Quand j'avais déposé les pierres dans la chaudière de fortune et qu'en peu de temps, la viande s'était mise à cuire, lui, le grand timide, m'avait saisie entre ses bras en murmurant :

— Marie-Héloïse, tu es devenue plus canadienne que moi, tabernacle ! Si tu n'avais pas les cheveux châtains, je te surnommerais... mon... mon Iroquoise.

Sur les quais de Saint-Pierre de la Martinique, ce jour de l'arrivée de l'ultime convoi de filles du Roy, je compris que j'étais à présent sur le point de devenir une Blanche créole...

CHAPITRE 9

J'avais redouté de devoir enfanter pour Antoine de Blanquefort.

Le visage de mon petit Aymeric continuait à me poursuivre. À n'importe quel moment. Quand je me recoiffais parce que la Négresse qui était à mon service était peu habile de ses dix doigts. Quand, au repas de midi, mon mari revenait des champs ou de la ville et me racontait par le menu sa journée entre deux bouchées, trop volubile comme à son ordinaire et surtout persuadé que « ma comtesse », comme il m'appelait la plupart du temps, portait un grand intérêt à ses activités. En fait, j'étais heureuse qu'il n'employât jamais mon prénom. À Saint-Domingue aussi, le sieur de Laforgue, ce rustaud qui m'avait contrainte et forcée à partager sa vie, préférait me bailler sottement du « Blanche-Neige » quand il était d'humeur guillerette. Seul Pierre-Émile, celui qui m'avait choisie lors du bal organisé par Dame Jolignac pour permettre aux filles du Roy débarquées en Neuve-France de trouver l'âme sœur, disait « Marie-Héloïse », cela avec tant de tendresse dans la voix que j'avais fini par l'inclure dans ma liste de viatiques : celui de ma nourrice de Normandie, devenue certes de plus en plus ténue au fil du temps, et celui de mon soupirant à bord du *Saint-Louis*, ce jeune charpentier, natif d'Auvergne, dont je n'avais plus jamais eu la moindre nouvelle.

Cependant, me résoudre à utiliser la terrifiante et barbare méthode nègre du cordon ombilical m'arrachait le cœur.

À la vérité, si ma nouvelle existence était sans souci d'aucune sorte, M. de Blanquefort m'octroyant régulièrement une somme, toujours variable mais conséquente, qui me permettait d'acheter des robes pimpantes dans les magasins de Saint-Pierre, robes que je ne mettais qu'aux grandes occasions puisque je disposais d'une couturière à domicile, je m'ennuyais ferme. La plupart de mes journées, je les passais avec mes domestiques noirs, la plantation la plus proche de la nôtre se trouvant à cinq lieues de là, et leur patois m'était devenu si familier que parfois, il s'échappait de mes lèvres lors des réceptions.

— Voici que notre comtesse est en train de devenir une Créole ! s'émerveillait-on. Bientôt, elle délaissera le vin de notre douce France pour l'âpre rhum de la Martinique.

Je laissais dire. Esquissais un sourire poli. Ou prononçais quelque mot dans cet idiome que tout le monde méprisait mais n'avait de cesse d'employer. Y compris entre Blancs, ce qui m'était une énigme. Ces dames de la bonne société du quartier du Fort n'avaient et n'auraient jamais aucune idée des épreuves que j'avais affrontées, et même à celle qui m'était devenue une amie proche, Clothilde de Maisonneuve, je me gardais de révéler la vérité. Découvrir que je n'étais pas la comtesse du Poincy dont la venue dans la colonie avait été annoncée en grande pompe mais bien une simple fille du Roy, passée en outre par la Neuve-France cinq années durant, puis à Saint-Domingue un peu plus longtemps, aurait provoqué un véritable scandale.

Je trompais l'ennui en désertant l'Habitation Belvédère au moindre prétexte. Du fil à coudre, des aiguilles et de la toile à acheter au quartier du Mouillage. Un paquet à récupérer auprès d'un navire fraîchement arrivé de Bordeaux ou de Nantes, paquet contenant ces livres sur lesquels mon mari troussait le nez. Une veillée de prières auprès de quelque douairière que le Seigneur était sur le point de rappeler à lui selon la formule consacrée. Mais il m'arrivait aussi de musarder à travers Saint-Pierre lorsque M. de Blanquefort s'en était allé à Fort-Royal où, aux dires des langues vipérines, il entretenait une maîtresse de couleur. Une Mulâtresse libre dont les frasques étaient raillées dans des chansons de carnaval qui assuraient que son phénoménal popotin eût pu faire tourner la tête au pape lui-même. Au fond de moi, j'aurais beaucoup aimé rencontrer cette Florence. À l'inverse des Blancs, j'étais intriguée et appréciais l'arrogance des gens de couleur libres, en particulier les femmes. Sans vergogne, elles se rendaient à l'improviste chez les planteurs qui les avaient engrossées et réclamaient de quoi élever leur enfant. J'avais assisté à cet hilarant spectacle chez les Maisonneuve. Cela se déroula à la fin d'une matinée torride au cours de laquelle Clothilde et moi avions bavardé de tout et de rien comme à notre habitude. Elle était avide de connaître les mœurs de ceux qu'elle nommait « les grandes gensses » autrement dit la noblesse. Grâce aux ouvrages que je commandais, deux ou trois fois dans l'année, « là-bas », comme les colons martiniquais désignaient la France (au contraire de leurs alter ego canadiens pour qui elle était « le Vieux-Pays »), j'en savais assez pour donner le change. Du reste, j'aurais pu lui raconter la première chose qui me passait par la tête que Clothilde m'aurait crue.

— C'est le grand monde, oui ! soliloquait-elle, songeuse et un brin envieuse.

Or donc, une Mulâtresse, la tête enturbannée d'un madras écarlate, une pipe en terre à la bouche, avait fait irruption chez les Maisonneuve pour exiger que le maître de maison prît soin des deux enfants qu'il lui avait faits. Clothilde perdit sa superbe, se précipita dans sa chambre pour en revenir avec une bourse qu'elle tendit à l'impudente créature, en grand arroi de guerre avec le coutelas qu'elle brandissait à présent.

— Telle est notre condition, Marie-Héloïse. Hélas !..., grinça l'épouse humiliée.

C'est donc au cours d'une de mes pérégrinations sans but dans la ville basse dont j'affectionnais le port et son aller-venir incessant des gabarres qui s'en allaient décharger les navires venus non plus seulement de France mais aussi des îles circumvoisines et de l'Amérique du Nord (les caisses de morue séchée en provenance de Terre-Neuve me plongeaient dans une étonnante nostalgie) que je fis la rencontre la plus inimaginable de ma vie. Entre les barriques de salaisons et les sacs de sucre qui s'empilaient sur les quais, rangés par des débardeurs nègres torse nu et à l'impressionnante membrature, j'aperçus une femme à la peau mate qui, une liasse de papiers à la main, leur notifiait ses ordres d'une voix perchée. Elle ne cessait de compter et recompter ses marchandises, les marquant avec un morceau de craie et ordonnant à deux serviteurs de les charger sur une charrette.

J'avais toujours eu la mémoire des voix.

Certes, celle de ma nourrice de Normandie s'était presque totalement estompée, mais je conservais encore celle du jeune charpentier qui m'avait conté fleurette à bord du *Saint-Louis* de même que celle de feu Pierre-Émile, cet honnête bûcheron de Trois-Rivières, qui avait voulu faire de moi une Canadienne. Celle, rauque et peu engageante, également de ce rustaud d'Émilien de Laforgue qui s'était arrogé notre plantation à Saint-Domingue et m'avait contrainte à l'épouser, surgissait dans mes cauchemars. Me revenait, en outre, de loin en loin, celle, solennelle, de la mère supérieure de l'orphelinat des Cent-Filles qui m'avait prédit un destin de Juive errante. Leurs visages à tous se résumaient à un regard ou une mimique mais le son de leurs voix continuait à me hanter.

Je connaissais cette voix que j'entendis ce jour-là sur les quais de Saint-Pierre. Mais pas la personne qui s'affairait entre les ballots de marchandises laquelle, me voyant, me fit un signe de tête hâtif avant de grimper à bord de sa charrette avec malaisance. Son cocher nègre dut l'aider tellement elle était empâtée. Elle avait les cheveux coupés ras et son visage était vilainement balafré. C'était la Négociante ! Celle qui était l'objet d'incessantes conversations parce qu'elle était la seule de son espèce. Comment elle était parvenue à s'imposer dans ce milieu d'hommes alimentait nombre de conversations entre les planteurs et j'avais appris fortuitement que M. de Blanquefort avait cessé de lui livrer son sucre et son café. La Négociante prétextait toujours que le prix des denrées coloniales ne cessait de baisser sur le marché métropolitain tandis que celui des outils qu'on y importait ne cessait d'augmenter. À la vérité, elle tenait ses clients à la gorge, certains se trouvant un beau jour si fortement endettés qu'ils se voyaient contraints de vendre leur plantation et de se réfugier à Fort-Royal. Sauf à accepter de tomber en faillite, ce qui était la pire des déchéances dans cette ville de Saint-Pierre où se hausser du col était un mode de vie.

La position qu'occupait la Négociante n'avait rien de particulièrement étonnant, les gens du bord de mer tenant depuis toujours les gens de la campagne à leur merci, mais elle avait le tort d'être une femme. Une impudente de surcroît ! Une présomptueuse, une sans-cœur, une outrecuidante et en patois, une femme-à-deux-graines, lesdites « graines » étant le terme créole pour désigner les génitoires. Pas une conversation ne se déroulait entre planteurs sans qu'on ne l'accablât de toutes sortes de qualificatifs infamants. Si le hasard ne m'avait pas fait croiser son chemin, je n'aurais guère prêté attention à sa personne car nous, les épouses de planteurs, étions soigneusement tenues à l'écart de tout ce qui avait le moindre rapport avec les activités de ces derniers. Notre rôle était celui de bonne épouse et de mère attentionnée. De femme pieuse aussi dont le seul vrai contact avec le monde était l'organisation de bonnes œuvres au profit des Petits-Blancs et de leur progéniture. J'étais ainsi devenue membre de la Compagnie de la Charité du Saint-Sacré-Cœur chargée de venir en aide à ces paysans de Vendée ou de Bretagne qui avaient signé un contrat d'engagement de trois ans auprès d'un Blanc créole et avaient dû trimer dans les champs de canne à sucre aux côtés des esclaves noirs dans l'espoir de devenir un jour des propriétaires eux aussi. D'aucuns y réussissaient, assez rares à la vérité ; d'autres sombraient dans la gueuserie au terme de leur contrat et s'agglutinaient au fort justement nommé quartier de La Galère, aux approchants de la rivière Roxelane, concubinant désormais avec des Négresses libres, chose qui était prohibée par la loi mais que cette dernière était impuissante à faire respecter tant ces Petits-Blancs étaient devenus nombreux. De ces unions unanimement réprouvées naissaient ces sang-mêlés qui mettaient mon mari en fureur.

— Un jour ou l'autre, ces créatures exigeront de leurs pères licencieux leur part d'héritage et c'en sera fini de notre belle colonie de la Martinique, vous verrez, ma chère comtesse !

J'avais lu suffisamment de livres pour savoir que mon mari tout comme ses pairs n'étaient pas dans le vrai puisque la plupart d'entre les colons ou en tout cas nombre d'entre eux étaient des cadets de famille. Autrement dit des personnes qui, au royaume de France, n'avaient droit à aucun héritage et qui n'avaient eu d'autre alternative que de s'engager dans l'armée ou d'émigrer aux Amériques. Une fois établis, oubliant leur passé, ils avaient continué à appliquer le droit d'aînesse ! Si donc un cadet blanc créole ne recevait presque rien le moment venu, comment un enfant adultérin, un Mulâtre, aurait-il pu réclamer une quelconque partie des biens de celui qui avait simplement forniqué avec sa mère dans quelque case sordide ? M. de Blanquefort avait ouvert de grands yeux quand, fatiguée par ses vitupérations, je le lui avais fait remarquer, l'un des rares soirs où, après le souper, au lieu d'aller rejoindre ses amis pour boissonner ou faire des parties de cartes, il s'était sagement mis au lit avec moi.

— Marie-Héloïse, vos livres vous montent à la tête, ma chère amie. Finissez-en, je vous prie, avec ces raisonnements qui n'auraient jamais dû occuper l'esprit d'une honnête femme !

Mais je devinai que mon raisonnement l'avait troublé...

[NÉGOCIANTE.

De quelle façon ou plutôt par quel extraordinaire, Julie, la supposée Gitane de l'orphelinat des Cent-Filles, qui fut bien la seule à n'être pas effrayée par la perspective d'être expédiée à des hommes inconnus de l'autre côté de l'Atlantique, qui une fois sur place fut choisie par un coureur des bois et non par un riche négociant comme elle se l'était imaginé, grossier personnage qui, d'abord, la repoussa lors du bal organisé par Dame Jolignac afin d'apparier engagés et orphelines, cela au motif qu'elle avait une caboche de demi-Indienne, comment s'est-elle retrouvée à la Martinique une quinzaine d'années plus tard à la tête d'un fructueux commerce ?

Julie, la Négociante honnie, vend au royaume de France sucre de canne, rhum, tabac, café, cacao, indigo.

Seule femme à exercer cette profession en la ville de Saint-Pierre, elle est détestée par ses pairs, crainte par les planteurs endettés jusqu'au cou, interdite d'église à cause de son appétit pour le commerce charnel qui la fait brocanter d'amant d'une année sur l'autre, redoutée par les Nègres libres et les Mulâtres qui, à l'entendre, n'auraient dû exercer que les professions de cordonnier, cantonnier, charpentier ou serrurier et non, pour certains, s'établir en commerçants ou cultivateurs. Julie est aussi surveillée par la Milice car le gouverneur de la Martinique la soupçonne de se livrer au commerce interlope c'est-à-dire de fricoter avec ces navires anglais ou hollandais qui, à la nuit close, débarquent des caisses de morue séchée de Terre-Neuve dans les anses isolées de la paroisse du Prêcheur.

Julie, l'ancienne orpheline, vit seule dans une demeure de moyenne conséquence au quartier du Mouillage, n'employant qu'une cuisinière et une lessivière à la journée.

Mais son royaume, certes occasionnel ou en tout cas éphémère, est le marché aux esclaves.

Par quel extraordinaire est-elle tenue au courant des dates d'arrivée des navires qui charroient depuis le golfe de Guinée des centaines d'êtres à la peau plus noire qu'un péché mortel et à la chevelure moutonneuse qui éructent dans des langages barbares ? Nul ne l'a jamais su ! Simplement, au jour dit ou plutôt soigneusement tu par les autorités, Julie est la première à arpenter les quais, une cravache en corde-mahault à la main. Quand le devant-jour s'ouvre et qu'arrivent les grands planteurs de leurs campagnes, elle n'a que faire de leur sourde irritation ni même du vif courroux de ceux qui ont besoin de nouveaux esclaves, de « bois d'ébène », préfèrent-ils dire par euphémisme. C'est que disposant d'une petite fortune, Julie leur dame le pion plus souvent que rarement. Dès que le navire négrier a été déchargé et que l'estrade du marché sur laquelle ils seront exposés à la vente est installée, elle s'y précipite avant tout le monde.

Et de les examiner sous toutes les coutures, de leur ouvrir la bouche sans ménagement, d'écarter leurs paupières pour savoir s'ils ne couvent pas quelque maladie, de palper leurs épaules et leurs jarrets. Puis, sous l'œil ahuri des commissaires-priseurs, de saisir à pleine main le sexe de grands Nègres aux joues scarifiées qui la dépassent de deux têtes et de s'esbaudir :

— C'lui là, il est pour moi, foutre! Z'avez vu le phallus de taureau qu'il a? Il va nous en faire des petits négrillons, hein? Ha-ha-ha!...

Quand la maréchaussée la force à descendre de l'estrade et que les enchères débutent, elle ne perd pas son allégresse. Julie attend que les plus fortunés d'entre les planteurs aient fait leurs offres et surenchérit. Jusqu'à ce qu'ils abandonnent la partie. Accompagnée d'un Petit-Blanc sans profession connue qui lui sert de garçon de courses et qu'elle traite comme un serf, elle s'en va, en sifflotant, à la tête de la vingtaine d'esclaves qu'elle vient d'acquérir. Hébétés, traînant laborieusement leurs pieds enchaînés sur les pavés rugueux de rues bordées de dalots dans lesquelles coule une eau fraîche descendue de la montagne, les captifs de Guinée entonnent des mélopées entrecoupées de gémissements auxquels la Négociante met rapidement fin à coups de cravache.

Dès le lendemain, des planteurs font le pied de grue devant sa maison, résignés à les lui racheter au prix fort.]

L'incube de l'orphelinat des Cent-Filles a survolé l'Atlantique. Il m'a cherchée partout. En Neuve-France. À Saint-Domingue. Voici qu'il a fini par me retrouver à Saint-Pierre de la Martinique ! Dès que je souffle les bougies de ma chambre, celle que j'en suis venue à considérer comme mienne puisque M. de Blanquefort, toujours occupé à comploter avec ses pairs, ne m'y rejoint qu'au petit matin, le dorlis, comme l'appellent les Nègres, fort de son invisibilité, y pénètre. Par où ? Je ne sais. C'est qu'il possède aussi le don de traverser portes et fenêtres fussent-elles hermétiquement fermées. Seule son odeur musquée trahit sa présence.

Les prières que sœur Élodie nous avait recommandé de réciter dans notre tête afin de le faire battre en retraite ne me viennent plus. Le talisman que Claire-Élise s'est procuré auprès d'un sorcier de sa race n'a aucun effet non plus. Je suis tout bonnement terrorisée ! Je tente de me redresser sur mon lit, de lui résister mais en vain. Son souffle nauséabond s'approche de mon cou, ses mains fébriles s'emploient à retrousser ma chemise de nuit, son sexe froid mais dur comme de la pierre me pénètre brutalement. Aucun son ne sort de ma bouche alors que je souffre le martyre. Alors l'incube se repaît de mon corps et j'ai l'impression de redevenir la petite créature apeurée de l'orphelinat des Cent-Filles.

Il ne s'éclipse qu'au moment où mon mari ouvre la porte de notre chambre. M. de Blanquefort, ne se souciant pas de mon sommeil, a coutume de s'asseoir brutalement sur notre lit pour se débarrasser de ses bottes en maugréant ou en pestant contre le gouverneur et le roi de France. Il n'ôte aucun de ses vêtements et s'affale à mes côtés, se contentant d'allonger une main pour s'assurer que je suis bien là. Ou, assez rarement, pour s'emparer de moi et me chevaucher sans précaution. Un soir, il me sent dénudée, couverte de sueur, presque haletante et sursaute. J'ai le tort de lui avouer qu'un incube me visite la nuit. Il pousse un soupir d'agacement et déclare, avant de me tourner le dos et se plonger dans le sommeil :

— Vous êtes en train de perdre la tête, comtesse !

Amitola, la métisse algonquine qui fréquentait le village de Trois-Rivières et dont le nom signifie arc-en-ciel, enjambe elle aussi l'Atlantique, puis la mer des Caraïbes, étant un peu sorcière. Elle s'insinuait dans notre villa au mitan de l'après-midi quand il fait si chaud que tout s'arrête. Humains, animaux, arbres, ruisseaux sombrent dans une torpeur contre laquelle j'avais cessé de lutter une fois habituée au climat de la Martinique. Je m'asseyais dans une berceuse, un livre à la main, sur notre véranda que rafraîchissaient par moments ces vents inconstants que sont les alizés. C'est le moment que choisissait Amitola pour faire son apparition. Elle ne marchait pas mais flottait dans les airs avec sa moue perpétuellement rieuse et s'adressait à moi dans son parler indien alors qu'elle maniait le français comme une Blanche. N'y comprenant goutte, je lui demandais la raison de sa venue mais aucun son ne sortait de sa bouche. Elle se plaçait face à moi et alors ses traits s'altéraient d'un seul coup. Amitola devenait une vieillarde ! Une vieillarde accusatrice qui pointait son index dans mon visage et hurlait :

— Tu ne t'es jamais occupée d'Aymeric ! Tu n'es qu'une mère-marâtre. Les divinités du ciel et de la terre t'infligeront le châtiment suprême.

Saisie par une angoisse, je me levais de ma berceuse et m'approchais d'elle pour lui tenir les mains tout en criant :

— Ce n'est point vrai ! J'ai aimé ce petit être à ma manière. Comme une orpheline peut aimer...

Une de nos servantes jaillisait alors des cuisines et s'approchait respectueusement mais fort alarmée :

— M'âme Marie-Héloïse va bien ? Elle a besoin de quelque chose ?

João, le Nègre sculptural de *La Licorne,* le valet taiseux du quartier-maître de ce navire qui m'avait conduit de Saint-Domingue à la Martinique, préférait, lui, se manifester à n'importe quel moment de la journée. Il n'était plus vêtu d'un simple pagne mais arborait un costume de noble portugais ainsi qu'un chapeau à larges bords décoré avec des rubans multicolores. Quand je me mettais à ma table de travail pour rédiger mon journal intime, il se plaçait derrière moi et m'observait attentivement, ce qui avait pour effet de me glacer le sang. Si l'envie me prenait d'aller au petit jardin où un Nègre âgé m'aidait à planter des fleurs, João me suivait sans que ses pas fissent le moindre bruit. Aucun de nos esclaves que je croisais ne semblait se rendre compte de sa présence ! Il se mettait alors à chantonner :

— *Você anda dormindo, senhora !* (Vous dormez, Madame !)

Prise de panique, je détalais à la grande surprise de l'esclave qui m'aidait à tailler anthuriums, oiseaux-de-paradis, hibiscus, roses de porcelaine qu'il m'arrivait de rapporter à la maison à l'étonnement de M. de Blanquefort qui n'éprouvait, tout comme ses pairs, aucune attirance ni affection pour ces fleurs si magnifiques. João me suivait alors dans ma fuite et me rattrapant, il m'entraînait dans une danse de son pays d'Angole. Le même frisson que j'avais ressenti à bord de *La Licorne* s'emparait de moi. Sur mon passage, nos esclaves, ébaubis, lançaient à mi-voix :

— M'âme Marie-Héloïse, elle a perdu la tête ou quoi ?

Ils n'employaient pas cette expression. Ils disaient « devenue toc-toc »...

QUATRIÈME CERCLE

Où seront définitivement tissés les fils d'une destinée, ô terrible!, jadis prédite par une sainte femme; évoqués une fois de plus l'inimaginable d'une rencontre et par-dessus tout le spectre de la déraisonnerie...

CHAPITRE 10

Jamais je n'aurais imaginé que Claire-Élise pût devenir mon amie, ma confidente, presque mon âme sœur.

M. de Blanquefort l'avait rachetée des mains d'un planteur de la paroisse du Morne-Rouge qui, pour éteindre ses dettes, s'était vu contraint de brader une partie de sa propriété et se défaire de certains de ses esclaves. Je n'avais pas été mise au courant de la transaction puisqu'elle ne relevait pas du domaine des femmes. Tout comme ces dernières, j'ignorais presque tout de la marche de notre plantation, l'Habitation Belvédère, et, à la vérité, m'en préoccupais assez peu. C'est qu'une sourde inquiétude m'habitait : j'étais en train de devenir une Blanche créole. Une native du pays! Insensiblement ou plutôt à mon corps défendant, j'adoptais les mœurs et coutumes de celles qui, n'ayant jamais voyagé, ne connaissant du royaume de France que les belles estampes qu'en rapportaient les riches négociants, n'ayant aucune idée de ce que recouvraient les mots « hiver » ou « neige », bénéficiaient d'une vie certes attrayante mais, à mon goût, désagréablement étriquée. Je souriais par-devers moi lorsque Clothilde de Maisonneuve s'affairait plusieurs jours avant un déplacement à Fort-Royal située à moins d'une demi-heure de bateau de notre ville de Saint-Pierre. S'inquiétant de sa coiffure, des robes qu'elle devrait porter au cas où elle devrait assister à quelque réception. Elle n'y demeurerait pourtant qu'une poignée de jours !

J'avais été à maintes reprises tentée de lui révéler mes équipées de l'hôpital des Cent-Filles à la Nouvelle-France, de cette dernière à Saint-Domingue jusqu'à ma capture par les Indiens caraïbes de l'île de la Dominique mais c'eût été ruiner d'un seul coup ce à quoi j'étais enfin parvenue : trouver un port d'attache. J'étais aux yeux des Blancs une comtesse, la comtesse du Poincy, ce qui me valait considération et respect, et si par malheur quelqu'un en venait à découvrir que je n'étais qu'une fille du Roy, une orpheline expédiée aux Amériques pour combler les désirs des colons, c'en aurait été fini de ma personne. C'est que presque tout le monde était persuadé que les ministres du roi faisaient ramasser à cet effet des catins sur les quais de La Rochelle, Nantes ou Bordeaux. Ce qui était l'envers de la vérité ! Nous étions certes des créatures sans père ni mère, des orphelines, mais élevées dans l'adoration du Christ et à qui on avait enseigné la couture, la cuisine et, à mes yeux le plus inestimable, la lecture et l'écriture, choses que maîtrisaient assez peu les colons auxquels nous étions destinées. Certes, il arrivait que quelques filles de joie fussent attrapées et qu'en guise de punition, on les embarquât sur le premier navire en partance pour la Neuve-France, la Louisiane ou les îles des Antilles, mais c'était là l'exception.

À Saint-Pierre, on imaginait l'exact contraire et il arrivait à celle dont j'étais devenue la plus proche, Clothilde, pourtant recueillie dans son enfance par l'hôpital de la Salpêtrière, de s'exclamer :

— La femme du sieur Duberton n'a aucune tenue. Regarde comment elle rit sans mettre la main devant la bouche ou se met à gigoter dès qu'un homme lui fait un compliment ! Elle devait sans doute vendre son devant au plus offrant sur le port de Bordeaux, cette garce.

À mon corps défendant, j'avais fini peu à peu par prendre mes aises dans ma fausse noblesse et à approuver ces jugements dépréciatifs à l'endroit de celles dont j'avais fait partie une vingtaine d'années plus tôt. Mais cela me rendait maussade, irritable surtout, et quand je me retrouvais seule l'après-midi, assise dans une dodine, sur ma véranda d'où l'on apercevait le sommet de la montagne de Feu, des idées folles m'agitaient l'esprit. Je quitterais la Martinique sans prévenir quiconque. Je soudoierais quelque capitaine dont le navire était sur le point de retraverser l'Atlantique. Arrivée en France, je me referais une nouvelle vie grâce à l'argent que j'avais réussi à mettre de côté en dépit de la pingrerie du sieur de Blanquefort quand il estimait que ses affaires ne marchaient pas de bon biais.

— Les fols font banquets tandis que les sages les mangent, pestait-il.

Ces exaltantes rêveries de décampement me baillaient la force et le courage de supporter mon si ennuyeux quotidien.

Mais ce n'étaient que des rêveries...

Or donc, mon mari avait laissé traîner sur son bureau l'acte de rachat de cette Négresse de haute stature et au regard fier qui se prénommait Claire-Élise. Je l'avais parcouru distraitement quand un détail me fit sursauter. Elle était née la même année que moi ! Et à deux petits mois de distance. Moi, en avril ; elle en juillet. Je lus donc ceci :

Cet acte notarié atteste la vente par Edmond de Latour de deux esclaves, sous toutes garanties de droits et de vices rédhibitoires, à savoir la Câpresse Claire-Élise, créole, 26 ans, et la Négresse, créole, Armande, 31 ans, vendues mille huit cent trois francs quarante centimes à Antoine de Blanquefort.

Claire-Élise ne ressemblait en rien à la terrible description des Nègres que j'avais lue dans l'ouvrage d'un dénommé Coppier qui avait connu un certain succès dans la colonie et même en France à ce que rapportaient des planteurs qui en revenaient :

Ils sont épouvantablement difformes. Leurs yeux étincelants comme des charbons allumés. Leurs cheveux ras et cotonnés naturellement. Leur nez camard et évasé sur des grosses lèvres, et le reste de leur visage est si effroyable qu'il est presque impossible de les regarder sans horreur et étonnement.

Cette esclave, née pourtant la même année que moi, paraissait beaucoup plus jeune en dépit des souffrances qu'elle avait certainement endurées. Du reste, l'aptitude de cette race à surmonter le malheur me surprenait.

M'ébahissait même. Je resongeais parfois au premier d'entre eux qu'il m'avait été donné de voir : João, ce natif du pays d'Angole conquis par les Portugais, qui servait de valet au timonier de *La Licorne* et qu'il arrivait à ce dernier de dérisionner le qualifiant de « mon blond d'Égypte ». Certes, à la chute du jour, il devenait la proie d'une troublante mélancolie et se mettait à battre du tambour en sourdine, murmurant une mélopée dans son dialecte, mais le reste du temps, il demeurait impavide. Il est vrai qu'à Saint-Domingue, Euphrosine, ma chambrière de l'Habitation Savane-Roche, celle qui m'avait enseigné comment dégrapper les bébés dans mon ventre et m'avait aidée à ne pas enfanter pour le sieur de Laforgue, affichait la même équanimité et seul un rictus furtif prouvait que son existence, quoique bien meilleure que celle de ses sœurs qui amarraient les paquets de canne à sucre en plein champ, la récolte venue, sous un soleil implacable, n'était pas celle dont elle avait rêvé. Car, ces êtres, dont l'épiderme et les cheveux étaient si différents des nôtres, n'étaient pas les créatures stupides, quasi animales, que décrivaient nos hommes. Ces derniers n'avaient qu'une excuse, une seule, pour ne pas s'en apercevoir : ils ne les regardaient pas vraiment. C'était, à leurs yeux, des numéros-matricules, à qui ils baillaient des ordres qui ne souffraient d'être discutés et s'agissant des femelles, comme ils disaient entre eux, elles ne servaient qu'à assouvir leur irassasiable appétit vénérien.

À ma stupéfaction, les jours passant, les semaines, puis les mois et désormais les années, je m'étais rendu compte que presque toutes les Blanches créoles avaient ce qu'en patois on nomme joliment une « amie-ma-cocotte » de couleur. Soit une femme de chambre, soit une cuisinière, et plus rarement une lessivière. Cela à l'insu de leurs époux ! Cette insolite connivence avait pour effet d'atténuer la différence de position entre les deux races, sans même que celle qui s'affirmait supérieure en prît conscience. Plus souvent que rarement, c'était de la bouche de ces confidentes que les Blanches apprenaient les frasques de leurs hommes ou même le fin mot d'événements qui secouaient la colonie. Claire-Élise m'avait ainsi confirmé les ragots qui circulaient sur le dos de M. de Blanquefort : si ce dernier, à l'inverse de ses compères, ne sombrait pas dans la débauche avec ses esclaves, il entretenait bel et bien une maîtresse de couleur à Fort-Royal.

— Mais c'est une octavonne ! s'était empressée de préciser Claire-Élise qui appréciait bien mon mari lequel, en comparaison de son ancien propriétaire du Morne-Rouge, était sans doute moins tyrannique avec ses Nègres. Elle est presque blanche, M'âme Marie-Héloïse, donc ça ne fait rien...

Je n'avais pu m'empêcher de m'esclaffer. Déjà, à Saint-Domingue, j'avais eu du mal à m'habituer aux différenciations de couleur entre les sangs-mêlés que je désignais toujours par ce terme, ce qui me valait d'incessantes rectifications de la part des natifs de la Martinique de quelque extraction qu'ils fussent. Non, Jérôme est un Mulâtre ! Non, Mireille est une quarteronne ! Ou une Chabine. Ou une Câpresse. Mon cher mari mènerait par conséquent la belle vie avec une octavonne chaque fois qu'il se rendait à Fort-Royal et cela n'était pas si condamnable puisque sa dulcinée n'avait qu'un huitième de sang africain. Sauf que cette proximité avec nous autres, Européens, avait provoqué un tonnerre-de-Dieu à Saint-Pierre quelques mois après mon arrivée dans la ville. D'aucuns arguaient que les enfants qui naîtraient de sa liaison avec mon mari seraient forcément indiscernables des Blancs de pure race. M. de Blanquefort laissa passer l'orage, se réfugiant dans sa hautaineté naturelle, et progressivement d'autres scandales similaires en vinrent à occuper les esprits.

Un soir, celui qui était devenu mon mari sans que j'eusse véritablement mon mot à dire, toute comtesse que j'étais censée être, était rentré très agité. Il semblait partagé entre la souffrance et le courroux, une désolante nouvelle s'étant abattue sur le quartier du Fort où résidaient les Blancs les plus fortunés.

— Mon vieil ami François-Marie s'est pendu ! avait balbutié M. de Blanquefort en s'asseyant lourdement sur le canapé du salon et se saisissant d'une bouteille de rhum qui trônait sur une table basse pour s'en envoyer une belle ventrée.

Or, il n'était pas d'un tempérament boissonnier. À entendre Clothilde de Maisonneuve, la comtesse du Poincy que j'étais avait trouvé le conjoint le plus parfait du monde. Quand il nous arrivait de nous rencontrer entre femmes de planteurs, à l'abri du regard masculin, celles-ci débagoulaient tout un lot de reproches à l'égard de ceux qui, il est vrai, leur avaient été imposés. Certes, pas d'aussi cavalière façon qu'aux filles du Roy mais sans qu'elles aient eu le loisir de faire leur choix ni de tomber en amour pour eux. Je découvrais qu'à celle-ci, on avait imposé un cousin germain. À telle autre, un homme deux fois plus âgé qu'elle. Ou encore quelqu'un qui s'était déjà démarié deux fois et avait la réputation d'être un butor, voire même un débauché.

— Nous avions grandi ensemble, me confia M. de Blanquefort quand il reprit ses esprits. À l'église, il nous arrivait de vider par jeu le tronc quand le bedeau avait la tête ailleurs et nous aimions aller nous baigner à l'en-haut de la Roxelane. Il y a des bassins magnifiques en cet endroit... Des goyaviers chargés de fruits aussi...

Son ami d'enfance avait dû se résoudre à mettre fin à ses jours lorsque son deuxième enfant était né. Le teint sombre du nourrisson avait stupéfié tout le monde. Ses petites lèvres charnues avaient nourri des soupçons. Or, son aîné était d'une blancheur d'hermine ! Au bout de quelques semaines, quand ses cheveux poussèrent et se montrèrent rétifs au peigne, sa grand-mère maternelle s'était affolée. Elle décida que la famille ne présenterait plus l'enfant à quiconque et qu'il ne serait pas allaité, comme c'était l'usage, par une femme de couleur. Comme rien ne demeurait très longtemps caché, les esclaves domestiques se chargeant de colporter tout ce qui se tramait chez les Blancs, chose que facilitait les billets autorisant la valetaille à se déplacer en vue d'effectuer quelque commission, l'opprobre ne tarda pas à s'abattre sur les Reynier. Leur bébé serait né avec un bec-de-lièvre. Ou bien difforme, ce qui pouvait résulter de son mariage avec une proche parente. Ou encore « collé-femelle », expression que Claire-Élise dut me traduire : hermaphrodite. Toutes ces suppositions étaient bien parvenues à mes oreilles mais engoncée dans l'ennui et l'oisiveté de ma condition comme la plupart des Blanches, je n'avais pas cherché à en savoir davantage. Du reste, ce François-Marie de Reynier m'ignorait les rares fois où il nous visitait. À la vérité, il m'inspirait de la déquiétude car à son sourire narquois, j'avais deviné qu'il nourrissait des doutes sur ma personne. Il ne me donnait pas du « Comtesse » ni ne s'empressait de me faire des baisemains comme c'était l'habitude de la gent masculine.

— Ce bougre-là a des façons de faubourien, l'en avait excusé mon mari quand il s'en était aperçu, mais lui au moins, il est honnête.

La villa des Reynier devint une forteresse. L'allée de cocotiers, arbre nouveau dans la colonie dont les riches planteurs s'étaient entichés, qui y conduisait fut fermée à l'aide d'une solide barrière gardée par un Nègre-bossale, ne parlant guère le patois créole car il était né en Afrique, et deux molosses hargneux. On rapporta que cette réclusion déplaisait fort au gouverneur de la Martinique parce que l'ami d'enfance de mon mari était capitaine de la Milice et qu'on pouvait avoir besoin de recourir à lui à n'importe quel moment de la journée ou de la nuit. Soit pour mater quelque révolte d'esclaves ou faire la chasse à des Nègres-marrons, soit pour repousser quelque attaque des Indiens-Kalinagos qui harcelaient notre île depuis leur refuge de l'île septentrionale de la Dominique, soit pour procéder à l'arrestation de boucaniers qui débarquaient dans quelque anse isolée pour se livrer à du troc avec les habitants. Soit, plus ordinairement, parce qu'une parade militaire était organisée dans la rue principale de Saint-Pierre. L'unique fois où je l'avais ainsi aperçu, au quartier du Mouillage, dans son prestancieux uniforme, j'avais trouvé M. de Reynier encore plus séduisant que ce capitaine en second du *Dauphin-Royal* qui avait, fugacement, fait chamader mon cœur.

Une éternité s'écoula avant que la « vérité vraie », aux dires de Claire-Élise, ma femme de chambre et confidente, ne fût découverte. Le bébé des Reynier, dont nul ne connaissait le prénom, n'était pas blanc. Pas tout à fait blanc. À mesure qu'il grandissait, sa peau devenait de plus en plus mate et les ailes de son nez s'étaient élargies. Ce scandale éclata au grand jour lorsqu'ils durent faire appel à un chirurgien, une épidémie de coqueluche s'étant répandue dans les paroisses de Saint-Pierre et du Carbet, causant la mort d'enfants esclaves d'abord, puis de quelques enfants blancs. L'homme de science exerçait à l'hôpital militaire Saint-Jean-Baptiste où mon mari avait dû dépenser cinq livres de tabac pour faire soigner l'un de ses commandeurs d'habitation, somme contre laquelle il avait pesté, la jugeant trop élevée s'agissant d'un homme de couleur.

— Les lunules de ce bébé sont trop grandes et surtout incroyablement foncées ! se serait exclamé le chirurgien lors de sa consultation.

Ce mot savant, « lunule », désignait, m'expliqua M. de Laforgue, que l'information au sujet du bébé de son ami d'enfance avait dévasté, cette petite tache circulaire et blanchâtre qui se trouve à la base des ongles. Si elle est commune à toutes les races, chez la blanche, elle s'efface peu à peu, se réduisant à une légère zébrure, jusqu'à disparaître complètement au fil des mois alors qu'elle persiste chez la noire et chez toute personne qui possède ne serait-ce qu'une seule goutte de sang africain. Ce qu'autrefois, à l'Habitation Grand-Bassin, en l'île de Saint-Domingue, celui qui m'avait forcé à l'épouser, le sieur de Laforgue, nommait avec dégoût, la macule servile. Ce qui n'avait pas retenu mon attention à l'époque me semblait maintenant si singulier que j'avais questionné Claire-Élise, laquelle avait confirmé les dires de mon mari avant, coquinasse dans l'âme, de susurrer :

— Mais, M'âme Marie-Héloïse, il y a encore un moyen plus certain de démasquer les gens qui cherchent à se faire passer pour des Blancs... Ha-ha-ha!... Ne me dis pas que tu ne sais pas lequel, M'âme!

Et de m'exposer ledit moyen en pouffant de rire : si jamais le pénis d'un homme était nettement plus foncé que son épiderme, il ne faisait aucun doute qu'il était un homme de couleur, eût-il les yeux bleus et les cheveux blonds. C'est de cette façon, ajouta-t-elle, que le secret d'un gargotier du quartier du Centre avait été découvert. Il était affligé d'une difficulté d'urine et se voyait contraint de s'isoler fréquemment, ce qui causa sa perte. Un après-midi, il s'était rendu dans la ruelle peu passante qui longeait l'arrière de son commerce afin de se soulager dans un dalot comme il le faisait coutumièrement lorsqu'un de ces gamins abandonnés qui pullulaient dans la ville, enfants de Négresses libres mortes pour la plupart et dont le gouvernorat ne savait que faire, le prit sur le fait :

— *Missié ni an bâton-caco ant dé jambes-li! Ouaille, mézanmi!* (Ce bougre a un bâton de cacao entre les jambes! Hou-la-la, mes amis!)

Cette révélation fit le tour de la ville en un battement d'yeux et du jour au lendemain, les Blancs désertèrent sa case-à-rhum, ce qui causa sa ruine en moins d'un trimestre. Le gargotier, après avoir vainement tenté d'ouvrir un autre établissement, plus modeste en apparence (en réalité, il faisait désormais métier et marchandise de garces), non loin du quartier La Galère, se vit contraint, pour ne pas finir en batteur de pavé, de quitter la Martinique pour gagner l'île de Sainte-Lucie, endroit pourtant dangereux parce que Français et Anglais se la disputaient férocement.

Je n'ignorais pas qu'à Saint-Pierre tout comme au Prêcheur, au Morne-Rouge, au Carbet et beaucoup plus loin, plus au sud, à Fort-Royal, des descendants d'amours coupables entre maîtres blancs et femmes esclaves s'étaient mélangés à des Blancs au point de donner naissance à des personnes qui pouvaient passer pour blanches. Davantage que les Mulâtres, ils étaient l'objet des vitupérations régulières de mon mari qui y voyait rien de moins que « la fin de la colonie », chose qui l'obsédait. Si bien que quand l'affreuse nouvelle au sujet des lunules persistantes du bébé de son ami d'enfance s'était répandue, il avait aussitôt accusé l'épouse de ce dernier :

— J'avais mis François-Marie en garde contre cette Eugénie. Et pas qu'une seule fois! Il n'y a qu'à entendre ses rires pour se rendre compte qu'elle est une dévergondée. C'est à savoir si elle n'était pas quelque fille du Roy! Mais l'entêté n'avait rien voulu entendre. Eugénie est la plus belle jeune fille de la Martinique qu'il me rétorquait!... Certes, cela était vrai jusqu'à ce que toi, ma chère comtesse, tu débarques miraculeusement chez nous.

Pour M. de Laforgue comme pour tous les Pierrotins, Eugénie de Reynier avait fauté. Avec un Nègre ou plus vraisemblablement avec un Mulâtre.

[CAHIER DE MARIE-HÉLOÏSE.

Leurs hurlements de douleur te tétanisaient au point que tu demeurais l'entier du jour dans ta chambre dont tu fermais les persiennes en dépit de l'insupportable chaleur qui y régnait au commencement de l'après-midi.

Un silence inhabituel s'installait aux alentours de la Grand'Case, cette somptueuse villa entourée de bougainvillées et de coquelicots où les Blanquefort s'étaient établis depuis trois générations déjà. Tes domestiques cessaient de cancaner aux cuisines ou d'échanger ces plaisanteries de mauvais goût que tu comprenais désormais, t'étant accoutumée au patois créole de la Martinique, pas si différent de celui de Saint-Domingue. Même Claire-Élise, pourtant d'un tempérament égal et généralement guillerette, semblait se déplacer sur la pointe des pieds.

Et puis, ce silence était brisé par un cri guttural. Aussitôt suivi de gémissements de bête blessée.

Cela pouvait être quelque flagellation d'un esclave qui s'était enfui et qui, crevant de malefaim dans la forêt, s'en était revenu nuitamment à la plantation en quête d'un peu de nourriture auprès des siens jusqu'à ce qu'il se voie dénoncé par l'un de ces derniers. « Le Nègre déteste le Nègre depuis l'époque de la Guinée » était un proverbe fort répandu. Le marron était alors ligoté à un poteau où on lui lacérait le dos à coups de fouet avant de le marquer à l'épaule d'une fleur de lys. Marque indélébile de son insoumission. Mon époux et son commandeur de plantation favori veillaient en personne à la bonne exécution de la punition.

C'était d'autres fois la cérémonie du marquage des nouveaux esclaves. Il fallait en acheter d'une année sur l'autre, chose qui exaspérait M. de Blanquefort, pour la raison qu'il en dépérissait, voire mourait un trop grand nombre avant la trentième année de leur âge. Du moins cet âge qu'on leur supposait quand ils arrivaient d'Afrique, celui des Nègres créoles figurant, lui, comme pour les Blancs, sur les registres paroissiaux. Ton mari s'en allait les acheter sur le port et les ramenait enchaînés, hagards, rugissant dans leurs dialectes primitifs, crachant par terre, se débattant et parfois s'effondrant sous le coup de quelque mal-caduc. Du moins ceux que la redoutable Négociante avait dédaignés sans raison apparente.

Tu avais cessé d'observer, de la fenêtre du salon donnant sur votre cour de terre battue, ce spectacle, le marquage au fer rouge, qui te semblait immonde.

Mais tu ne pouvais échapper à leurs cris lorsque le forgeron leur appliquait une lamelle en fer chauffée à blanc. Dès lors, leurs épaules étaient décorées pour le restant de leur vie des initiales « A.B. » pour « Antoine de Blanquefort ». Ton mari justifiait cette pratique par le fait que lorsqu'il arrivait à la Milice de capturer des Nègres fugitifs, ces derniers étaient facilement ramenés à leur propriétaire. Autrement, n'importe qui, le premier venu, les planteurs ne se faisant pas de cadeaux entre eux, prétendrait l'être.

Au début, tu avais plaqué le plat de tes mains sur tes oreilles mais cela n'empêchait les hurlades des esclaves en train d'être marqués au fer rouge de te parvenir. Certes étouffés, feutrés même, mais lancinants.

Alors, tu laissais monter en toi la voix angélique de ta nourrice de

Normandie. Le filet de voix qui avait survécu par miracle aux invraisemblables péripéties que tu avais traversées.]

Or, il s'avéra qu'Eugénie de Reynier n'avait permis à personne d'autre que son mari d'accéder à son intimité.

Tous les doutes à son endroit s'étaient dissipés.

Sa mère, mégère qui régnait en maîtresse des lieux et à qui son beau-fils obéissait au doigt et à l'œil, ses parents à lui n'étant plus de ce monde, avait remué ciel et terre pour connaître la vérité. N'éprouvant aucune crainte des esclaves, qu'ils fussent travailleurs des champs ou domestiques, rabaissant le caquet des Mulâtres et des Nègres affranchis chaque fois que cela s'avérait nécessaire, maniant le patois avec dextérité, bien mieux que le français en tout cas, ricanaient les mauvaises langues derrière son dos, elle avait soumis tout le monde à la question. Celle qui était surnommée « Madame Cravache » n'avait oublié personne.

Non, non et non ! Sa fille n'avait point entretenu de relation coupable avec aucun Africain ou descendant d'Africain ni non plus sang-mêlé. Du reste, quoique fort belle et admirée, l'épouse de François-Marie de Reynier sortait peu de sa confortable demeure. Sauf pour la messe du dimanche matin où elle était accompagnée de sa mère et parfois de son mari. Ou quand ce dernier était convié à quelque réception par le gouverneur. Il fallait donc chercher ailleurs la raison des lunules persistantes de leur bébé. Lorsque celle-ci s'imposa à Madame Cravache, elle perdit d'un seul coup sa superbe. Cessa de vociférer à tout bout champ après les domestiques. Ses cheveux de sexagénaire se mirent subitement à blanchir. Du jour au lendemain.

— Elle a attrapé un coup de neige ! murmurait-on, expression créole qui m'amusa fort car aucun de celles ou ceux qui l'utilisaient n'avait jamais vu l'hiver.

J'étais tenue au courant de toute cette affaire par l'une de mes cuisinières, considérée par ses congénères comme une véritable marchande de ragots. « Sa bouche n'a pas de dimanche, foutre ! » maugréaient ses victimes. D'aucuns prétendaient qu'elle avait longtemps concubiné avec un Petit-Blanc qui avait échoué à se constituer une plantation et qui, dégoûté, était reparti en France après l'avoir revendue à un riche veuf lequel, tout naturellement, en avait fait sa servante et sa concubine. Par la suite, elle avait été transbordée chez les Blanquefort nul ne savait comment, ses talents de cuisinière lui ayant probablement évité la condition, peu enviable, d'amarreuse de tronçons de canne à sucre, en pleins champs, sous le soleil sans pitié des Antilles.

Les autres épouses de planteurs parlementaient beaucoup aussi à propos de ce qui était tenu pour un scandale. L'oisiveté étant notre condition ou plutôt celle qui nous était imposée, nous organisions des causers l'après-midi, chez l'une ou l'autre, afin de chasser l'ennui. À la vérité, il me semblait être bien la seule à éprouver pareil sentiment, sans doute parce qu'au contraire des Blanches créoles, j'avais vu du pays. Des pays, plus exactement, et dans l'impossibilité de m'en ouvrir à qui que ce soit, même à celle dont j'étais devenue proche, Clothilde de Maisonneuve, j'éprouvais une certaine malaisance que je ne parvenais pas à surmonter. Certaines s'en rendaient parfois compte.

— Aaah, pourquoi notre bellissime comtesse est-elle si chimérique cet après-midi ? Elle regrette son cher Poitou. C'est cela, n'est-ce pas ?

Dans le langage martiniquais, ce mot « chimérique », qui m'avait paru pompeux, signifiait banalement « triste ».

Or donc, même si les déboires de la famille Reynier et leur bébé dont les lunules dénonçaient la présence chez lui de la macule servile étaient devenus l'objet de toutes les conversations, je considérais ce drame de loin. Moi-même, j'avais perdu le mien, Aymeric, dont mon homme, Pierre-Émile, avait rêvé de faire « un vrai Canadien », et si la douleur avait fini par s'estomper, les remords continuaient de me ronger. L'avais-je suffisamment affectionné ? Protégé ? Assurément pas. J'avais été une mauvaise mère. Cette idée s'imposait à moi jour après jour et j'avais redouté de tomber à nouveau enceinte. Si j'avais, à Saint-Domingue, accepté d'ingurgiter la décoction de fleurs de corossolier que m'avait préparée Euphrosine afin de dégrapper les œufs dans mon ventre et de m'éviter d'enfanter pour ce bourreau qu'était le propriétaire de l'Habitation Grand-Bassin, ici, en Martinique, je me retrouvais prise au piège. M. de Blanquefort avait épousé une comtesse, lui le célibataire endurci, afin de lui assurer une descendance. Au moins un garçon en tout cas qui prendrait les rênes de sa plantation le moment venu.

Aucune échappatoire n'était envisageable ! Je mis alors au monde le petit Germain, déçue qu'il ne fût pas une fille.

Mon troisième mari me croyait heureuse. Il n'avait pas

la moindre idée des tourments qui rendaient mon sommeil devenu encore plus fragile au fil des ans. En fait, il ne savait pas du tout qui j'étais vraiment. À ses yeux, j'étais devenue une Blanche créole comme les autres et il ne s'étonnait plus guère quand il m'arrivait de m'adresser en patois à notre valetaille. C'est qu'il évoluait dans son monde d'hommes, de colons uniquement préoccupés d'agrandir leurs richesses, cela en contournant parfois les édits royaux interdisant tout commerce avec les autres nations, en particulier les Anglais et les Hollandais, qui, à diverses reprises, avaient tenté de s'emparer de la Martinique. Antoine avait ainsi exulté lors de l'une de ces révoltes à répétition qui avait vu d'intrépides colons embarquer de force le gouverneur et l'intendant nouvellement nommés, cela deux jours seulement après leur arrivée, pour les renvoyer derechef au royaume de France. Cette audace, ce coup de force en réalité, avait durablement secoué l'île et une sourde défiance s'était instaurée entre celle-ci et ce pays lointain, de l'autre côté de l'Atlantique, que l'on ne désignait qu'avec le terme vague de « là-bas ». Ce Vieux-Pays où j'avais vu le jour mais dont je ne connaissais quasiment rien ayant été une enfant jetée et recueillie dans un orphelinat qui, à bien regarder, n'était qu'une manière de prison. C'est dire à quel point l'émoi dans lequel avait sombré Antoine quand il apprit la pendaison de son ami d'enfance m'avait surprise, moi qui ne le pensais pas capable d'éprouver des sentiments. Il ne m'avait jamais dit qu'il m'aimait, chose dont j'avais fini par m'ouvrir à Claire-Élise, ma chambrière et confidente, ce qui avait provoqué chez elle une dévalaison de rires.

— Mais personne ne fait ça ici, M'âme Marie-Héloïse, à part ces couillons d'Européens qui viennent de débarquer. M. Antoine est content de toi. C'est comme ça qu'on dit en Martinique ! Et remercie Notre-Seigneur qu'il ne te dérespecte pas au vu et au su de tout le monde comme c'est la grande habitude de ses compères. Au moins sa maîtresse, son octavonne, elle vit à Fort-Royal, loin d'ici par conséquent.

— Ce n'était pas sa femme la responsable ! soliloqua mon mari le jour où il apprit la pendaison de son meilleur ami, s'avachissant sur le canapé de notre salon, une bouteille de rhum, qu'il ingurgitait à grandes lampées, à la main. Si ça avait été elle la coupable, François-Marie se serait démarié en cinq-sept et on l'aurait envoyée... en Guadeloupe. Elle et son satané bébé au sang mêlé...

Les Blancs créoles de la Martinique tenaient leurs cousins de cette île en fort petite estime. Je n'en connaissais pas la raison et du reste, cette inimitié m'indifférait. Les « Messieurs de la Martinique » expédiaient aux « bonnes gens de la Guadeloupe » leurs réprouvés : tel commerçant ruiné à cause de sa passion pour les jeux d'argent ; tel autre qui fréquentait un peu trop les gens de couleur libres ou pire, qui avait eu l'audace d'épouser quelque Mulâtresse, baillant donc son nom à leurs rejetons. Cette dernière infraction soulevait le cœur de mon mari parce que cela permettait à cette engeance d'arborer des patronymes de familles blanches. Les Moncourt de Cassagnac, Dupin de Joubert, Augier de Sainte-Cécile et autres Mauville donc faisaient désormais florès, chose qui leur permettait de morguer ces Petits-Blancs, de plus en plus nombreux, à qui l'état civil refusait désormais d'accorder une particule nobiliaire comme aux tout premiers temps de la colonie au siècle passé. Or, voici que M. de Blanquefort se rendait compte que son cher compagnon d'enfance, celui qu'il aimait à présenter comme son meilleur compère, avait fait partie de cette catégorie frauduleuse de sang-mêlés !

— À force de forniquer avec cette race, nous avons creusé notre tombe, ressassa-t-il ce jour-là, le jour sombre à ses yeux au cours duquel la nouvelle de l'impureté raciale de son ami d'enfance fut révélée.

Il avala l'entier de la bouteille de rhum et s'endormit sur le canapé du salon jusqu'au lendemain.

CHAPITRE 11

Des fumerolles s'élevèrent de cette montagne si majestueuse qui surplombait la ville de Saint-Pierre, la nimbant d'un voile que les vents faisaient tournevirer. On crut d'abord qu'il s'agissait de quelque feu allumé par ces insensés de Petits-Blancs qui, las de s'esquinter au profit de riches planteurs de canne à sucre et ne disposant pas des deniers qui leur auraient permis de regagner la France, s'étaient installés sur sa façade inaccessible, du côté de la paroisse du Prêcheur. Ils s'y étaient comme ensauvagés, végétant d'ignames sauvages et de la chasse aux cochons-marrons dont il leur arrivait de proposer la viande au marché de La Galère, fief de la gueusaille, non point pour de l'argent mais contre de la poudre à fusil, des vêtements ou des bottes. Dès que la maréchaussée pointait le nez, ils s'escampaient sous les huées des Nègres, certains trouvant quelquefois refuge dans la hutte de quelque Négresse libre qui leur servait de concubine épisodique.

— Ces femelles lubriques rêvent d'éclaircir leur race, grinchonnait M. de Blanquefort, si bien qu'elles mettent au monde des sang-mêlés qui sont bien pires que tous ces Africains. Ce sont des vaniteux ! Des poseurs, voilà !

Mon mari aurait souhaité que les enfants mulâtres fussent définitivement réduits en esclavage tout comme leurs génitrices mais une fois devenus majeurs, la plupart bénéficiaient d'une sorte de mansuétude paternelle qui en faisait des hommes ou des femmes de couleur libres soit que leur père blanc se résolût à les affranchir ou qu'élevés à la ville, loin des plantations, ils s'arrogeaient une liberté qu'il était malaisé de remettre en cause. Ces Mulâtres apprenaient vite un métier sachant que la colonie n'avait pas seulement besoin de filles du Roy, mais aussi, en ce siècle nouveau dix-huitième du nom, de charrons, de couteliers, de menuisiers, de tailleurs de pierre ou de serruriers. On en faisait, certes, venir de France mais une fois habitués au pays, ces manants et autres claquedents faisaient montre d'une arrogance encore plus insupportable que les artisans mulâtres ou les Nègres à talents. Beaucoup exigeaient des sommes déraisonnables pour le simple remplacement d'une fenêtre quand ils n'achevaient tout simplement pas la tâche qui leur avait été confiée tout en réclamant avec grossièreté d'être payés. Lorsqu'il arrivait qu'ils sombrent dans le dénantissement total, on en voyait qui se mettaient au service de gens de couleur libres ayant acquis quelque fortune tel ce Molinard qui, toute honte bue, servait de cocher à un marchand de toileries et quincaille installé au quartier du Mouillage. Aucune loi ne l'interdisait et M. de Blanquefort, chaque fois qu'il assistait à ce navrant spectacle, cuvait une enrageaison sans borne. À l'entendre, la race blanche creusait sa tombe en forniquant avec ses esclaves, travers que lui s'était toujours interdit. Quand j'y réfléchissais, je me devais de reconnaître que c'était là une qualité. Sa seule vraie qualité ! Car, à ce jour, je n'avais toujours pas eu confirmation de sa liaison avec sa cocotte de Fort-Royal, cette bien mystérieuse Florence que raillaient les chansons et biguines carnavalesques.

Aux dires donc des Créoles, blancs comme noirs, il arrivait de temps à autre que la montagne se mît à fumer mais cet étrange phénomène ne durait guère plus d'une semaine. On osait alors employer le mot qui en effrayait beaucoup : volcan. Il ravivait dans les esprits cette malédiction que les premiers habitants de la Martinique avaient prononcée lorsque les derniers d'entre eux furent chassés de l'île : « La montagne de feu nous vengera ! » C'était la première chose dont m'avait entretenue Clothilde de Maisonneuve quand, au sortir de ma captivité chez les Kalinagos de la Dominique, elle m'avait reçue chez elle. Elle s'en était gaussée en bonne native du pays qu'elle était, y voyant l'une de ces innumérables superstitions qui hantaient l'existence de ses habitants de quelque complexion qu'ils fussent. C'est qu'on n'y croyait pas seulement à Satan mais aussi aux zombies, aux chevaux-à-trois-pattes, aux cercueils volants, aux antéchrists, aux incubes qu'en patois on appelait « dorlis » ainsi qu'à une troublante créature appelée la Diablesse dont la beauté ensorcelait les Nègres qu'elle conduisait à l'en-haut de quelque morne à pic d'où elle les projetait dans le vide, se métamorphosant alors en une hideuse créature.

Claire-Élise dormait avec un lumignon toute la nuit dans la maisonnette qui lui avait été aménagée à quelques pas de notre Grand'Case. Elle assurait être pourchassée par un incube aux yeux bleus, ce qui me faisait songer à celui, totalement invisible, qui sévissait à l'orphelinat des Cent-Filles. Vivant dans un perpétuel qui-vive, tout lui paraissait un signe maléfique : la girouette qui décorait le toit de notre maison et qui s'était arrêtée de tourner alors même que le vent rafalait ; une poule au plumage entièrement noir retrouvée égorgée à l'entrée du chemin qui conduisait à notre cour ; des chuchotis, accompagnés de rires sardoniques, quand elle devait se rendre à la source au mitan de la journée ; le crépitement d'une chaîne traînée par une maman-cochon, accompagnée d'une ribambelle de petits, qui gambadait autour de notre villa aux approchants de minuit.

Je ne m'étonnai point qu'elle vît dans ces fumerolles qui tigeaient du volcan plus que de raison (presque deux semaines s'étaient écoulées) l'annonce d'un grand désastre.

— Il faut implorer pardon et prier Jésus, M'âme Marie-Héloïse ! ne cessait-elle de me répéter chaque fois qu'elle venait ranger ma chambre. Le Coffre-la-Mort est en train de nous avertir. Il... il va nous punir, oui !

Je ne savais pas de quoi elle voulait parler et, à force, m'en ouvris à M. de Blanquefort qui haussa les épaules.

— Ce que les Nègres appellent le Coffre-la-Mort, pour nous, c'est le tombeau des Caraïbes. Qui vous en a parlé, chère comtesse ?... Vous feriez mieux de prêter une oreille moins attentive à vos domestiques. L'esprit du Nègre n'est qu'embrouillamini !

Il s'agissait, appris-je d'une de mes servantes, d'un imposant rocher situé aux approchants de la paroisse de Saint-Pierre, en un lieu isolé, où les ultimes guerriers caraïbes, après presque cent ans de luttes, se seraient jetés dans le vide au lieu de se rendre aux Français. Depuis lors, on y entendrait, à n'importe quel moment du jour ou de la nuit, des hurlements, des supplications, des invocations, des soupirs, et il était vivement recommandé aux chrétiens de ne pas s'approcher de cet étrange cimetière.

Final de compte, les fumerolles du volcan s'estompèrent à l'orée de l'hivernage. La vie reprit son cours, plus monotone que jamais. L'épisode scabreux du bébé porteur de lunules et de son géniteur, M. de Reynier, l'ami d'enfance de mon mari qui n'avait eu d'autre échappatoire que de se pendre, fut oublié. Cependant, la détestation envers le pouvoir métropolitain persista, s'amplifia même. La distance entre les Blancs créoles et les Blancs de France s'agrandit, chose qui se remarquait à l'impolitesse dont les premiers faisaient preuve à l'endroit des seconds : mêmes les planteurs les plus fortunés et fiers de leur personne, faraudant à la moindre occasion, prenaient un malin plaisir à utiliser le jargon insulaire lors des réceptions au gouvernorat. Tant de goujaterie ne manquait jamais de me heurter jusqu'à ce que je finisse par m'en accommoder.

J'avais une tout autre préoccupation : la certitude que désormais la Négociante me fuyait.

Après notre première rencontre fortuite sur le port de Saint-Pierre le jour où un navire arrivait de France, nous en vînmes à nous croiser plusieurs fois, certes d'assez loin, mais la femme au verbe haut et au visage couvert de cicatrices détournait très vite le regard ou faisait mine de ne m'avoir pas vue.

Un beau jour du mois de mai, que je notai précieusement dans mon carnet par la suite, vint bouleverser la vie des habitants de Saint-Pierre, qu'à mon arrivée j'avais cru pouvoir dénommer, à la canadienne, les Saint-Pierrais et qui me corrigèrent vertement :

— Nous sommes des Pierrotins, oui !

Des distillateurs de rhum, des fabricants de sucre de canne, des planteurs et même des négociants, pourtant détestés des premiers, s'étaient mis à tenir conseil chez les uns et les autres. La demeure de M. de Blanquefort devint leur lieu de rassemblement favori sans que mon époux se fût le moins du monde soucié de m'en aviser. Il m'ordonnait à ces moments-là de gagner notre chambre car leurs conciliabules ne concernaient pas les femmes et toute comtesse que j'étais, il m'était impossible de désobéir. Mais un soir, de forts éclats de voix me parvinrent qui m'estomaquèrent :

— Ce roi n'en a que faire de notre chère Martinique ! Il nous interdit de vendre notre rhum en France mais Saint-Domingue, elle, le peut. Il n'en a que pour elle !

Mon mari, qui visiblement avait le poil de rebours, s'était alors mis à véhémenter :

— À quoi cela sert-il que nous nous rebellions contre ses gouverneurs et intendants qu'ils cherchent sans cesse à nous imposer ? Eh bien, mes chers amis, nous continuerons à commercer avec les Anglais sinon ce sera la ruine de la colonie. Tonnerre de Brest !

Mais, la plupart du temps, ce monde-là chuchotait, sachant à quel point les oreilles des domestiques nègres sont indiscrètes. En gagnant leur chambre, tard dans la nuit, mon mari ne pouvait s'empêcher de maugréer tout en se lavant le visage dans la bassine d'eau, posée sur un tabouret, qui servait à nos ablutions matinales. J'avais cessé d'être choquée depuis ma débarquée en Neuve-France par le peu de soin que les colons mettaient à faire leur toilette, hormis quand ils devaient participer à quelque réception. Mon Pierre-Émile, là-bas, à Trois-Rivières, avait au moins une excuse : il fallait chauffer l'eau pendant les six ou sept mois d'hiver, ce qui n'était pas chose aisée. Mais mon deuxième mari, le sieur de Laforgue, et celui qui l'était à présent, M. de Blanquefort, n'en avaient aucune alors que ce dernier était membre du Conseil souverain, la plus haute instance de la colonie. Même aux approchants de minuit, l'eau des Tropiques ne provoque pas la chair de poule à moins d'être exagérément douillet. Dans ce Nouveau Monde, on avait oublié les bonnes mœurs de l'ancien. À l'orphelinat des Cent-Filles, se laver n'était pas un simple rituel. Les religieuses veillaient, à l'entrée de la salle d'eau, à ce que nous nous savonnions de la tête aux pieds, frottions énergiquement notre giron, débarrassions nos oreilles, notre nez et nos ongles de toutes leurs impuretés. Même quand, au plus fort de l'hiver parisien, nous grelottions, certaines d'entre nous se trouvant parfois au bord de l'évanouissement.

— Que se passe-t-il ? avais-je osé le questionner au bout de deux semaines de réunions incessantes.

— Dors, bon sang ! s'était-il énervé. Tu deviens aussi curieuse que les Négresses ou quoi ?

Quand la colère le visitait, M. de Blanquefort cessait subitement de me vouvoyer. Je devenais une simple épouse de planteur, une Blanche créole, qui n'avait qu'un seul droit : obéir à son homme et ne s'occuper que des affaires de femme. Ce soir-là, il s'était donc fâché et au réveil, il ne s'était pas défâché. À peine m'avait-il dit le bonjour, et son ire se prolongea plusieurs jours durant, chose très inhabituelle. C'est qu'il me considérait tout à la fois comme une épouse et une enfant. Quand il lui arrivait de me faire quelque remarque réprobatrice, il me rappelait qu'il approchait des quarante-huit ans alors que moi, je n'en avais que trente-six. Qu'il était né à la Martinique alors que moi, je venais du Poitou où ne pousse ni canne à sucre, ni café, ni cacao, ni pétun, ni café, et où les esclaves noirs sont inconnus. Et comme pour se faire pardonner, il me prenait entre ses bras et me faisait un baiser qui se voulait tendre sur le front. Au cours de la journée, je trouvais une enveloppe au salon contenant une liasse de billets et ma chambrière, Claire-Élise, me lançait, mi-moqueuse, mi-complice :

— Monsieur a dit que c'est pour que tu t'achètes une jolie robe, oui...

Mon mari, quoique absent de la maison, occupé à ses plantations, savait tout ce qui s'y déroulait. Nos domestiques le tenaient au courant de mes moindres faits et gestes. C'était notre repasseuse, qui aidait aussi à la cuisine, une mégère qui s'adressait à moi sans égards lorsque nous nous trouvions seules, cela dans le patois le plus rude, qui lui avait rapporté que je passais beaucoup de temps à écrire.

— Petite dame fait quoi ? avait-elle coquillé les yeux lorsqu'elle m'avait surprise la première fois.

Vendue et revendue à différents maîtres au cours de sa vie, elle s'était accoutumée à ce que leurs épouses s'adonnent à la broderie, se distraient en jouant aux cartes ou fassent de la musique. Elle s'étonna que le beau piano qui trônait au salon ne m'ait jamais intéressée. Sans gêne au possible, elle l'avait ouvert et avait lourdement appuyé sur ses touches avant de se gausser :

— Mais ça fait un bruit qui écorche les oreilles !

Ce fut par conséquent de la bouche de l'un de mes domestiques que j'en vins à apprendre ce qui se tramait. Les planteurs de la Martinique s'étaient révoltés contre le royaume de France ! Il nomma ce que je considérai à tort comme l'un de ces habituels mouvements d'humeur des colons contre la tutelle de la Cour d'un mot de patois qui m'était inconnu : brigandagerie.

— C'est quand on est enragé tout bonnement, M'âme Marie-Héloïse, et qu'on se met à ruader ! Les Blancs ne sont pas contents du tout d'après ce qu'on voit. Ils font tout le temps des réunions, ils crient, ils lancent des injuriées, des mordieu et des mordiable, des menaces aussi. Nous, on ne comprend pas trop ce qui se passe. Affaire de Blancs n'est pas affaire de Nègres !

C'était donc, me rendis-je compte, l'explication des conciliabules qui se déroulaient chez nous depuis des mois déjà.

[GERMAIN.

Un matin, Marie-Héloïse a du mal à se lever de son lit. Son mari est déjà parti pour veiller aux travaux de la plantation. Elle sent son esprit tounevirer dans sa tête et sa vue se brouiller. La carafe en terre cuite qu'elle tente de saisir sur la table de nuit lui échappe des mains et se brise avec fracas, ce qui alerte Claire-Élise qui jaillit de la salle à manger où elle bavarde avec la cuisinière et marchande de ragots de douteuse réputation.

— M'âme Marie-Héloïse, faut pas avoir peur comme ça, non! Tu es en situation...

Cette expression créole, qu'ordinairement elle trouvait drolatique, la tétanise. Elle est enceinte! Elle porte dans son ventre un petit être qui est le fruit de ses étreintes dépourvues de passion avec M. de Blanquefort, homme réputé fort peu porté sur les voluptés charnelles. Rongée par le remords de n'avoir pas suffisamment affectionné son petit Aymeric, elle décide de se faire violence. Elle accepterait que, pour la deuxième fois, ses seins se mettent à enfler, que ses hanches s'élargissent, que dans sa bouche sa salive devienne si abondante qu'elle se voie obligée de cracher plus que de raison. Elle se rendait à présent compte qu'elle n'avait jamais vu de Blanche créole en état de grossesse. Dès que cet événement se produisait, leurs époux leur interdisaient de sortir, même pour la messe du dimanche matin. Un curé était mandé sur leurs plantations pour les entendre en confession et leur bailler la communion. Par contre, des femmes de couleur dans le même état, il y en avait toujours d'une année sur l'autre et elles n'étaient nullement autorisées à travailler moins. Nombre d'entre elles, surtout parmi les Négresses employées dans les champs de canne à sucre, accouchaient au beau mitan de ceux-ci si l'on se trouvait en période de récolte pour y revenir trois ou quatre jours plus tard. C'était là l'explication de ce prénom si fréquent quand une fille venait au monde, prénom qui, en France, n'était utilisé que chez les gens de haut parage : Chimène. Marie-Héloïse avait cru que c'était là une façon pour leurs mères d'atténuer l'opprobre dans laquelle vivraient plus tard leurs rejetons du sexe féminin, la condition de la Négresse étant bien pire que celle du Nègre. Elle était dans l'erreur. L'explication était plus simple et passablement drolatique : certaines amarreuses de canne à sucre se délivraient au moment où elles se rendaient aux champs. Sur le chemin y conduisant. Et « chemin » se disant « chimin » en patois créole, celles-ci les baptisaient « Chimène » quand l'enfant qu'elles venaient de mettre au monde était une fille. Cela me plongea dans la nostalgie, dans le souvenir de la Chimène qui avait voyagé à bord du *Saint-Louis* et qui s'étant mariée à une brute avait été condamnée par le tribunal de Québec pour cause d'infidélité. Accusation sans le moindre fondement.

Outre son étonnante résistance au malheur, cette race sait aussi se gausser de tout et de rien.

Et donc le petit Germain vint au monde. Avant terme comme son frère défunt, Aymeric, mais en meilleure santé. M. de Blanquefort en est enchanté. Marie-Héloïse étant une femme à la constitution robuste, il ne s'est rendu compte de son état que bien après que la chambrière l'eut remarqué. De ce jour, il se montre plus attentionné et s'absente moins souvent, ne se rendant même pas une fois par mois à Fort-Royal où sa maîtresse, l'octavonne, doit se morfondre. Marie-Héloïse n'a pas besoin d'avoir recours à une matrone. Elle accouche un soir à l'improviste et cela sans difficulté ni douleur aucune.

— Merci, chère comtesse, de m'avoir baillé ainsi qu'à notre

belle Martinique ce petit trésor! Germain de Blanquefort est gros-gras-vaillant.

Il avait prononcé la dernière sentence en langage créole.]

Une esclave de l'Habitation Belvédère, surnommée Lilise, d'ordinaire timorée, baissant prestement les yeux lorsqu'il lui arrive de croiser un Blanc, prétend, aux dires de mon mari, allaiter Germain. Employée au moulin à manioc, elle ne s'aventure jusqu'à la Grand'Case que pour nous apporter de la cassave, cette pâte blanchâtre sans odeur ni goût qui sert de pain aux isles françoises de l'Amérique. Cela fait, elle se dépêche de s'en retourner, évitant tout contact non seulement avec moi, sa maîtresse, mais aussi avec notre valetaille. Cette dernière en sourit et lui lance :

— Hé, petite mamzelle a peur de quoi? On va pas te manger!

Le premier jour où elle se présente, sa poltronnerie a disparu. Elle s'est joliment habillée et ses cheveux de Câpresse sont retenus par un ruban jaune qui lui sied à merveille. Je promenais Germain sur notre véranda dans l'espoir qu'il cesserait de pleurer, ce qu'il avait fait toute la nuit à la grande irritation de M. de Blanquefort :

— Ne baillez plus le sein à cet enfant, chère comtesse! Cela ne convient pas à votre rang. Combien de fois devrai-je vous répéter que Lilise a accouché deux semaines avant vous et qu'elle est disposée à vous remplacer.

Quand celle-ci s'avance vers moi et tend les bras pour prendre Germain, je suis soudain prise d'égarement. Je la repousse vivement, je lui ordonne de rebrousser chemin, je lui crache presque au visage, je l'accuse de vouloir empoisonner mon bébé. Ce vacarme alerte mes serviteurs qui, interloqués, s'assemblent devant le perron et me semblent maugréer. Ma colère augmente, je ne me contrôle plus, je leur lance des insanités, les traite de Nègres imbéciles avant de regagner ma chambre. Dans l'heure qui suit, mon mari, quoique parti pour la journée dans sa plantation de café, fait son apparition. Son tutoiement est mauvais signe :

— À quoi joues-tu, hein ?... Le lait de cette race n'est pas différent de la nôtre si c'est ça qui te met dans tous tes états. Ni la couleur de leur sang non plus ! Seule celle de leur peau l'est. Moi-même j'ai été confié à une nourrice noire et je ne suis pas devenu un avorton pour autant.

Je serre Germain plus fort contre ma poitrine, les veines de mon cou se mettent à battre si fort que je n'arrive plus à prononcer un seul mot. La détestation de ces terres d'Amérique – Neuve-France, Saint-Domingue, Martinique – où le mauvais sort m'a expédiée surgit avec une virulence qui me surprend moi-même. J'étais persuadée de m'être résignée depuis tant d'années mais il n'en était rien. Mon mari s'assied dans une berceuse et bourre sa pipe. L'odeur du pétun, que je n'avais jamais appréciée, me révulse. Germain sanglote cette fois et se débat.

— Elle veut empoisonner notre bébé ! finis-je par éructer, la bave aux lèvres.

M. de Blanquefort se lève, fait les cent pas avant d'éclater d'un rire sonore :

— Ha-ha-ha ! Eh ben, je comprends maintenant votre inquiétude. Elle n'est pas sans raison... Cette Lilise travaille au moulin à manioc et vous avez certainement entendu dire que la racine de cette plante est un poison violent, ce qui est avéré, mais pourquoi ferait-elle cela ? Elle est née à l'Habitation Belvédère, je l'ai vue grandir et c'est la plus docile de nos esclaves. Rien à voir avec ces Africaines fraîchement débarquées dans notre île chez qui la sauvagerie est une seconde nature. Allons, calmez-vous, je vous en prie ! Lilise reviendra demain matin et je serai là pour l'accueillir.

La volubilité des Blancs martiniquais, qui n'a jamais cessé de me surprendre, a le don de me calmer. Je lui tends Germain qu'il prend malhabilement entre ses bras. C'est la première fois qu'il le fait depuis sa naissance. Notre bébé cesse alors de s'agiter et de pleurer.

— Marie-Héloïse, je crains... comment dire ? Je crains que l'air de notre pays ne vous aille pas. J'ignore ce que vous avez subi lors de votre captivité chez ces diables de Kalinagos mais... Enfin, je vous supplie de reprendre vos esprits. Il ne faut montrer aucun signe de faiblesse devant nos Nègres. Nous ne sommes que trois Blancs, en comptant ce fainéant de géreur, et sommes entourés par ces créatures qui ne rêvent que de nous trucider. Belvédère est à, au moins, quatre lieues de Saint-Pierre, je vous rappelle...

Le lendemain, je me laisse faire. Lilise revient le visage tranquille. Déshabille Germain avec précaution et entreprend de le laver dans une bassine remplie de feuilles vertes.

Il se laisse faire sans un cri. Puis, elle prend place sur la véranda et lui tend un sein gonflé couleur de cacao.

Je surprends le surlendemain une conversation entre l'une de mes cuisinières et notre cocher : « M'âme Marie-Héloïse ne va pas bien ! »...

CHAPITRE 12

Quand ai-je commencé à oublier mon passé ?

Ou plutôt quand les souvenirs ont-ils cessé de me hanter de manière nocturne et journelle ? Je ne saurais le dire. Tout dans mon existence me contraignait désormais à ne penser qu'à mon seul présent. La Marie-Héloïse de Blanquefort que j'étais désormais, même si elle n'avait pas trouvé le bonheur, l'« heureuseté », comme disaient les Nègres dans leur parler cocasse, menait une vie dénuée de soucis. Quand je m'adonnais à quelque menue tâche ménagère, c'était dans le but de soutirer à mes domestiques ces nouvelles, parfois importantes, que les Blancs créoles ne jugeaient pas nécessaire de partager avec leurs épouses. Je ne comptais plus le nombre de fois où en ces occasions, je ne parvenais pas à dissimuler ma stupéfaction à nos esclaves, lesquels s'en esbaudissaient sans craindre que je les fasse punir. Une sorte d'intimité s'était établie entre nous, et Claire-Élise avait pris en main l'éducation et même la santé de Germain. Il est vrai que Lilise tombée malade, elle l'avait remplacée et avait allaité mon fils en même temps que le sien. Il arrivait à ces deux turbulents, une fois capables de marcher, de s'adonner à des courses-poursuites autour de la Grand'Case.

Ce spectacle, qui m'amusait au plus haut point, avait le don d'exaspérer M. de Blanquefort :

— Quand Germain aura six ou sept ans, il faudra mettre un terme à ces simagrées, Marie-Héloïse ! À trop frayer avec cette race damnée, le Blanc de la Martinique risque de s'abâtardir à tout jamais.

J'avais eu un jour l'audace de lui rétorquer que s'il était l'un des rares planteurs à ne s'être pas accointé à ses Négresses et à leur avoir fait des enfants, ses pairs étaient les premiers responsables de ce qu'il dénonçait de si véhémente manière.

— Vous avez bien trop d'esprit pour une femme, Marie-Héloïse ! lui arrivait-il de maugréer. C'est de la faute de tous ces livres dans lesquels vous passez le plus clair de votre temps. Quant à ce que vous scribouillez, je ne veux même pas savoir de quoi il s'agit.

Et mon bon mari de me conseiller d'inviter plutôt les épouses de ses amis planteurs à faire de la musique, d'apprendre auprès d'elles à coudre ou à tricoter et même à jouer aux cartes si nous le voulions. Il est vrai que ni moi ni elles n'étions des comtesses (surtout pas moi !), mais nous menions la meilleure existence qu'il était possible d'avoir si loin du royaume de France. En fait, elles ne parlaient presque jamais de ce dernier. La Martinique, où la plupart d'entre elles étaient nées, elles la considéraient comme leur pays. Leur seul vrai pays. Et de considérer de haut ces filles du Roy octroyées aux Petits-Blancs qui croupissaient dans les quartiers plébéiens de Saint-Pierre ou dans les campagnes reculées où ils occupaient des places de géreurs de plantation.

Si extraordinaire que cela puisse sembler, c'est au moment où j'en vins à découvrir la véritable identité de celle qui, aux yeux de tout un chacun, était la Négociante que mon passé cessa de me hanter. Longtemps, nous ne nous étions croisées que de loin et une fois, une seule, sur les quais où elle était venue acquérir des esclaves, nous avions été presque à portée de voix. Je mis donc un certain temps à avoir la certitude que cette femme qui en imposait à la gent masculine me fuyait. Ou en tout cas m'évitait avec soin. Cela m'étonnait fort car son visage balafré n'évoquait rien en moi même si, confusément, j'avais le sentiment étrange de l'avoir déjà rencontrée. Je ne m'en étais pas ouvert à mon mari car il lui vouait une saine détestation comme c'était le cas de tous les planteurs.

Notre rencontre fut tout ce qu'il y avait de plus fortuit.

Mon petit Germain couvait une mauvaise toux depuis une semaine et les remèdes créoles que me préparait ma valetaille s'avéraient impuissants à l'adoucir. Je dus me rendre au bourg de Saint-Pierre chez un jeune chirurgien, nouvellement arrivé à la Martinique, dont on disait le plus grand bien. Il recevait à l'étage d'une demeure en pierre de taille dont le rez-de-chaussée était occupé par un tailleur, lui aussi renommé. Alors qu'il était de fort bonne heure, une patiente m'avait précédée. Entièrement vêtue de noir et le visage couvert d'une mantille, je supposai qu'elle s'en revenait d'une messe pour le repos de l'âme d'un sien parent. Elle ne répondit pas à mes salutations. Du reste, mon bébé était particulièrement agité et une crainte m'assaillait depuis des jours : allais-je perdre Germain comme cela avait été le cas pour mon petit Aymeric, le fils que m'avait baillé Pierre-Émile, en Neuve-France ? Celui que je me reprochais de ne pas avoir suffisamment couvert d'affection. À la venue au monde du deuxième fruit de mes entrailles, je m'étais pourtant efforcée de devenir une vraie mère. Je lui chantais des berceuses créoles, prenais plaisir à le baigner et le langer, et même à lui donner le sein lorsque Lilise, puis Claire-Élise, étaient souffrantes. Quand j'avais voulu me charger de mon bébé, garçonnet aux yeux rieurs, Claire-Élise s'en était offusquée :

— Fais pas ça, M'âme Marie-Héloïse ! Tu vas le rendre malheureux pour le restant de sa vie, oui... Je suis contente de bailler mon lait à M. Germain.

Non pas, m'expliqua-t-elle, que celui des femmes blanches fût aucunement mauvais mais parce que les bébés de sexe masculin, une fois devenus grands, éprouvent une attraction irrésistible pour l'odeur, la sueur, le grain de peau des femmes qui leur ont baillé le sein. D'où le fait que les hommes blancs ne pouvaient s'empêcher de s'acoquiner avec des femmes de couleur en dépit de toutes les interdictions régulièrement rappelées par le gouverneur de la Martinique, représentant du roi de France. Si donc j'avais refusé de me faire remplacer par Lilise et Claire-Élise, une fois devenu adulte, Germain passerait sa vie à rechercher les « frissons de l'amour » auprès d'une compagne blanche, ce qui était impossible puisque chez les Blancs créoles n'avaient cours que les mariages de raison. Je lui aurais de ce fait porté malheur !

C'est à toutes ces choses diablement compliquées que je songeais lorsque j'avais conduit Germain chez ce chirurgien réputé et que nous l'attendions, Julie et moi. Car, oui, il s'agissait de la présumée Gitane de l'orphelinat des Cent-Filles, cette petite garce au verbe haut qui rechignait à obéir aux religieuses et qui, lorsqu'on nous avait informées de notre envoi en Amérique, avait exulté, affirmant qu'elle y deviendrait l'épouse d'un seigneur. Nous nous étions toutes perdues de vue une fois sur place à cause de l'immensité de notre nouveau pays. À cause aussi de la neige perpétuelle et de la poudrerie, ce vent insupportable qui la soulevait, du froid cinglant qui rendait les déplacements laborieux, des attaques d'Iroquois ou de Hurons, des incursions de l'armée anglaise. Tout cela qui nous avait conduits, Pierre-Émile et moi, à fuir à bord du premier navire à notre portée sans savoir qu'il ne s'en retournait pas en terre de France, mais dans cette grande île des Antilles appelée Saint-Domingue.

[SAINTE-BARBE ET FOND DE CALE.

Un temps, Marie-Héloïse a mélangé dans son imagination le sort qui est le sien et celui de ses esclaves. Elle s'est plu à confondre filles du Roy et Africaines arrachées à leurs terres natales. N'ont-elles pas toutes été les victimes de forces qui les dépassent et auxquelles elles n'ont pu que se soumettre ? L'orpheline de la Salpêtrière ou des Cent-Filles expédiée comme femme à marier à des colons et la fille de la Guinée ou du Dan-Homey contrainte d'ouvrir son giron aux maîtres blancs, cela déjà à bord du bateau négrier, avant même d'avoir atteint les côtes de l'Amérique, ne partagent-elles pas au fond le même triste sort ?

C'est, sans qu'elle s'en soit rendu compte, cette comparaison qui a valu à Marie-Héloïse le reproche de se montrer trop accommodante avec ces êtres à la peau sombre auxquels il était bien fou de se fier. Tant à Saint-Domingue qu'à la Martinique, elle en arrive insensiblement à traiter chambrières, cuisinières, repasseuses et lessivières comme de simples domestiques et non comme des serfs taillables et corvéables à merci. Ce comportement, qui avait le don d'exaspérer le sieur de Laforgue, pourtant grand amateur de nymphes de Guinée, agace M. de Blanquefort qui n'a jamais montré la moindre attirance pour elles quand bien même la malignité publique affirme qu'il entretient à grands frais une octavonne dans la ville de Fort-Royal.

— On ne doit pas rire de bon cœur avec cette race comme vous le faites, chère comtesse, se braque ce dernier. Sachez que même son bonjour n'est pas vrai !

Ce n'est que lorsque Marie-Héloïse apprend, sous la plume d'un chroniqueur dont l'ouvrage avait connu un certain succès, la vraie épopée de Luisa de Navarrete, la reine noire des Kalinagos, qu'elle comprend s'être méprise. Voyager dans la sainte-barbe, si inconfortable et surtout dangereux que cela puisse être à cause des barils de poudre qui y sont entassés, ne saurait être la même chose que le faire à fond de cale, enchaînée et violentée par des marins pour la plupart repris de justice. En effet, si Luisa avait dit vrai sur sa naissance en terre de Guinée, son transport à Séville pour être mise au service d'un Espagnol de haut parage, don Lorenzo, son adaptation sans difficulté à son nouveau mode de vie et son voyage dans les bagages de celui-ci jusqu'aux Amériques, n'a-t-elle pas tu l'essentiel ? À moins qu'elle n'en ait pas eu le temps ou n'ait pas jugé utile de dévoiler les mystères de sa singulière destinée.

Alors que Marie-Héloïse est persuadée que personne, aucune créature féminine en tout cas, n'a traversé autant de péripéties qu'elle, voici ce qu'elle découvre dans l'ouvrage de ce père dominicain : Luisa avait accompagné son maître en l'île de Puerto Rico où il avait acheté une hacienda mais préférait vivre dans la capitale, San Juan. Cette île, comme toutes celles des Grandes Antilles, avait vu sa population indigène, les Tainos, être décimée en peu d'années, mais les Petites Antilles demeuraient interdites aux conquistadors, ses habitants, les Kalinagos, les repoussant à chaque tentative de s'en emparer d'autant qu'ils étaient réputés être des cannibales. En guise de vengeance ces Sauvages lançaient des expéditions contre San Juan, à bord de leurs canots pourtant ridiculement petits à côté des caravelles européennes, et dévastaient la ville, charroyant avec eux prisonniers et butin de guerre. C'est au cours d'une de ces razzias que la servante préférée de don Lorenzo, à savoir Luisa de Navarrete, fut kidnappée et amenée à la Dominique où, par on ne sait quelle opération du Saint-Esprit, cette Africaine épousa le roi kalinago de cette île et monta sur le trône quand il s'en alla rejoindre le monde des ancêtres.

Marie-Héloïse est abasourdie par ce qu'elle lit et relit.

Mais la fin de l'épopée de Luisa la plonge dans un chagrin : les Espagnols de Puerto Rico ripostaient aux incursions des Kalinagos en organisant eux aussi des raids contre la Dominique. Ils réussirent à reprendre Luisa et à la ramener à don Lorenzo. Puis, toute trace de la jeune native de Guinée disparaît des archives.]

Julie, notre Gitane de l'hôpital des Cent-Filles, avait vu ses rêves de grandeur s'effondrer du jour où le coureur des bois qui l'avait épousée, quoiqu'il l'eût soupçonnée d'être une demi-Indienne, l'avait emmenée aux confins de la Nouvelle-France, dans une région nommée « Pays-d'en-haut », non loin des Grands Lacs. Le voyage en traîneau avait été une épreuve pour elle jusqu'à ce village de Sault-Sainte-Marie qui n'était composé que d'une dizaine de cabanes de rondins.

— J'étais tombée en enfer, Marie-Héloïse !

Non seulement elle n'avait pas mis au monde l'égaillée d'enfants (douze comme les apôtres) dont elle avait rêvé d'autant qu'une prime de trois cents livres était offerte à la dixième naissance, somme considérable, mais elle avait aussi accumulé les fausses couches. Était-ce dû à la nourriture, toutes ces viandes inconnues qu'elle n'avait pas su apprêter ? L'orignal, le castor et d'autres qu'elle avait pour tâche de boucanner. À l'isolement ? Au froid qui taquine la Neuve-France jusqu'au début du mois de juin ? Ou tout simplement à cause de la nostalgie qu'elle se mit à ressentir de plus en plus fortement pour l'Ancienne France, ce cher « Vieux-Pays » ? Il y avait, certes, de tout cela mais la raison principale de sa fuite éperdue tenait à la brutalité, à la quasi-sauvagerie même de celui qui l'avait choisie comme épouse lors du bal organisé par Dame Jolignac peu après la débarquée des orphelines de l'hôpital des Cent-Filles à Québec.

Julie – oui, il s'agit bien d'elle, attendant d'être reçue par ce chirurgien réputé auprès duquel j'avais emmené Germain ! – consentit à me révéler son bien singulier parcours depuis qu'en Neuve-France nous avions dû, nous les orphelines, nous séparer pour toujours.

— Tu as eu la chance de n'avoir pas fini entre les griffes d'un coureur des bois, Marie-Héloïse. Ce ne sont que des chenapans, des bandits de grand chemin, des marauds, des gibiers de potence et pour certains, des assassins fiers de l'être. Venus en Amérique comme garçons de ferme, cultivateurs ou bûcherons, ils ont fini par déserter au plus profond des bois et s'acoquiner avec les Sauvages, nombre d'entre eux parlant désormais les dialectes de ces derniers et même, horreur !, n'hésitant pas à équivoquer avec leurs femelles jusqu'à mettre au monde de petits métis. « Je suis un coureur des bois, moué ! » se vantent-ils les quelques fois où il leur arrive de revenir à la civilisation, à Québec ou Montréal, vêtus de peaux de bête et leurs bras arborant de hideux tatouages iroquois ou algonquins. Leur vie est un va-et-vient perpétuel ! Ils ne construisent pas de cabane et vivent sous des tentes qu'ils déplacent à leur guise. Leur moyen de subsistance est la pelleterie autrement dit le trafic de peaux de bêtes, surtout de castor. Avec l'argent qu'ils gagnent, ils passent le plus clair de leur temps à boissonner, à le gaspiller aux jeux d'argent, à s'offrir des ribaudes ou à s'acheter des fusils de chasse ainsi que des munitions, maltraitant les malheureuses filles du Roy qui leur ont été octroyées.

« Mon homme à moi fut le pire des monstres.

« Alors, un matin de printemps, je suis partie, Marie-Héloïse. J'ai marché droit devant moi à travers la forêt, enjambant des rivières soudainement gonflées à cause du dégel où j'ai failli me noyer, contournant les campements indiens, me cachant des trappeurs et des trafiquants de fourrures. Je me nourrissais de baies, surtout d'atocas à la peau d'un rouge flamboyant et si appréciées des Hurons, dont certaines firent bouillonner mes entrailles jusqu'à les faire se vider, ce qui me contraignait à m'allonger à même le sol humide pendant des heures. Je ne sais pas combien de jours j'ai ainsi avancé. Toujours en direction du soleil levant. J'avais dans l'idée de regagner le royaume de France, notre bon Vieux-Pays. Je m'octroierais un nouveau nom et m'établirais dans la ville où je débarquerais. La Rochelle, Nantes, Rochefort, Bordeaux. Peu m'importait !

« Oubliée alors la Julie orpheline expédiée comme une marchandise à un vilain coureur des bois de Nouvelle-France !

« Je finis par atteindre les rives d'un fleuve immense que je devinai être le Saint-Laurent. Malheureusement, il n'y avait à cet endroit ni débarcadère ni navires. Juste quelques barques de pêcheurs. L'un d'eux prétendit, contre espèces sonnantes et trébuchantes, me conduire jusqu'à Québec mais il me mystifia : il me débarqua sur une petite île au mitan du fleuve et je dus battre les grands chemins, marcher à travers bois avant de trouver âme qui vive. J'en voulais au Bon Dieu de m'avoir fait naître sans père ni mère mais ce jour-là, il avait daigné se pencher sur ma misérable personne. Une belle demeure entourée d'un jardin me fit face. Plus loin, on distinguait des champs de blé qui oscillaient sous l'effet d'un vent agréable. Une femme, qui tenait un arrosoir, poussa un cri en me voyant. Je devais être sale et hideuse après tant d'errance. Deux hommes, à l'apparence de domestiques accoururent, le visage marqué par l'effarement eux aussi.

« Dieu avait veillé sur ma misérable personne ! J'avais

en face de moi Frédérique. Tu sais, la rouquine que nous aimions taquiner tant à l'orphelinat des Cent-Filles à cause de ses joues couvertes de caca-mouches. À l'époque, elle était le plus souvent renfrognée, souviens-toi ! Eh bien, là, elle avait changé du tout au tout. Était devenue presque une femme faite. Joliment habillée. Les cheveux artistement coiffés. Elle m'avait souri après m'avoir reconnue et, point du tout rancunière, m'avait invitée à entrer, me questionnant sur un ton amène : « Que fais-tu à l'île d'Orléans, Julie ? » Et de m'apprendre que sur cette langue de terre, située au mitan du fleuve Saint-Laurent, celui qui l'avait épousée s'était vu concéder par l'intendant de la Nouvelle-France des terres en seigneurie. Il les louait à des cultivateurs qui lui cédaient une partie de leur récolte tout en ayant l'obligation de faire moudre leur grain dans son moulin à blé. J'étais stupéfaite ! Frédérique avait réalisé son rêve. Elle avait épousé un homme riche et pas un coureur des bois comme cela avait été mon cas. Et de m'apprendre que tout comme elles, plusieurs d'entre nos anciennes congénères avaient su tirer profit de ce qu'elle appela le destin. Berthe avait ainsi épousé un commerçant en fourrures, Victorine un lieutenant, Marie-Élise et Nadine des patrons de pêche. La plus chanceuse avait été Simone dont l'époux avait obtenu le droit de tenir boutique de pâtisserie et d'hostellerie pour tout allant et venant dans la rue principale de Montréal. Et toutes, comme c'était le cas de Frédérique, avaient donné la vie à une trâlée d'enfants qu'à peine une année séparait les uns des autres.

La femme, presque défigurée, qui attendait l'arrivée du chirurgien le plus renommé de Saint-Pierre, cessa soudain de raconter les péripéties qu'elle avait traversées et me demanda la permission de prendre Germain entre ses bras. J'hésitais car mon bébé grelottait, couvant une forte fièvre. Je craignais qu'il n'ait attrapé la coqueluche ou quelque autre maladie qui le ferait passer de vie à trépas comme c'était le cas de nombre de nouveau-nés dès que la saison d'hivernage approchait. D'autorité, la Gitane s'en saisit et le pressa contre sa poitrine flasque, le couvrant de baisers sur son petit front humide.

— Ne t'inquiète pas, Marie-Héloïse ! Cet enfant est robuste. Tout comme toi d'ailleurs... Tu es restée aussi belle qu'autrefois. Aah, ces yeux verts qui faisaient se pâmer frère Théophile, notre cher confesseur aux pensées lubriques. Ha-ha-ha !... Je me suis souvent demandé s'il n'avait pas fini par être démasqué et renvoyé de sa congrégation.

Je ne savais quoi dire. Revoir Julie après tant d'années alors que je la croyais morte depuis des lustres à la suite de son bannissement de la Neuve-France me paralysait. Du reste, j'avais peine à reconnaître la flamboyante jeune femme qui, à l'orphelinat, passait le plus clair de son temps à nous morguer parce qu'elle avait ou en tout cas assurait avoir cinq ans de plus que nous et qu'elle obtiendrait donc sa libération bien avant nous. J'avais appris sa véritable identité par pur hasard, cela à bord du *Saint-Louis* qui nous conduisait en Neuve-France, quand j'avais surpris un échange entre notre marraine, Mme de Sernin, et l'un des officiers de marine. Celle-ci s'était inquiétée d'une possible attaque des barbaresques, ajoutant qu'elle redoutait cette race pleine de fourberie.

— Parmi mes filles, la frisée au teint cuivré, eh bien, elle a été ramenée du Maroc par des fonctionnaires coloniaux qui, à leur arrivée en France, n'ont plus voulu s'occuper d'elle à cause de son comportement. Ils l'ont alors déposée à l'orphelinat des Cent-Filles.

— Rassurez-vous, chère dame ! Nous naviguerons en droiture jusqu'en Amérique. Les barbaresques n'opèrent que dans le golfe de Gascogne, l'avait rassurée l'officier.

Julie n'était donc point la Gitane que nous avions toujours imaginée.

[JULIE BANNIE.

Ce matin-là, le tribunal de Québec bruit d'incessante manière. À mesure que les prisonniers indiens y sont conduits, les chaînes aux pieds. Ceux-ci éructent dans leurs idiomes que personne ne comprend, hormis une poignée d'interprètes ou s'étant déclarés tels. Leur jugement est le plus souvent expéditif : les plus infortunés seront condamnés à l'échafaud ou aux galères ; les plus chanceux au fouet ou à la flétrissure sur quelque place publique.

Le mari de Julie, coureur des bois vêtu de hardes qui n'ont pas été lavés depuis des lustres, se met à trépigner, vociférant parce qu'il estime qu'il a déjà trop perdu de temps en ville et que la chasse dont il vit l'appelle. Il roule des yeux rougis par l'alcool ou quelque drogue algonquine. Des gardes le ramènent sans ménagement à la raison à la demande du président du tribunal, cela sous le regard moqueur des trois juges qui l'assistent quand ils entendent beugler :

— J'avais flairé rose et bouton et suis tombé sur un étron !

Ce à quoi un homme d'âge mûr, un habitué sans doute des séances du tribunal, rétorqua, rigolard :

— Il est trop tard de fermer le cul quand le pet est sorti. Ha-ha-ha !

Julie, elle, demeure de marbre. Elle ne bronche pas aux accusations d'adultère portées contre elle par celui qui, lors du bal organisé par Dame Jolignac, l'avait prise pour une métisse à cause de son teint presque similaire à celui des Sauvages. Ni ne répond aux questions pourtant insistantes des juges. Quand ces derniers évoquent le châtiment qui l'attend, à savoir son exécution publique si elle persiste dans son mutisme, la Gitane de l'orphelinat des Cent-Filles lance fièrement un crachat à la stupéfaction du public présent dans le tribunal.

— En plus de se livrer au premier venu, elle est une sorcière ! bondit alors le coureur des bois.

Et d'accuser Julie de savoir lire et de posséder un livre de sortilèges qu'elle lui avait toujours caché. Un frémissement parcourt le public aussitôt suivi d'un long silence. Les juges se mettent alors à conciliabuler à voix basse, puis le président énonce la sentence :

— Vous êtes condamnée au bannissement non seulement de la Nouvelle-France mais aussi du royaume de France.

Julie est aussitôt renchaînée et conduite à la prison de Québec sous le regard satisfait de son mari et les huées du public.]

[CAHIER DE MARIE-HÉLOÏSE.

Au contraire de celui qui t'avait épousée, la mascarade qui avait dérangé votre nuit de noces t'avait à la fois surprise et ravie. Tu n'avais jamais entendu parler de ce que les Blancs nomment un charivari et que les Nègres déforment en chalbari. Il avait, en effet, empêché M.

de Blanquefort de s'attarder sur ton corps car cela lui avait fait perdre tous ses moyens.

Dès que vous vous étiez mis au lit, un concert de clochettes, de casseroles et de toutes espèces d'ustensiles s'éleva autour de votre demeure, accompagné de chants grivois, d'exclamations faussement indignées, de rires gras et d'invocations fallacieuses au Très-Haut :

— Vieux grigou de presque soixante ans, tu nous as privés d'une poulette et d'une fichument belle en plus ! Ce n'est pas écrit dans la Bible que l'on sache. Allez, libère-la immédiatement et sans retard pour qu'on puisse regagner nos chaumières !

Hors de lui, M. de Blanquefort s'était levé de votre lit, le visage défait, avant de quitter votre chambre artistement décorée pour l'occasion et muni d'une moustiquaire flambant neuve. Des pots de fleurs fraîchement cueillies décoraient la commode et vos tables de nuit ainsi que vos pots de chambre d'Aubagne, ce qui t'avait interloquée. Tu l'entendis grommeler au salon, marcher de long en large.

Le charivari ne désarma pas de neuf heures du soir au petit matin. Il te sembla même qu'à mesure que la nuit avançait, le nombre de participants à cet insolite carnaval n'avait cessé d'augmenter car leurs admonestations et ricanements pénétrèrent dans votre chambre. Tu t'avanças prudemment jusqu'aux persiennes que tu hésitas d'abord à entrouvrir. Au-dehors, s'il faisait nuit noire, des flambeaux y étaient agités par des ombres et à certains moments, tu apercevais des visages d'hommes hilares. Des visages de Blancs mais aussi de quelques Noirs sans doute libres car il n'était pas imaginable que vos esclaves se fussent joints aux premiers. Tous s'indignaient ou faisaient mine de s'indigner que la jeune femme d'une trentaine d'années que j'étais ait pu accepter de lier son existence non pas à un sexagénaire comme ils le disaient par exagération mais un homme qui venait d'entrer dans la cinquantième année de son âge.

Tu avais alors allumé une bougie, pris ton cahier dans l'un des tiroirs de la commode dont tu étais la seule à posséder la clef et t'étais mise à écrire, sourire aux lèvres...]

Mon petit Germain se portait mieux depuis quelques jours, non pas grâce aux médicaments fraîchement arrivés de France que le chirurgien de Saint-Pierre m'avait recommandé d'acheter, mais parce que les potions créoles de Claire-Élise possédaient des vertus quasiment magiques. Le thé-pays tout particulièrement dont le goût doux-amer me surprenait les quelques fois où il m'était arrivé d'en boire. C'est que j'étais désormais sujette à de violentes migraines, cela à n'importe quelle heure du jour et de la nuit. J'avais l'impression que mes tempes allaient éclater et même, un après-midi, alors que je lisais sous notre véranda, mon cœur fut sur le point de s'arrêter. Ma confidente s'était précipitée à mon secours, m'avait fait, non sans difficulté, ingurgiter son remède miracle tout en pressant mon front avec des feuilles d'herbe-mal-tête.

— Ha-ha-ha! s'était esclaffée Clothilde de Maisonneuve quand je lui avais fait part de mon souci de santé. La migraine est la punition des femmes, punition datant d'Ève, assure le vicaire de l'église du Fort, et je m'étonne que tu ne l'apprennes qu'à ton âge. Quel est-il déjà? Trente-six, trente-sept ans? Tu es bien conservée, très chère, car regarde-moi, j'en ai à peine quarante-cinq et j'ai déjà quelques rides. Mes seins ont tendance à regarder vers le bas. Mon ventre, lui, ballonne de plus en plus.

Elle ajouta n'éprouver aucune crainte pour son mariage. Les Blancs créoles ne se démarient pas! À quoi bon puisqu'ils disposent d'un cheptel féminin composé d'une variété presque infinie de femmes de couleur : octavonnes, quarteronnes, mulâtresses, chabines, câpresses et négresses. Que son mari désertât le lit conjugal plus souvent que de raison ne lui faisait ni chaud ni froid. Elle lui avait baillé trois enfants qui se portaient comme des charmes et l'aîné était fort heureusement un garçon. Il prendrait la suite de son père à la tête de la plantation le moment venu.

— Comtesse du Poincy, est-ce bien différent du droit de cuissage qui a cours dans nos provinces de France ? plaisantait-elle chaque fois que le comportement des hommes revenait sur le tapis.

Clothilde de Maisonneuve avait raison mais j'avais déjà eu le plus grand mal à m'habituer aux frasques de mon second mari de l'époque où je vivais à Saint-Domingue, le sieur de Laforgue, et j'étais mal à l'aise à l'idée que mon actuel mari, M. de Blanquefort, entretînt, aux dires des langues vipérines, une femme de couleur libre en la ville éloignée de Fort-Royal où d'ailleurs il n'avait jamais daigné me conduire. En fait, je peinais à devenir une Blanche créole, à m'habituer à cette existence d'oisiveté, de réceptions incessantes, de ragots chuchotés la bouche cachée sous le bras, de mépris effrontément affiché envers la valetaille noire. J'étais, certes, soulagée de n'être plus la Juive errante que la mère supérieure de l'orphelinat des Cent-Filles avait jadis vue en moi mais un mal secret me rongeait. Mal que je ne pouvais partager avec quiconque sauf avec la Négociante, cette Julie au faciès de Gitane que j'avais retrouvée à Saint-Pierre une bonne vingtaine d'années après que nos destins s'étaient séparés dans la ville de

Québec. Son histoire avait été aussi abracadabrante que la mienne, aussi invraisemblable, mais de toute évidence beaucoup plus impitoyable. N'était-elle pas désormais, si fortunée et indépendante qu'elle ait réussi à devenir, une vieille femme empâtée et au visage défiguré ? Je n'avais jamais osé, les rares fois où nous avions l'occasion de brocanter quelques mots après notre rencontre inopinée chez le fameux chirurgien, la questionner sur les vilaines balafres qui lui baillaient un air perpétuellement revêche. C'est que j'avais depuis lors vécu dans la déquiétude, dans la peur qu'un jour, elle ne s'avise de révéler ma vraie identité. Julie n'ignorait pas qu'on me considérait comme une jeune femme de la noblesse, la fameuse comtesse du Poincy, et que mon époux s'en glorifiait à la moindre occasion.

Elle n'en fit jamais rien.

Pour quelle raison ? Je l'ignorais. En fait, contrairement à moi qui étais hantée par chaque épisode de mon passé et les ressassais sans trêve, ce qui troublait mon sommeil déjà de tout temps agité, elle semblait avoir effacé le sien. Le jour où, au cabinet du chirurgien, j'avais emmené mon petit Germain, elle m'avait révélé le sien comme s'il s'agissait d'une tout autre personne qu'elle. Son scélérat coureur des bois, sa fuite éperdue jusqu'à l'île d'Orléans, au beau mitan du fleuve Saint-Laurent, son arrestation, puis son bannissement et enfin sa fuite de la prison de Québec grâce à un subterfuge qu'elle ne me révéla pas, tout cela elle me l'avait narré sur un ton presque indifférent. La suite, c'est-à-dire son arrivée à la Martinique quelques années avant moi, son installation comme redoutable négociante qui se montrait intraitable avec les planteurs impécunieux, elle n'en avait par contre pas dit un seul mot.

Julie était simplement devenue une Blanche créole.

Mais alors que j'étais sur le point de suivre son chemin, un peu à mon corps défendant, je me mis à négliger Germain, le livrant à Claire-Élise, même pour sa toilette matinale. M. de Blanquefort finit par s'en rendre compte lorsque je me mis à lui répondre de manière laconique ou même à ne point réagir du tout les quelques fois où, sans doute épuisé, il décidait de rester à la maison. D'abord perplexe, puis interloqué, il s'emporta le jour où je confondis le prénom de Germain avec celui d'Aymeric, cet attendrissant bébé que j'avais eu de mon Canadien et qui était si brutalement passé de vie à trépas.

— Tu as bien toute ta tête, Marie-Héloïse ?

Qu'il cessât de me vouvoyer témoigna de son désarroi. Dès lors, il se montra plus attentionné à mon endroit, poussant le ridicule jusqu'à vouloir m'aider à m'habiller le dimanche lorsque nous devions assister à la messe à l'église du Fort. Je ne savais quoi lui répondre car en dépit des efforts que je déployais pour me comporter comme une bonne chrétienne, un mal mystérieux me paralysait. Or, j'étais, comme depuis toujours, en parfaite santé physique au point qu'on m'assurait à la moindre occasion que je faisais plus jeune que mon âge. Ma beauté n'avait pas diminué alors que j'approchais de ma quarantième année. C'est Claire-Élise, qui, comme c'était le cas de notre valetaille, observait mes moindres faits et gestes et se montrait exagérément maternelle à mon endroit alors même que nous étions nées la même année, qui crut découvrir la raison de mon étrange comportement. Un après-midi, alors qu'elle me coiffait, s'extasiant toujours sur le fait que mes cheveux n'aient pas besoin de vaseline comme ceux des Négresses, elle déposa soudainement le peigne.

— *Pas dit moin lespri-ou ka chapé, Madanme!* (Ne me dites pas que vous êtes en train de perdre la tête, Madame!) s'écria-t-elle, un brin affolée.

J'en ris de bon cœur.

Ce qui l'émotionna encore davantage car je n'étais pas d'un naturel jovial. Mais cette remarque me donna à réfléchir. Avais-je vécu trop de mésaventures depuis qu'on m'avait transbordée de l'orphelinat des Cent-Filles jusqu'en Neuve-France? Ou plutôt n'avais-je pas vécu trois, quatre vies, les unes plus différentes que les autres et cela n'avait-il pas eu pour effet de me déranger l'esprit? Pour tout dire, n'étais-je pas sur le chemin de la déraisonnerie? Je me réfugiai alors dans la lecture de la Bible alors que je n'avais jamais cru en Dieu ni en ses saints. Quand il m'arrivait de communier, je faisais mine d'avaler l'hostie comme une fervente chrétienne mais je la mâchais discrètement et la recrachais dans mon mouchoir quand la messe était dite, feignant d'être prise d'éternuement. Je détestais son goût si fade. La Bible dans laquelle, moi, la mécréante, il m'arrivait de me plonger, ne parvenait à m'offrir aucune réponse à mon état, mais ce passage des Corinthiens, quoique énigmatique, m'apaisait quelque peu :

Où est le sage ? Où est le scribe ? Où est le disputeur de ce siècle ? Dieu n'a-t-il pas convaincu de folie la sagesse du monde ?

Bientôt, la rumeur se répandit. Mme de Blanquefort était devenue folle ou en tout cas était en train de basculer dans la forcènerie. La vie à la Martinique était bien trop différente de celle qu'avait connue une comtesse du Poitou. On se mit à me plaindre derrière mon dos et même ma plus proche amie, Clothilde de Maisonneuve qui, au début, me traitait de tête de linotte quand j'oubliais qu'elle m'avait conviée à une partie de cartes avec des femmes de planteurs de notre voisinage, ne put cacher indéfiniment ses appréhensions. Elle se résolut, prenant moult précautions de langage, à me proposer d'aller discrètement en consultation à la Maison coloniale de Santé récemment créée. L'établissement se trouvait rue Levassor, non loin de la rivière Roxelane, et on y soignait les aliénés contre la modique somme de deux francs par jour pour les Blancs et le double pour les rares Nègres qui y étaient admis parce qu'ils s'étaient toujours montrés fort travailleurs et respectueux envers leurs maîtres.

La suggestion de Clothilde de Maisonneuve provoqua une sourde indignation, puis un fou rire chez moi.

Elle en fut quelque peu rassurée mais, sans doute avec la permission de son mari et du mien, elle se mit à me visiter plusieurs fois par semaine sous des motifs le plus souvent futiles. J'étais devenue de plus en plus casanière et c'était mon cocher qui se rendait désormais sur le port à l'arrivée des navires en provenance de la France pour y récupérer les paquets de livres que j'y avais commandés. Un jour, ce bougre me glissa un curieux message :

— La Négociante a dit qu'elle veut vous voir, Madame Marie-Héloïse.

Depuis, que mon esprit avait commencé à tourner à l'envers comme l'on disait en langage nègre, j'avais oublié l'existence de ma compagnonne de misère. Mon mari avait cessé de pester contre son intraitabilité envers les planteurs sans que j'en connusse la raison. Du reste, la bonne marche de nos exploitations n'était pas de notre ressort, nous, les femmes. Que me voulait la Négociante ? Je mis des semaines avant de répondre à son invitation. Son visage balafré m'indisposait, l'ayant connue fringante et belle dans son jeune temps quoique son teint très mat et ses cheveux emmêlés lui valussent des récriminations de la part des bonnes sœurs de notre ancien orphelinat et des moqueries de notre part nous qui la traitions de Gitane, race dont nous n'avions pourtant connaissance qu'à travers le manuel de géographie en usage dans notre établissement. D'ailleurs, un livre récemment reçu du royaume de France, la *Lettre à Ménécée* d'un certain Épicure, philosophe des temps antiques, s'était mis à m'occuper presque entièrement l'esprit. Je lisais et relisais ce passage :

Accoutume-toi à considérer que la mort n'est rien pour nous puisque tout bien et tout mal sont contenus dans la sensation ; or la mort est privation de sensation.

Julie ne parut pas étonnée, quand je parvins à m'arracher à cet ouvrage, de me voir répondre si tardivement à son message.

Sa demeure, accolée au presbytère de Saint-Pierre, était aérée, avec un petit jardin décoré de massifs de bougainvillées, et surtout très propre alors qu'elle ne disposait pas, aux dires des méchantes langues, de servante étant trop pingre. Elle ne me posa aucune question. Ne m'invita même pas à m'asseoir. Me tendit un petit paquet que j'ouvris avec précaution. La chose qu'il contenait était noirâtre et dégageait une odeur musquée qui me bailla un haut-le-cœur.

— Avale ça le soir avant de t'endormir ! m'ordonna-t-elle. Croques-en un morceau chaque fois et tu verras qu'au bout d'un mois, ça ira mieux. C'est du rognon de castor que j'ai ramené de l'île d'Orléans. C'est un remède miracle des Algonquins qui soigne toutes espèces de maladies. Il soigne tout : l'épilepsie, la surdité, le mal de dents, la goutte, l'insomnie. Et surtout la folie !

Ce remède miracle finit par me rasséréner. Après semaines, mois et années. Mon début d'égarement s'effaça de même que mes migraines à la grande joie de mon mari et au soulagement de nos esclaves domestiques qui appréciaient ma magnanimité à leur endroit. Claire-Élise en fut si contente qu'elle ne s'adressât plus à moi qu'en patois créole, me suppliant de cesser de passer mon temps dans tous ces livres qui, à ses yeux, étaient responsables de mon état passé. D'autorité, elle les rassembla un beau jour et les transporta Dieu seul savait où. Ou plus exactement

« derrière le dos du Bon Dieu », comme se plaisent à dire les Nègres. Germain s'était rapproché de moi, lui qui collait aux basques de son père et faisait mine de ne point entendre mes réprimandes. Ma vie d'avant, ma trépidante vie remplie d'aventures, d'aléas du destin, n'occupait plus mes pensées. Même les bons souvenirs s'effacèrent : la voix de ma nourrice en Normandie ; les fous rires avec Irène à l'orphelinat des Cent-filles ; la promesse de mariage d'Augustin, ce charpentier qui voyagea avec nous à bord du *Saint-Louis* ; les attentions de Pierre-Émile en Nouvelle-France ; la naissance de notre petit Aymeric ; l'amitié de Luisa de Navarrete, la reine noire des Caraïbes de l'île de la Dominique et tant d'autres.

Était-ce l'effet de cet onguent à base de rognon de castor que m'avait offert Julie, notre Gitane d'autrefois devenue riche négociante à Saint-Pierre de la Martinique ? J'aurais été bien en peine de le dire. À moins que cela ne relevât de cette sorte d'admonestation philosophique que je n'avais de cesse de lire, la *Lettre à Ménécée* ayant été le seul et unique livre à avoir échappé à la vindicte de Claire-Élise, ma chambrière :

Il n'y a rien de terrifiant dans le fait de vivre pour qui a réellement saisi qu'il n'y a rien de terrifiant dans le fait de ne pas vivre.

Ce mot, « vivre », s'était mis à m'obséder. Il me semblait étrange dans sa simplicité, sa banalité même. Que signifiait-il vraiment ? Pouvait-il s'appliquer à tout le monde alors que de toute évidence il renvoyait à tant d'événements différents pour chaque être humain ? Du reste, je me riais de ces préoccupations par trop philosophiques, voire quelque peu prétentieuses pour quelqu'un qui, certes, se plongeait dans ses livres à la moindre occasion et avait reçu, grâce à l'orphelinat des Cent-Filles, une éducation bien supérieure à celle de la gent féminine insulaire et même d'une grande partie de la masculine, mais qui se montrait incapable de profiter de « la vie ». Cette nouvelle vie où je disposais désormais de tout ce qu'il fallait pour être heureuse. Ou à tout le moins sereine.

Car, à la vérité, l'onguent de la Nouvelle-France que m'avait fourni la Négociante, s'il avait réussi à calmer mes accès de délire, ne m'avait pas apporté l'apaisement que je souhaitais. Il me permettait simplement de donner le change, ce qui rassura mon entourage à commencer par mon mari qui se remit à faire des escapades jusqu'à la ville de Fort-Royal, sans doute pour y retrouver sa belle octavonne. La jalousie ne m'ayant jamais ne serait-ce qu'effleurée de toute ma vie, je faisais mine de n'en rien savoir même quand l'une ou l'autre de mes domestiques y faisaient allusion, manière de se venger de leur triste condition.

Mon salut vint d'un étrange cadeau que m'avait fait la reine noire des Caraïbes juste avant de m'envoyer à la Martinique. Je n'y avais jamais prêté attention ! Il s'agissait d'un minuscule sac, si minuscule qu'il tenait dans le creux de la main, que j'avais caché dans la ceinture de l'unique robe qui me restait après ce trop long séjour chez les Sauvages. Je l'avais distraitement déposé au fond du tiroir d'une de mes commodes. Je le retrouvai un jour que je rangeais cette dernière et, perplexe, l'ouvris avec précaution. Il ne contenait qu'une poignée de terre ! Cela me parut à la fois étrange et saugrenu, mais quelques jours plus tard, je me souvins des conversations en baragouin que j'avais eues avec cette Luisa de Navarrete. Quand elle avait été capturée par des marchands d'esclaves et vendue à un noble espagnol, elle avait eu le temps d'emporter un peu de la terre de son pays de Guinée. Sans doute m'en avait-elle offert un brin. Pour quelle raison ? Impossible de le savoir. Mais, un matin, avant le chant de l'oiseau-pipiri que tout le monde trouvait agréable mais pas moi car c'était à ces moments-là que je parvenais à m'assoupir un peu, je fus prise d'une irrépressible impulsion. Je pris l'un de mes encriers, récemment arrivé de France, le brisai en mille morceaux que je mis dans le petit sac de terre africaine et l'attachai solidement avec un mouchoir avant de me rendre dans le joli jardin de fleurs qui ornait la devanture de notre villa. Mes domestiques s'occupaient déjà à la cuisine, notre cocher lavait notre calèche à grandes eaux et depuis la rue Cases-Nègres, où s'alignaient les huttes de nos esclaves, leurs mélopées nostalgiques avaient commencé à s'élever dans la faible clarté du jour naissant.

Je creusai un trou à main nue, chose facile car il avait plu tout au long de la nuit, et y enfouis le petit sac. Cela fait, je me dépêchai de rentrer alors qu'un sentiment de plénitude m'envahissait. Je me sentais légère, comme débarrassée du fardeau de mes souvenirs, de ce passé tragique qui occupait, sauf quand je me plongeais dans un livre, l'essentiel de mes pensées.

En tout cas, je n'étais plus une pauvre orpheline du royaume de France ni une fille du Roy envoyée en Neuve-France afin de contribuer au peuplement de cette terre de neige perpétuelle, ni une rescapée de l'île de Saint-Domingue, ni non plus une Juive errante mais désormais une Blanche de la Martinique.

Une Blanche créole...

(Fort-de-France, mars 2022 – février 2024)

PREMIER CERCLE 11
DEUXIÈME CERCLE 65
TROISIÈME CERCLE 149
QUATRIÈME CERCLE 215

Œuvres de Raphaël Confiant (suite).

BRIN D'AMOUR, *roman,* Mercure de France, 2001.

LA DISSIDENCE, *récit,* Écriture, 2002.

NUÉE ARDENTE, *roman,* Mercure de France, 2002.

MORNE PICHEVIN, *roman,* traduit du créole (BITAKO-A, 1985) par l'auteur, Bibliophane, 2002 (Prix Arc-en-ciel/Média Tropical).

LE BARBARE ENCHANTÉ, *roman,* Écriture, 2003.

LA PANSE DU CHACAL, *roman,* Mercure de France, 2004 (Prix des Amériques insulaires et de la Guyane, Guadeloupe).

ADÈLE ET LA PACOTILLEUSE, *roman,* Mercure de France, 2005.

NÈGRE MARRON, *récit,* Écriture, 2006.

CASE À CHINE, *roman,* Mercure de France, 2007.

CHRONIQUE D'UN EMPOISONNEMENT ANNONCÉ. LE SCANDALE DU CHLORDÉCONE AUX ANTILLES FRANÇAISES (1972-2002), *enquête,* en collaboration avec Louis Boutrin, L'Harmattan, 2007.

CHLORDÉCONE : DOUZE MESURES POUR SORTIR DE LA CRISE, *enquête,* en collaboration avec Louis Boutrin, 2007.

LES TÉNÈBRES EXTÉRIEURES, *roman,* Écriture, 2008.

BLACK IS BLACK, *récit,* Alphée, 2008.

LE CHIEN FOU ET LE FROMAGER, *récit pour enfant,* en collaboration avec Carine Gendrey, HC-Éditions, 2008.

L'HÔTEL DU BON PLAISIR, *roman,* Mercure de France, 2009 (Prix de l'Agence française de développement).

LA JARRE D'OR, *roman,* Mercure de France, 2010.

L'ÉMERVEILLABLE CHUTE DE LOUIS AUGUSTIN, *nouvelles,* Écriture, 2010.

CITOYENS AU-DESSUS DE TOUT SOUPÇON, *roman policier,* Caraïbéditions, 2010.

DU RIFIFI CHEZ LES FILS DE LA VEUVE, *roman policier,* Caraïbéditions, 2012.

L'EN-ALLÉE DU SIÈCLE (Les Saint-Aubert, tome 1), *roman,* Écriture, 2012.

BAL MASQUÉ À BÉKÉLAND, *roman policier,* Caraïbéditions, 2013.

LE BATAILLON CRÉOLE, *roman,* Mercure de France, 2013 (Prix Casa de las Americas, Cuba).

ALFRED MARIE-JEANNE. UNE TRAVERSÉE VERTICALE DU SIÈCLE, *essai,* en collaboration avec Louis Boutrin, Caraïbéditions, 2015.

MADAME ST-CLAIR, REINE DE HARLEM, *roman*, Mercure de France, 2015.

DÉCEMBRE 2015. UNE NOUVELLE PAGE DE L'HISTOIRE DE LA MARTINIQUE, *essai*, en collaboration avec Louis Boutrin, Caraïbéditions, 2016.

L'INSURRECTION DE L'ÂME. FRANTZ FANON, VIE ET MORT DU GUERRIER-SILEX, *biographie*, Caraïbéditions, 2017.

L'ÉPOPÉE MEXICAINE DE ROMULUS BONAVENTURE, *roman*, Mercure de France, 2018.

L'ENLÈVEMENT DU MARDI-GRAS, *roman policier*, Écriture, 2019.

GRAND CAFÉ MARTINIQUE, *roman*, Mercure de France, 2020.

LA MUSE TÉNÉBREUSE DE CHARLES BAUDELAIRE, *roman*, Mercure de France, 2021.

LE BAL DE LA RUE BLOMET, *roman*, Mercure de France, 2023.

En langue créole

JIK DEYE DO BONDYE, *nouvelles*, Grif An Tè, 1979 (traduction française de l'auteur, LA LESSIVE DU DIABLE, Le Serpent à Plumes, 2000, Écriture, 2003).

JOU BARE, *poèmes*, Grif An Tè, 1981.

BITAKO-A, *roman*, GEREC (traduction française de J.-P. Arsaye, *Chimères d'En-Ville*, Ramsay, 1997).

KOD YANM, *roman*, K. D. P., 1986 (traduction française de Gerry L'Étang, *Le Gouverneur des dés*, Stock, 1995).

MARISOSE, *roman*, Presses universitaires créoles, 1987 (traduction de l'auteur, *Mamzelle Libelle*, Le Serpent à Plumes, 1995).

DICTIONNAIRE DES TITIM ET DES SIRANDANES, *ethnographie*, Ibis Rouge, 1998.

LA VERSION CRÉOLE, *didactique*, Ibis Rouge, 2001.

DICTIONNAIRE DES NÉOLOGISMES CRÉOLES, *lexicographie*, Ibis Rouge, 2001.

MEMWE AN FONSEYE. LES QUATRE-VINGT-DIX POUVOIRS D'UN MORT, *ethnographie*, Ibis Rouge, 2002.

LE GRAND LIVRE DES PROVERBES CRÉOLES, *ethnolinguistique*, Presses du Châtelet, 2004.

DICTIONNAIRE CRÉOLE MARTINIQUAIS-FRANÇAIS, *lexicographie*, Ibis Rouge, 2007.

BLOGODO. LEXIQUE DES ONOMATOPÉES DU CRÉOLE MARTINIQUAIS, *lexicographie*, Caraïbéditions, 2013.

LES MOTS DU COVID EN CRÉOLE GUADELOUPÉEN ET MARTINIQUAIS, *lexicographie,* en collaboration avec Hector Poullet, Caraïbéditions, 2021.

Traductions

UN VOLEUR DANS LE VILLAGE, de James Berry, *récit traduit de l'anglais* (Jamaïque), Gallimard Jeunesse, coll. « Page blanche », 1993. Prix de l'International Books for Young People (Espagne), 1993.

AVENTURES SUR LA PLANÈTE KNOS, d'Evan Jones, *récit traduit de l'anglais* (Jamaïque), Dapper, 1997.

LES VOIX DU TAMBOUR, d'Earl Long, *roman traduit de l'anglais* (Sainte-Lucie), en collaboration avec Carine Gendrey, Dapper, 1999.

MOUN-ANDEWO A, d'Albert Camus, *roman traduit en créole à partir du français,* Caraïbéditions, 2012.

Composition : PCA/CMB Graphic
Achevé d'imprimer
par CPI Firmin-Didot
à Mesnil-sur-l'Estrée, en juin 2024
Dépôt légal : août 2024
Numéro d'imprimeur : 180289

ISBN : 978-2-7152-6297-3/Imprimé en France

619657